李爱民 —— 著

时光味道

大连出版社

© 李爱民 2025

图书在版编目（CIP）数据

时光味道 / 李爱民著. -- 大连：大连出版社，
2025. 4. -- ISBN 978-7-5505-2385-2

Ⅰ. I247.5

中国国家版本馆CIP数据核字第2025EN2475号

出 品 人：王延生
策划编辑：张　斌　金　琦
责任编辑：张　斌　金　琦　安晓雪
封面设计：昌　珊
责任校对：刘佩劼
责任印制：徐丽红

出版发行者：大连出版社
　　　地址：大连市西岗区东北路161号
　　　邮编：116016
　　　电话：0411-83620245 / 83620573
　　　传真：0411-83610391
　　　网址：http：// www.dlmpm.com
　　　邮箱：dlcbs@dlmpm.com
印 刷 者：大连天骄彩色印刷有限公司
幅面尺寸：160 mm × 220 mm
印　　张：18.5
字　　数：233千字
出版时间：2025年4月第1版
印刷时间：2025年4月第1次印刷
书　　号：ISBN 978-7-5505-2385-2
定　　价：90.00元

版权所有　侵权必究
如有印装质量问题，请与印厂联系调换。电话：0411-86736292

目 录

第一章　刘姥姥吓坏了　002

第二章　妈妈讲故事　009

第三章　故事和阅读的魅力　025

第四章　吃的脚本　030

第五章　过年真好　野菜里面有坏蛋　033

第六章　托儿所里的故事　043

第七章　成松与于家　天大的秘密　054

第八章　小哨偷吃糨糊　于家囤积的粮食喂猪了　060

第九章　妈妈的善良　吃煎饼　065

第十章　小哨的幸福　070

第十一章　幸福与痛苦　076

第十二章　难忘的于三　陌生的表哥　086

第十三章　电影与戏剧的秘密　094

第十四章　荒唐的老褚太太　101

第十五章　孩子的恶作剧　108

第十六章　乐逍遥　117

第十七章　掏鸟窝　二桥的小伎俩　125

第十八章　那一次差点儿要了他的命　133

第十九章　刨茬子　刘傻子发飙　139

第二十章　"小时偷针，大时偷金"　147

第二十一章　两场风波　160

第二十二章　闹与罚　公家的东西一针一线不能占用　172

第二十三章　与欺凌叫板　新华书店见美丑　178

第二十四章　萌生大大的理想　打抱不平的骄傲与纠结　185

第二十五章　又长了记性　什么是幸福　192

第二十六章　幸与不幸　202

第二十七章　这个仇一定要报　208

第二十八章　"哈尔滨老客"　216

第二十九章　新来的班主任"肖大马棒"　229

第三十章　爸爸也被揪出来了　237

第三十一章　妈妈压力很大　240

第三十二章　悲剧就是一瞬间的事儿　245

第三十三章　世事无常　249

第三十四章　打赌　255

第三十五章　"我是英雄吗"　260

第三十六章　情窦初开　271

第三十七章　悲伤的力量　277

第三十八章　饭店里的尴尬　282

第三十九章　走向新生活　286

人生路上,无论你经历了什么,都是一种果实,把你喂养。无论是阴霾,还是阳光;无论是灰暗,还是光明;无论是挫折,还是平顺……你的心里总会留下丝丝缕缕的滋味,酸甜苦辣,喜怒哀乐,而这种种的时光味道,让你体悟,在生活中行走,在经历中成长。

第一章

刘姥姥吓坏了

一九五九年三月初,已是初春时节,东北一个小城,依旧寒风飞雪,白色茫茫。但季节已然变换,风雪即将过去,风雨就要来临。大自然就如同人的命运一样,总有一些东西要失去,总有一些东西要生发。

刚满三周岁的成松,穿着开裆裤,趴在刘姥姥家土屋炕上的窗台上。玻璃窗上结满了霜花,成松把小手贴在霜花上,感到刺骨地凉。他放下小手,又用嘴里的哈气去融化那片已被小手焐过变了模样的霜花。他的哈气似乎热力不够,玻璃窗上的霜花并没有发生明显的变化。他又将自己的舌头贴上去,玻璃窗拔凉拔凉的,还有点儿粘连,但他忍住了。玻璃窗上立刻融化出一块舌头大小的透明玻璃,他心里畅快极了。他把眼睛贴上去,眼睛立刻被霜花簇拥着,样子很神秘。他透过那块融化透明的玻璃望出去,外面是银色的世界。

忽然,一只小鸟飞落到他的窗前,蹦蹦跳跳,东张西望。当小鸟发现周边没有什么异样的时候,便悠然地抖动着羽毛,好像要抖掉身上的雪花。它不时地用小嘴啄动着腹部、翅膀，大概哪里有些痒吧。小鸟自得其乐，完全不知道有一个孩子睁大了眼睛正在好奇地打量着它。

又一只小鸟飞来了。这只小鸟显然比前一只小鸟要大些，它落下来就叽叽喳喳地叫，叫声中似乎夹带着怒吼。它好像很生气，又好像在教训那只小鸟。它干吗要发那么大的火呢？莫非那只小鸟不听话？莫非那只小鸟惹了祸？它到底在说什么呢？是警告，还是责怪？成松听不懂。他猜想，后飞来的这只小鸟一定是先飞来的那只小鸟的妈妈。不然，它怎么会那么急、那么凶、那么大脾气地发号施令。他可不喜欢后来的这只小鸟，干吗凶巴巴的？

那只大一点儿的小鸟叽叽喳喳一阵子后，双腿一蹲，用力一蹬，展开翅膀，先飞走了。那只小一点儿的鸟，也扑棱着翅膀紧随其后飞走了。成松不知它是情愿的，还是被迫的。不过，成松看着两只小鸟在飘满雪花的天空中飞舞着，感到画面很美好。眨眼间，小鸟飞出了他的视线。它们飞往哪里去了呢？是回家呢，还是远行去了呢？

成松眼前又恢复了原来那个银色安静的世界。他感觉眼睛有点儿酸，索性离开了窗口。

炕梢，出生才六个多月的妹妹在摇篮里熟睡着。每天早上，妈妈都是前面抱着妹妹，后面背着成松，将这两个孩子从县里北街的家里送到南街的刘姥姥家中照看，然后再匆匆赶去西街上班。

每个孩子每个月的托儿费是四元钱，成松早在一年前就已经由刘姥姥照看了。他熟悉这里的一切，也不像以前那样省心听话。他浑身仿佛充满了活力，就像一个上满了弦的钟表，秒针永不停歇地旋转着。他调皮淘气，喜欢蹬爬上高，炕柜子、被服垛，都成了他自娱自乐的游戏场。他常常把被服垛扒倒了，把被子弄乱了。刘姥姥因此常常训斥他，可他总是咧嘴一个劲地笑，就是不改。刘姥姥很生气，又很无奈。

前几天妈妈又把妹妹托付给刘姥姥照看。刘姥姥当时就对妈妈说，她的年纪大了，照看两个孩子，精力跟不上了，况且成松又很淘，所以她不想再照看成松，只想照看妹妹。妈妈苦苦相求，诉说现在找不到看孩子的人家，请刘姥姥再帮忙照看一段时间，等成松再长大一点儿，就可以上公办托儿所了。刘姥姥碍于情面，只好应承下来。

刘姥姥和妈妈的这番对话被成松听到了。他知道，自己在这里待不长了。然而，他怎么也没有想到，他的离开竟比他想象的还要快。

刘姥姥在外屋不知正忙着什么。

屋内，炕炉子里的火通红通红的，烧得正旺，冒着幽蓝惨白的光。

（注释：炕和炉子连接在一起的叫炕炉子，既可取暖，又可烧炕，还可烧水做饭。一举多用，是东北人家常用的越冬设施）

炕炉子上坐着一口小铁锅，锅里满满的开水，咕嘟咕嘟地冒着大水泡，白色的热气向屋顶升腾。

这种景象在成松眼里已不是什么新鲜事了。他的眼前还一直浮动着小鸟在雪花中飞舞的画面。小鸟还能飞？那人能不能飞呢？人要是也能飞该多好啊！他想着便张开双臂，模仿着小鸟，向上空蹦跳。蹦上去，落下来；蹦上去，落下来。突发奇想令他好生兴奋，他玩起来总是很高兴。他手舞足蹈，越蹦越高。突然，他整个身体失去了控制，一个趔趄摔倒在炕上，小小的身体径直朝那个冒着大水泡的水锅滚去。当他马上就要滚到水锅里的一刹那，他机灵地扭动了一下身子，他那小小的身体立刻改变了滚动的方向，迅疾从水锅边缘摔到了地上。

这一幕，正巧被刚跨进门来的刘姥姥看在眼里。她"哎呀"一声，脸色吓得煞白。她慌慌张张地扭动着小脚，跑到成松身边，一只手拎起成松小小的身体，一只手朝着成松小屁股重重地打了一下，厉声吼道："你作死呀，可吓死我了，你怎么这么淘气，你要是掉进水锅里不活活给你煮了吗？等你妈来了，我就让她把你带走，我可看不了你了！"

成松眨巴眨巴眼睛，看着刘姥姥青筋暴起的额头。他知道这件事情的严重性，她的话可不像是吓唬人的。

"刘姥姥，我以后不淘了，再也不在炕上蹦了，保证不蹦了。"他向刘姥姥做出检讨和保证。

可刘姥姥不理他。他又接着说："刘姥姥，您别害怕，我不会掉到锅里的，我怎么能让自己掉进锅里呢？"他也许是想安慰刘姥姥，也许是想为自己解释。

刘姥姥更生气了："你还嘴硬，掉不掉进水锅是由你说了算吗，刚才多悬呀！要是掉到水锅里，非活活煮熟了你不可！"

"不能的，刘姥姥，我不能让自己掉进锅里，你看我把身子一扭，不就躲开了水锅了吗？"他说得很自信，甚至还带着一点儿自豪感。

刘姥姥已经不耐烦了："你少扯犊子，看把你能个儿的，小小年纪就会瞎掰，赶紧给我上炕梢待着去，不准乱动。"

刘姥姥目光严厉，不容争辩。

成松乖乖地爬到炕梢。他感到很委屈，孩子的话大人怎么就老不相信呢？

成松依偎在炕角，不敢再乱说乱动。他极力表现得听话、乖巧，大概是想通过自己这些行为使刘姥姥回心转意。然而，他太天真了，刘姥姥的态度是坚决的，这次的决定是不可改变的。

妈妈像往常一样来给妹妹喂奶，刘姥姥不无夸张地向妈妈述说了刚才发生的事。末了,她说出了自己的要求:把成松带走,她照看不了。

妈妈听后,好一顿把成松责骂,还在成松的屁股上重重地打了两巴掌:"你以后还敢不敢惹刘姥姥生气了,还敢不敢淘气、乱蹦乱跳啦,啊?"妈妈横眉竖目地质问道。

成松摸着被打疼的屁股,想要争辩。但他抻了抻脖子没敢吭声儿,他也希望事态能够有所缓和和改变。

刘姥姥劝阻妈妈:"别打孩子了。"

妈妈趁势恳求刘姥姥再帮助照顾一段时间,并保证孩子以后不敢了。她还提出给刘姥姥加点儿钱。

刘姥姥很不高兴:"这可不是钱的问题,我不看这个孩子可不是为了多要钱。"

妈妈连忙解释并道歉:"我不是那个意思,是我不会说话,我……"

没等妈妈说完,刘姥姥直接打断了妈妈的话:"你不用再说了,出事都是意外,我确实照看不了两个孩子,成松太淘气,谁也保证不了有没有下一次,下一次还会这样幸运吗?要是真出了事儿,后悔都来不及呀。"刘姥姥言语中满满的怨气、担忧和后怕,却再也没有半点儿商量的余地。

妈妈也无话可说。

成松就这样结束了在刘姥姥家的幼托,这是他第一次体味到什么叫"无法挽回",什么叫"悔之晚矣",一种自我怜悯和被人遗弃的伤感紧紧地揪住了他幼小的心。

大约六十平方米的三间土平房,住两户,每户一间半。这在北方县城里可算标配,随处可见。成松家住的,就是这种类型的一间半房子。

一间里屋，半间厨房。里屋是对面炕。一面炕上放着两个朱红色的画着凤凰图案的老式木箱，木箱上垛着简单的被褥。地上摆着一个一米长、半米宽的朱红色三抽屉简易木桌。厨房半间是锅灶、水缸、咸菜缸、煤栏、简易碗架。这个窄小拥挤的土屋便是成松的家。

傍晚，妈妈向爸爸诉说了白天发生的事情。

爸爸听了，瞪着成松，浓眉下射出两道愠怒的目光。

成松低着头偷偷地窥视着爸爸。爸爸从来没有打过他，可他有点儿怕爸爸。

爸爸并没有训斥他，更没有打他，只是深深地一声叹息："唉，再找一户人家照看他吧。"

妈妈看着爸爸，目光里布满愁云："上哪儿去找？我在单位问了好多人，都说找不到，我又找了商业托儿所所长，人家不肯收。一是孩子满员了；二是只收四周岁以上的孩子。嫌成松年龄小，要再长一岁才肯收。"

这可真是一件头疼的事！爸爸妈妈紧锁眉头，一筹莫展。

一阵沉默。

成松的心好像压上了一块大石头，他第一次尝到了发愁和内疚的滋味。

妈妈先开口了，她好像想出了办法："要不这样吧，让成芬退学，照看成松一年，等明年成松又长一岁，送他去商业托儿所，成芬再去上学。"

"那怎么行呢，那不就耽误成芬了吗？她已经快上二年级了，要是退了学，以前的书不是白念了吗？"成芬是成松的大姐，爸爸提出质疑。

"那怎么办呢？只好耽误她一年了。成芳太小，她还照看不了成松。不然，我的工作不要了，我在家照看成松。"妈妈停顿了一下，又继续说，"现在咱俩是两个人的工资，生活都这么困难，以后要是我的工资没了，只靠你一个人的工资，咱们的生活可就更难啦。"妈妈忧郁地说。

又是一阵沉默。

爸爸想了好久，最后还是同意了妈妈的意见。不然，还有别的办法和选择吗？

妈妈向大姐宣布了她和爸爸的决定。

大姐开始很抗拒，后来妈妈向大姐说明了家庭困难和现实原因。大姐虽不情愿，但还是接受了父母的安排。面对生活的艰难，她早就明白了父母的不容易。在弟弟无人照看的情况下，她不来帮助父母分担这副重担，还能让谁来分担呢？

大姐的心地是善良的，给人的感觉有点儿悲壮。

成松心里很难过，一个忘乎所以的动作，一个偶然的事件，不仅叫他在刘姥姥家玩到了尽头，还把全家人平静的生活搞乱了。

这正是：

顽童淘气乐悠悠，

一蹦成险不容求。

认错称改嬷不谅，

连累姐姐把学丢。

这件事，在成松幼小的心灵里，留下了一道伤痕、一份遗憾，小小的他似乎一下子懂事了不少。

第二章

妈妈讲故事

　　大姐从退学那天开始,照看弟弟成为她每天主要的任务。除此之外,她还带着二姐玩。

　　二姐叫成芳,刚刚六岁,平时总是脖子上挂着家门钥匙,在家门口与邻里的小孩儿玩。她很听话,胆子又小,从不惹祸,从不远离家门。这次大姐不去上学了,她不由得有点儿高兴,她不用脖子上再挂家门钥匙了,也可以跟着大姐一起玩,还可以离开大姐找其他小伙伴玩。她觉得自由多了,也不再孤单了,胆子好像大了些。

　　成松刚开始的感受可不怎么样。大姐总是哄他睡觉。吃完早饭就哄他睡觉,吃完午饭还哄他睡觉。睡醒了,让他方便一下,还哄他睡觉。

　　他不睡,大姐就给他讲《大马猴》的故事:"从前,有只大马猴就爱吃活小孩儿,专吃不睡觉睁眼睛的小孩儿。哪个小孩儿不睡觉还睁着眼睛,它就吃哪个小孩儿。成松,快把眼睛闭上,睡觉,要不大马猴就该来吃你了!"

成松听了，赶紧闭上眼睛。可大马猴让他失去了安全感，让他很难入睡。大姐似乎觉察到这一点，一边用手轻轻地拍着成松，一边哼着不知是谁编的摇篮曲："小宝宝，闭眼睛，快睡觉。睡着了，大马猴就不来了。"

在大姐轻轻微微的拍打下，在悠悠绵绵的曲调里，他获得了一种感官上的安慰，渐渐就迷迷糊糊睡着了。

不知过了多长时间，他醒来，却不见大姐在身边，屋子里只有他一个人。他立马想到了大马猴，便"哇哇"地大哭起来。

哭了半天，也没有人来。

后来他听到了隔壁邻居彭大婶高喊："成芬，快点儿，你小弟醒了，正哭呢！"

霎时间，大姐风风火火跑进屋来，气喘吁吁地说："小弟，别哭，别怕，我在这儿呢。"

她头上还冒着热气儿，脸上也被流淌的汗水冲刷得沟壑纵流。"小弟，不哭啊，大姐这不来了嘛，大姐就在门口，没走远。"她见成松还哭着，嗔怪地好声劝慰道。

成松的哭声渐渐小了，依旧一脸委屈。

"小弟，起来，大姐带你去外边玩，外边可好玩了。"大姐为了让小弟开心，换了一种方式来哄成松。

成松果然高兴了，一个鲤鱼打挺坐了起来，穿鞋下地，屁颠屁颠地跟着大姐来到了门外。

外边的空气很清爽，冬季的积雪已逐渐开始融化了。春回大地，万物复苏，成松深深地呼吸了一口清凉的空气。

啊，外面真好！

大姐让成松老实地站在门前,看她是怎样和一群小姑娘玩"老鹰抓小鸡"游戏的,二姐也在这群小姑娘中。

大姐当"老鹰",那些小姑娘当"小鸡"。"老鹰"左突右转地追赶着"小鸡","小鸡"们吓得惊慌得左躲右闪,尖叫声从头到尾接连不断:"老鹰,老鹰,来抓我们啊!""啊,快跑,快跑,要被逮到啦!"

看着大姐她们发疯似的玩耍,成松也欢呼跳跃,拍手跺脚。阳光照在他的身上,快乐写在他的脸上。

以后每逢他醒来,他再也不哭了,而是自己小心翼翼地从炕上溜下来,出门找姐姐,他知道大姐二姐就在门口玩。

这一天早饭后,大姐照例嘱咐成松好好睡觉。

成松说:"大姐,我要是不睡觉,大马猴真的会来吃我吗?"

"是的。"大姐肯定地回答,目光中带着狡黠和揣测。

成松眯起双眼,突然,他一脸惊恐地看着大姐身后的方向喊道:"大姐,大马猴来了,就在你身后!"

大姐下意识地哆嗦了一下,急忙转过头去,正好与来找她玩的郑家四丫打个照面,她惊叫一声,浑身又激灵了一下,给郑家四丫也吓了一大跳。

成松哈哈大笑,双手拍打着膝盖,身体前仰后合,像是看到了世界上最好笑的笑话。

大姐也笑了,她知道再也骗不了这个古灵精怪的小弟弟啦!

从此,成松白天再也不用非要睡觉了,他寸步不离地跟在姐姐身后,变成了"小小跟屁虫"。

成松一开始只是站在旁边看着大姐她们玩,到后来大姐也会带他一起玩。日子长了，他也学会了一些简单的游戏。如，翻花绳、跳绳、跳格、踢籽儿、斗鸡、扇烟盒、弹玻璃球、抓嘎拉哈、抓坏蛋、捉迷藏等。这些游戏，不但给他带来无尽的乐趣，也开发了他的体能、智能和情感世界。

白天是欢乐的，夜晚更是美好的。

夜晚，炕上放着一张小方桌，桌上有一盏煤油灯，一盏如豆的灯火散发出暖暖的、柔和的、黄晕的光。

妈妈伴着灯光，盘腿坐在炕头，一边做着针线活，一边给躺在炕上的孩子们讲着她小时候从大人那里听来的故事。妈妈终日无闲，总是有忙不完的活儿。白天在工厂里忙一天，中间还要赶到刘姥姥家给小妹喂奶。早午晚三顿饭，洗洗涮涮，家务事琐碎而繁杂。到了晚上，打麻绳、纳鞋底、缝被子、补旧衣……

可妈妈好像从来不觉苦不觉累，因为与劳累相伴的还有和家人们在一起幸福快乐的滋味。

成松每天最喜爱这个时候，因为妈妈经常在这时给他们讲些有趣的故事，光怪陆离的故事让孩子们的生活变得五彩斑斓。

妈妈从小没有读过什么书，也没上过学，没啥文化，但她有许多许多故事，那些都是听她的长辈给她讲的。

起初，妈妈给孩子们讲的都是《小老鼠上灯台》之类的故事："小老鼠，上灯台。偷油吃，下不来。吱啊吱啊叫奶奶，奶奶咋都不肯来，叽里咕噜滚下来。"这类的童谣故事，看似没啥意义，其实意义很大。它让孩子们了解到小老鼠的生存状态，给孩子们插上了想象的翅膀。又因其妙趣横生、朗朗上口，深受孩子们的喜爱，屋子里不时传出了阵阵欢快的笑声。

妈妈每讲完一个故事就会催孩子们赶紧睡觉，可孩子们不肯，总是撒娇赖着妈妈再讲一个。

妈妈讲的故事，现在的孩子们是听不到的。

她的故事有的像是开玩笑，有的像是童话。虽然没有书本中故事那样文雅，甚至有些粗俗、离奇，但情景多姿多彩，形象生动鲜活，满满的人生况味，简单又深刻的道理尽在其中，给孩子们带来细致入微的启蒙和无穷无尽的乐趣。

这天，妈妈给孩子们讲了一个《放屁精》的故事：

从前有户人家，姑娘长得身强力壮，可是她有个毛病，就是爱放屁，成天叮咣五四地老放屁。姑娘大了也该嫁人了，爹爹在外村托人给她找了一个不错的人家。

姑娘出嫁前，爹爹把她叫到身边，语重心长地说："闺女，嫁到别人家可不比在自家，放屁的事要收着点儿，不然让人家笑话，太丢人啦！"姑娘没作声，咬着嘴唇使劲地点点头。

姑娘出嫁后，在婆家再也没放一个屁，可她大病一场。饭也吃不下，觉也睡不安，很快就变得面黄肌瘦。婆婆问她："儿媳呀，你这是咋的啦，怎么到了咱家后就显得这样没精神，家里哪儿不合适你就说出来，别憋着。"可儿媳什么也不说。

两个月后的一天，爹爹来婆家看望闺女，看到闺女变成这个样子，好生难过。公公婆婆也弄不清是怎么回事儿，急忙向亲家公打探缘由。亲家公"唉"了一声，深深地叹了一口气，道出了原委。公公婆婆恍然大悟："哎呀，原来如此，有屁就赶紧放出来啊，可别把孩子憋坏了！"公公当即应承："那咱们赶紧把仓房腾出来，儿媳有屁尽管在仓房放，不碍事的。"公公说完就赶紧和婆婆一起去收拾仓房。

仓房很快就腾出来了，婆婆催促儿媳快进去把憋的屁都放出来。儿媳刚刚走进仓房屁就响了，公婆和娘家爹躲在东房观瞧。

"砰，砰，砰……"儿媳妇的屁，像连珠炮一样响个不停。由于收拾得匆忙，公公婆婆把一个小瓢葫芦落在了仓房的地上。随着屁声砰砰响，那小瓢葫芦腾腾地从地上往上跳。婆婆看在眼里，对着儿媳呼唤："儿媳儿媳你歇歇气，让小瓢葫芦落落地；儿媳儿媳你歇歇气，让小瓢葫芦落落地。"

儿媳的屁终于停歇了，小瓢葫芦落在了地上。婆婆扭动着小脚，急忙来到仓房内，刚刚捡起小瓢葫芦，儿媳的屁又响了。

"砰，砰，砰……"小脚婆婆在儿媳的屁声中七扭八歪地蹦跳起来。公公慌了，不住地恳求："儿媳儿媳你歇歇气，让你婆婆落落地；儿媳儿媳你歇歇气，让你婆婆落落地。"

儿媳的屁又停歇了。公公急忙跑到仓房内，扶着婆婆正要躲开，儿媳的屁又响了。

"砰，砰，砰……"只见公公婆婆一对老人相互搀扶着蹿上去，落下来，蹿上去，落下来。娘家爹也惊慌了，苦苦央求："闺女闺女你歇歇气，让你公婆落落地；闺女闺女你歇歇气，让你公婆落落地。"

可是，不管爹爹怎么喊，闺女的屁就是停不下来，憋的时间太久了，屁像决了口的洪水，一泻千里，一发不可收。

故事讲完，炕上的孩子们一个个早已笑得前仰后合。

这个故事有笑点，也有悲点。孩子们在笑声中也会有不同的感悟。妈妈的故事从来不给孩子们讲这是什么道理，也许她压根儿自己也讲不清楚是什么道理。但可以肯定的是，她十分清楚，这样的笑话不仅会给孩子们带来快乐，而且一定会让孩子们领略到一些道理。可孩子们哪管什么道理，有乐子就够了。

但故事本身蕴含的道理，却在不知不觉中滋养着他们或深或浅的心灵认知：人不能太憋屈，太憋屈会坐出病来的；人也不能太放任，太放任也会出事的。所以，做什么事情都要注意分寸，有收有放，收放有度，收放自如，适可而止才好。

孩子们听不够妈妈讲的故事，可是妈妈总是讲一个就不再讲了，命令似的催促孩子们赶紧睡觉，当然也答应孩子们明晚继续讲故事。孩子们顺从地不再要求什么，心满意足地闭上眼睛。

可成松睡不着，故事里的人物和情景不停地在他的脑中闪现。他偷偷地睁开眼睛，煤油灯昏黄如豆的光打在妈妈的身上，把她的身影投在墙上。柔弱灯光里的妈妈，还在静静地纳着鞋底，眉宇间似乎还在思索着什么，莫非她是想着孩子穿上新鞋的模样，还是想着干完这个活又该干什么活呢？

小小的煤油灯火微微地颤抖着，火苗跳跃着，忽明忽暗的，妈妈的身影在墙上也轻轻地晃动着。妈妈用锥子轻轻地拨动着灯捻子，灯光立刻变得明亮了、稳定了。望着墙上妈妈手起手落、穿针引线像皮影一样的画面，听着妈妈纳鞋底发出的嘶嘶声，成松感觉情景很美、很柔和、很温暖。他看着、听着、想着，带着一种说不清的美妙、神奇、温柔、怜悯的情感进入了梦乡。

夜，平静而祥和。

早晨，成松在睡意中被大姐叫醒："成松，该起床了。"

成松揉着惺忪的睡眼，懒洋洋地坐起来，开始慢腾腾地穿衣服。他早已被训练得自己穿衣服了。他的鼻孔是黑黑的，那是煤油灯烟熏的，鼻孔下还留着两道黑色的沟痕，那是鼻涕冲刷出来的痕迹。妈妈肯定昨晚又点灯熬油赶活计了,妈妈好辛苦!

他穿好衣服,习惯性地用袖口抹了一下鼻孔,鼻孔下顿时黑一块白一块的。这个经常性的动作,也使他的袖口变得墨黑锃亮,好似一块铁板。

新的一天又开始了。

饭后,成松照例跟着大姐。大姐玩什么,他就跟着玩什么。有时,他还混到一群小孩儿堆里跟着玩耍,玩的花样也越来越多。

孩童世界的十八般武艺,他就是从这个时候开始练就的:

骑棍当马满院跑,

挽绳翻花袅悄悄;

扇纸啪叽走五道,

剪子石头布里包;

淌着鼻涕打雪仗,

漫天雪团铆劲削;

堆个雪人也挺好,

鼻子插上大红椒;

打出溜滑比赛跑,

鞋底粘雪冰上飘;

冻菜疙瘩当球踢,

鞭子抽尜猫小腰;

抓把黄土摔泥炮,

秫秸搭竿比跳高;

跳绳跳格跳皮筋,

弹小琉琉飞小刀;

叠完烟纸叠手绢，
叠了飞机叠荷包；
三块玻璃万花筒，
胰子打沫吹泡泡；
扔扔口袋嘎拉哈，
掷针掷背见低高；
拽着麻绳放八卦，
小燕展翅飞得高；
箭杆扎枪亮个相，
鬼子哆嗦把枪交；
踢球踢籽儿踢毽子，
撇个片石打水漂；
叶梗刻壳狗咬狗，
春天柳条拧叫叫；
秫秸秕子扎眼镜，
揪揪小嘴吹口哨；
丢手绢来磕杵子，
老鹰要把小鸡叼；
推个铁圈遥街跑，
又扽蹶子又蹦高；
搂着脚脖单腿跳，
膝盖顶人看谁倒；
顽童玩法不老少，
玩啥都能哈哈笑；

童言童语真童趣，

不管地大与天高。

[注释：冰尜，是北方孩子们中非常流行的一种玩具。冰尜上端呈平面，下端呈尖形，或镶铁珠，玩时用鞭绳缠绕冰尜，猛然用力往上拉，使它在地面上旋转（也可用双手使其旋转），并不断抽打使它持续旋转。若在上端平面处涂上颜色或糊上彩纸，旋转时既好看又有趣]

成松贪玩好动，那些游戏让他尽情地释放着孩童的天性，令他乐此不疲。谁都不曾注意到，在这些看似"无用"的嬉戏中，成松的见识、心智、体能、性格、意志力、品德和自理能力等，一天一天在增长，在提高。

到了晚上，成松又安静下来了，因为他爱听妈妈讲故事。

睡觉时分，成松和哥哥、姐姐都会各自钻进被窝耐心等待妈妈讲故事，妈妈也很爱给孩子们讲故事。

她一边做着针线活，一边笑呵呵地讲着《猫馋大哥》：

从前有一只喜鹊、一只鹌鹑和一只山鼠，拜把子，成了三兄弟。这年冬天，雪下得非常大，铺天盖地。喜鹊和鹌鹑找不到一粒粮食可吃，饿得前胸贴后背。正当它们饥肠辘辘、愁眉不展之时，鹌鹑猛然想起了山鼠。于是，鹌鹑对喜鹊说："这样的雪天，咱们去山鼠家一趟，看看能不能借点儿吃的来。"喜鹊快嘴快脚："我去，我去。"说着，扑棱棱飞走了。

喜鹊飞到山鼠山洞前，张口便喊："猫馋大哥搁没搁家？大雪刨天，一点儿粮吃都没有，借点儿粮吃吧！猫馋大哥搁没搁家？大雪刨天，一点儿粮吃都没有，借点儿粮吃吧！"

山鼠在洞里听了十分生气，告诉小山鼠就说"没搁家"。

小山鼠跑到洞前对喜鹊没好气地说："没搁家。"

喜鹊听了，扑棱棱地又飞回来，告诉鹁鸪，山鼠没在家。就这样，喜鹊连续三天去山鼠家都说"没搁家"，吃了闭门羹。

鹁鸪觉得奇怪，问喜鹊到那怎么说的，喜鹊如实说了一遍。

鹁鸪说："这次我去吧。"随即飞到山鼠山洞前，高声喊道："总管大哥搁没搁家？大雪刮天，一点儿粮吃都没有，借点儿粮吃吧！总管大哥搁没搁家？大雪刮天，一点儿粮吃都没有，借点儿粮吃吧！"

山鼠在洞里听了非常高兴。"搁家，搁家。"开心地连声应答，急匆匆地跑出来，"什么借不借的，需要多少尽管开口。"

鹁鸪叼着它们需要的粮食飞走了。

山鼠望着远去的鹁鸪，大声宣泄道：

尾巴长长嘴巴尖，口口声声叫猫馋。

别说借我米和柴，喝口凉水也为难。

嘴巴尖尖尾巴短，口口声声叫总管。

别说借我柴和米，荤素酒菜我都管。

妈妈讲完，和孩子们一起哈哈地笑了。笑毕，妈妈做出这样的总结："你们看，说话有多重要。会说话就能办成事，不会说话就办不成事，事在人为。喜鹊'傻'，鹁鸪'奸'，山鼠'虚荣'。"

孩子们佩服地望着妈妈，好像都懂了许多。而成松只觉得有趣，妈妈这些话在他的耳边就像一阵风儿似的吹过去了。

日子久了，妈妈多次给孩子们讲这个故事，那些朴素和直观的道理，在孩子们的脑海里慢慢地深化和升华。孩子们渐渐发现，每个年龄段对这个故事都能听出不同的滋味，收获不同的体验。他们的认识已不再是妈妈说的"喜鹊'傻'，鹁鸪'奸'，山鼠'虚荣'"那么简单。

会说话是一门学问，也是一种修养。

他们在思索：不能简单地把鹌鹑会说话就定义为"奸"，甚至说成是圆滑、世故、讨好等，这未免过于武断。说话得体看似表面的东西，实则是深入骨子里的修养，包括礼貌、尊重、思想、品德和能力等，这些都是取得成功的条件和因素，这些也都是深受别人信赖和爱戴的资源和保证。会说话就说人家"奸"，这未免有些偏激。

也不能简单地说山鼠"虚荣"，这对山鼠有点儿不公。要获得别人的尊重、体面做人，这是人之常情，不管有意无意，谁愿意被人戏弄、贬低，甚至丑化呢，难怪山鼠对喜鹊那么刻薄而对鹌鹑那么慷慨！

更不能简单地用一个"傻"字来定义喜鹊。喜鹊的言谈表现缺乏教养，不懂尊重，不懂礼貌，难怪山鼠不待见它。当然，他们对喜鹊的情感总是很冲突很矛盾的，时而觉得喜鹊实话实说，并无恶语伤人的主观故意，只是无意而为，受到如此对待有点儿冤枉，常常为喜鹊惋惜好一阵子；时而又会感到，喜鹊话语中充满了对山鼠的嘲弄和贬低，它应该为自己的无知负责，为自己不讲尊重、不讲礼貌、无端伤害别人而付出代价。喜鹊的下场，皆因它咎由自取！

孩子们苦苦地思索着故事背后的道理，而这些道理汩汩地滋润着他们幼小纯真的心灵。

孩子们听故事入了迷，妈妈讲故事也成了每晚睡前的节目。当然，妈妈偶尔也会有不想讲的时候，可成松总会不依不饶。

这天晚上，孩子们照例躺在被窝里，等待妈妈讲故事。

可妈妈却说："今晚不讲了，妈妈要给你们裁剪过年穿的新衣裳，不能分心。"

成松不肯，他撒娇，一边央求一边抗议："妈妈讲一个吧，你要是不讲，我就不睡觉。"

"敢！你要是不睡觉，我就揍你！"妈妈故做恫吓状。

接着，妈妈又把话题一转："不过，也不碍多大的事儿，还是给你们讲一个吧。"

妈妈笑了。她这样做，既满足了孩子们的要求，又展示了母亲的权威。

孩子们也笑了。

"今天讲什么呢？"妈妈扬着脸、眯缝着眼睛，努力搜寻着脑海里储存的有趣故事。思忖片刻，妈妈说："好，今天就给你们讲一个《大酱缸里的屎橛子》。"

"好，好啊！"孩子们一阵欢叫，成松兴奋地把被子都蹬得老高。

"别叫，吵了人家，隔壁都睡觉了。"妈妈压低声音示意着孩子们安静。

孩子们安静下来，神情专注地听妈妈讲故事。

这是一个真实的故事。城外六十里有个赵家庄。庄里有个土地主，人们都叫他"赵小鬼"。此人心怀算计，为人刻薄，奸诈刁蛮。

赵小鬼家里雇用了几个长工，还有一个小猪倌。他天天让长工和小猪倌起早贪黑有着干不完的活儿，却常年不给长工和小猪倌吃一丁点儿好的，尽给吃些剩饭、馊饭一类的东西，而把好吃的食物都留给自家吃。就连大酱都是他自家吃当年新下的，给长工和小猪倌吃已生了蛆、变了味的陈年老酱。长工们都很气愤，背地里都骂赵小鬼是"黑心狼"。小猪倌也恨得咬牙切齿，决心捉弄捉弄这个心眼儿坏透了的土地主。

一天晚上，小猪倌趁着夜黑人静的时候，蹑手蹑脚地摸进了赵小鬼他家外屋的厨房。今晚的目标就是土地主家晚上刚蒸好的黄米面年糕,"黑心狼"可舍不得给长工和小猪倌吃这些,黄米面年糕只留给自己家人吃。

外屋的厨房黑洞洞、静悄悄的,小猪倌的心也"怦怦怦"地狂跳着。他想,这要是被赵小鬼发现了,非扒了他的皮不可。"黑心狼"可狠了,没少打他,有时把他打得身上青一块儿紫一块儿的,要不是长工们护着他,说不定早就被打死了!

想到这儿,他就恨意滔天。

小猪倌屏住呼吸,摸到挂着装年糕篮子的柱角旁,听了一下里屋动静。隔着里屋门,里边传出了赵小鬼那怪里怪气却均匀的呼噜声,看来一切安然无恙。

于是,他蹑手蹑脚地爬上柱角,把一只小手伸进篮子里,抓出了一块年糕。不料,他那只收回的手却把年糕篮子整个儿碰到地上,"扑通"一声,惊醒了赵小鬼。

"谁?!"屋里传出赵小鬼尖厉的叫声。

"不好,赶紧溜走。"小猪倌想着,滑下柱角,溜出门外,像猫一样敏捷。

很快赵小鬼光着膀子就追了出来,小猪倌迅速躲藏在柴火垛背后。赵小鬼在房门前四处张望,然后手握粗粗的烧火棍,像夜间寻找猎物的狼一样惊警地向柴火垛这边走来。

此时,长工张大叔出来上茅厕,刚好看到了不远处发生的一切。他猜到了躲在柴火垛背后的那个小黑影定是小猪倌,也猜到了手握烧火棍走向柴火垛的黑影定是赵小鬼。

说时迟那时快,张大叔急中生智,他"喵,喵"学了两声猫叫,以引开赵小鬼。

果不其然，赵小鬼停住了脚步，像是自言自语地骂道："这该死的猫！"然后，转回身向厨房走去。

小猪倌又在柴火垛背后躲了好一会儿，等一切都没动静后才小心翼翼地回到长工屋，一开门就发现张大叔站在门口。还没等张大叔开口相问，小猪倌就把那块年糕亮给张大叔看，还凑到张大叔耳边悄声说了些什么。张大叔被逗乐了，他眯缝起眼，用手爱怜地摸着小猪倌的头，赞许道："尕小子，好样的，咱们就逗逗这个'黑心狼'。"

几天后的一个早上，赵小鬼老婆在她家窗外新下的大酱缸前突然大叫："哎呀妈呀，挨千刀的，这是谁干的？！"赵小鬼闻声连忙跑出来："咋回事，咋回事？"赵小鬼老婆哭丧着脸说："你看看，不知哪个缺德的给咱家新酱缸里扔进了屎橛子，这不是祸害人吗？"赵小鬼看着老婆手里酱拐上那黄了吧唧香蕉状的屎橛子，脸都气青了。

可是，他眼珠一转，计上心来，压低声音对老婆说："别瞎吵吵，这事儿不能让大家知道！这酱不能扔，咱家不吃，给那些长工和小猪倌吃！"赵小鬼老婆的脸转怒为喜，指着赵小鬼的脑门说："就你贼！"

当天中午，长工和小猪倌他们就吃上了新大酱。看着这新鲜的，还散发着阵阵香味儿的大酱，小猪倌、张大叔和长工们都哈哈大笑。那笑声，是那么爽朗，那么舒畅。

原来"黑心狼"家酱缸里的屎橛子，就是小猪倌那晚冒险弄回来那块黄澄澄的年糕仿制的。

成松家里也爆发出一片笑声，那笑声和故事里的笑声一样，是那么爽朗，那么舒畅。

时光在不知不觉中运转着。

妈妈在这样的时间里以这样的方式，给孩子们讲了许许多多有趣的来自民间的故事。如《布谷鸟的传说》《白蝴蝶是谁变的》《猫和老虎》《人心不足蛇吞象》《懒汉吃面包》《大嘴装小嘴》《被溺爱的孩子》《东边来群雁，西边来群雁》《财主傻儿子学话》《藏在桌下的贼》……

妈妈的这些故事，在成松幼小的内心里平添了一个又一个的鲜活形象，增加了一种又一种的丰富情感，打开了一个又一个的新奇世界。

每个故事，都让他懂得一个甚至好几个道理。

特别是这些故事，从浅显到深刻，从普通到特殊，从渺小到宏大，潜移默化地滋润心灵，使他不经意间懂得的越来越多。尤其是故事里的那些"真善美"令他无限向往，而那些"假恶丑"又让他深恶痛绝。故事中"好人有好报，恶人有恶报""行善是福，百善孝为先""人要走得正，行得端""脚正不怕鞋歪，身正不怕影斜"等这些民间谚语，就像一颗颗种子埋入成松的心底，无声地孕育着真诚善良、爱憎分明、刚正不阿的品格和性情。

"初心"就是这样地在他的心底生根发芽、茁壮成长……

第三章

故事和阅读的魅力

　　成松对听故事有种天然的亲切感、饥饿感,妈妈每晚只讲一个故事,已然满足不了他心里的渴望。白天一有空闲,他开始缠着大姐讲故事。
　　大姐讲的故事,也大都是从妈妈那里听来的故事。有的成松听过,有的成松没听过。听过的故事,他还爱听。没听过的故事,他更爱听。
　　大姐讲故事总是很简短,不像妈妈讲的那么完整,常常落下许多情节,但这并不妨碍成松爱听大姐讲故事。
　　听不明白的时候他会追问,大姐再将故事细节补充完整,他开了心窍,很高兴。有时大姐也回答不上来他的问题,他虽然还在迷茫着,但仍然是乐呵呵的。他可不敢有半点儿怨言,生怕影响了大姐的情绪而终止给他讲故事。
　　有时把大姐缠得是真不耐烦了,就会把他支给哥哥:"大哥在家,你快去让大哥讲,大哥有好玩的故事!"于是,成松又去缠着大哥讲故事。大哥总爱逗成松玩。

这次他又用讲故事的方式来逗小弟弟。

大哥俨然一位专业的"说书人",他先让成松恭恭敬敬地坐好,然后一本正经地开头,最后嬉皮笑脸地结束:"从前有座山,山上有座庙,庙里有个缸,缸里有个锅,锅里有个盆,盆里有个碗,碗里有个勺,勺里有个豆,我吃了,你馋了,我的故事讲完了。"

哥哥讲到"我吃了",还特意将一根手指,点在自己的嘴上;讲到"你馋了",又故意将这根手指,点在了成松的嘴上;讲到"我的故事讲完了",哥哥将两手一摊,做出一个结束的动作,最后还故意做个调皮的鬼脸。

成松用小手撒娇地打着哥哥:"哎呀,你逗人,你逗人。那个豆子是我吃了,你馋了,你的故事讲完了。"

哥哥用手遮挡着成松打过来的小手,笑嘻嘻地说:"好,好,是你吃了,我馋了,行吧?"

成松停住了手,又提出了交换条件:"你刚才讲的不算数,要再讲一个,讲长一点儿的。"

哥哥略加思索答道:"好,好,哥哥就给你讲一个长的,很长很长的,长得讲都讲不完的故事。"

哥哥的神情,突然变得有点儿狡黠。成松疑惑地看着哥哥,不知他又要耍什么把戏。

哥哥煞有介事地讲道:"从前有座山,山上有座庙,庙里有个老和尚在给小和尚讲故事。讲的是什么故事呢?讲的是,从前有座山,山上有座庙,庙里有个老和尚在给小和尚讲故事。讲的是什么故事呢?讲的是,从前有座山……"

哥哥一遍一遍轮回地讲着,没有尽头。

当哥哥讲到第二遍时,成松就感觉不对。当哥哥讲到第三遍时,他已经完全发觉自己上当了，哥哥又在逗他玩！

"你坏，你坏，你糊弄人！"成松嗔怪地扑向哥哥。

哥哥顺势将他一把搂在怀里，两人在炕上滚成一团，嬉笑打闹声传出屋外。

不知是从什么时候开始，成松还偏爱听大姐读书。

是什么时候呢？成松也记不清楚了。大概是大姐将自己知道的故事全都讲完了，也觉得没什么好讲的啦，才只好取出她学过的语文课文读给成松听。

成松听了，一下子就喜欢上那幽幽的书香和琅琅的读书声。

掌灯时分，有这么一段约定俗成的美好时光。

成松会拉着大姐凑在昏黄如豆的煤油灯前，让大姐给他读语文课文。大姐读起语文课文，还带着一点儿感情，像唱歌一样，可好听啦。成松趴在大姐身旁，小手托着腮帮子，听得挺美，还有点儿陶醉。《我穿棉衣要爱惜》《孔融让梨》《东西要放在一定的地方》《乌鸦喝水》《小猫钓鱼》《说谎的孩子》《皮球浮上来了》《司马光》《谁做得对》……大姐常常连读上好几篇，煤油灯火好几次都把她额前的刘海儿烧焦，发出了一股好闻的焦味儿。她扑打扑打那绺烧焦了的刘海儿，微笑着说："好啦，今儿就读到这儿吧。"

成松常常好像没有听见似的，他已经完全被课文中描绘的情景迷住了，那些美好的东西，满满地占据了他幼小的心灵。

那个年代，成松家没有什么书，大姐把她学过的课文不知读了多少遍，成松几乎每篇都能背下来，但他仍百听不厌。

听后，他和大姐还会评论一番。诸如，孔融懂礼让，司马光真聪明，乌鸦有办法，小猫真贪玩，说谎的孩子真是害人又害己……

偶尔，哥哥也会从同学那里借来一两本小人儿书，如《岳母刺字》《穆桂英挂帅》《卓娅和舒拉》《董存瑞》《铁道游击队》等，大姐和成松如获至宝。（注释：20世纪初叶，在上海形成并开始广泛流传的通俗图画读物始称连环画，俗称"小人儿书"。曾是大众喜闻乐见的文化娱乐方式之一，与文学作品的长期结缘，也使得这种绘画形式充满了浓郁的艺术人文气息）

其实，大姐老读那两本课文早就读腻了，只是为了哄成松开心她才苦苦坚持着。眼下有了小人儿书，她眉飞色舞，兴致自然高涨起来。成松欣喜若狂，手舞足蹈，高兴的样子更不用说啦！

大姐只上了一年级就回家照顾成松，读小人儿书还是非常吃力的。她连小人儿书里的字都认不全。

不过，这难不倒她。遇到不认识的字，她会跳过去，以她的理解能力看图讲故事。她讲的不一定全正确，但讲得很认真，大概也能做到八九不离十。这已经使成松很满足了，还有大姐那翻书的姿态、手指划过小人儿书文字的路线、断断续续诵读的声调，都让他心里流动着一股股暖流。

成松变得越来越好提问了，因为他发现大姐并不怎么排斥提问。他常常试探性地提出自己与大姐理解上的不同，大姐听后眨巴着眼睛想一想，觉得成松的理解有道理便会赞同，觉得他的理解有偏差就会否定他。赞同成松时，他很得意，觉得自己还挺有两下子的！否定成松时，大姐若能够说出理由来他服气，说不出理由他也不生气，重要的是别影响大姐继续讲下去。有不明白的地方，成松也会问大姐。大姐能够讲出来，他会连连点头。大姐讲不出来，他也从不嗔怪大姐，毕竟这是"猜故事"，猜不出来，太正常了！

每次大姐同他一起看完小人儿书,他都会要过来自己再看上好几遍。每看一遍他都心情激荡,深深地被故事中的主人公打动。

从"听故事"到"看小人儿书",这可是一个质的飞跃。

成松不仅可以听到故事,还能看到画面和文字。那些栩栩如生的画面充满魅力,像花儿的种子一样播种在他的心田里。那些文字一行行在他眼前掠过,从未上过学的成松不知不觉中竟也跟着大姐认识了不少的字。可以说他的识字课程是从看小人儿书开始的。他享受着阅读,也经历着心灵成长的历程。

做游戏、讲故事、读小人儿书都是娱乐和休闲,但又远不只是娱乐和休闲,那是他成长中的光亮,那是他生命里的天堂。

第四章

吃的脚本

那段时光很快乐,但也很艰苦。快乐的是精神,艰苦的是生活。

那时候,物质是贫瘠的。国家当时处于三年困难时期,老百姓日常的吃穿用度都成问题,尤其是吃的方面,让成松记忆犹新。

成松清晰地记得,一九五九年的冬天,他家每顿饭都要分着吃。家里白面基本看不到,玉米面很少,糠麸粉不多,晒干的碱蓬子倒不少。

妈妈常说现在是困难时期,挺过去就好了。妈妈经常熬一盆玉米面稀粥,并在粥里放入少许的盐和几块土豆。然后,每个孩子分一碗粥,粥里搁一块土豆,还有一碗全家一起吃的大粒盐腌的咸菜疙瘩切成的丝,就着碱蓬子干菜团吃。那碱蓬子干菜都是妈妈和哥哥姐姐夏秋时节抽空在野外采集回来晾晒的,缺粮就得靠这些东西充饥,因此可没少挨累。

成松从记事起就不吃生葱生蒜和咸菜,他宁可抱着空饭碗干巴巴地吃着野菜团子,也绝不动半口咸菜,生葱生蒜别说是吃了,就是闻见那股味儿他都受不了。

哥哥和姐姐都说他这是妈妈给娇惯的。成松无力辩驳,总是气哼哼的。是非只有自知,他确信那种厌恶和排斥是与生俱来的。

爸爸和孩子们吃的都是一样的,没有半点儿特殊。妈妈从不给自己分上一份粥和一块土豆,她只就着咸菜丝吃碱蓬子干菜团。如果有上一顿剩的碱蓬子干菜团,那么她一定是先吃剩的,绝不吃新的。

那碱蓬子干菜团黑乎乎的,苦吧约的,扎吧噎的,涩涩干干的,糙糙的,吃到嘴里直拉嗓子,极难下咽,特别难吃。

大哥大姐劝妈妈喝点儿稀粥,可妈妈坚决不肯,总是说:"你们喝吧,妈妈不爱喝粥。"

大哥大姐劝妈妈吃点儿新蒸的碱蓬子干菜团,别老吃上一顿剩的。妈妈总是说:"我爱吃剩饭。"还边吃边说:"真好吃,真好吃。"

孩子们心有所动,眼圈潮湿,他们何尝不知道,那剩的碱蓬子干菜团该有多难吃啊!

其实,孩子们早就发现,只要是好吃的东西,妈妈从来不吃一口,总是说她不爱吃。只要是不好吃的东西,总是说她爱吃。孩子们懂得,妈妈做的一切都是为了孩子们,她能省一口就省一口,她要把家里最好吃的东西省给孩子们吃,而自己吃最差的。

碱蓬子这种东西总吃,一定会吃出毛病的。妈妈的老胃病就是那个时候坐下的病根。孩子们吃得都拉不出屎来。成松多次被妈妈架在大腿上,用手指头蘸点儿洋油伸到成松小小的屁眼里去抠,抠出的屎小小的、黑黑的、硬硬的,像羊粪蛋儿一样,抠得成松吱哇乱叫。那憋胀的感觉,真让人受不了。妈妈边抠边劝:"别叫,别叫,马上就要完事了,抠出来就好了。"

这样的罪，成松可没少遭。

后来，他宁可饿着，也不吃或少吃碱蓬子干菜团。那时候成松瘦得像根棍儿。妈妈心疼成松，常常会把分后剩下的一勺玉米面粥盛给成松。成松怕哥哥和姐姐们会有意见，还假装推让一下。当他看到哥哥姐姐并无反对之意，好像很正常一样，他就松了口气，接过来一口气喝干，好爽啊！喝过以后，他心里又常常不安。时而为多吃一点儿而窃喜，他知道这是偏得，他打心眼儿里感谢妈妈的偏爱，对哥哥姐姐的谦让和宽容大度也感怀于心。时而又为自己贪吃一勺萌生羞愧之心。

他常想学孔融，其实很简单，只要把那一勺粥让出去就学到了。可他又觉得学孔融真是挺难的，因为每当妈妈把那一勺粥送给他，他都忍不住给喝掉了。他觉得喝了是不对的，不喝是对的。他想改，可总是改不了，他常常为此感到纠结。

在以后的日子里，每当听到妈妈讲《猪八戒吃西瓜》的故事时，他总会拿自己多喝一勺粥和猪八戒吃西瓜时的心态做比，多么相似啊！他暗暗地嘲笑自己。

第五章

过年真好　野菜里面有坏蛋

时光慢悠悠地行走。因为盼望着吃好的，总觉得苦日子过得太慢。因为过年可以吃好的，总觉得春节来得太晚。

成松对过年多么向往，多么期待。

终于，春节的脚步临近了，成松的心禁不住欢快地律动着，好像一首曲子弹到了高音区。可是非正常年成里过年，并不能像他想象的那样完美。

成松清晰地记得，这一年过小年，他没能吃到一顿饺子。

妈妈说，家里仅有十几斤白面，要省下来，留着过大年吃。那时供应粮很少，白面更少，只有重大节日才供应一点儿白面。每家每户虽然也把小年看得很重，唉，粮荒年代，小年不吃饺子，是多少家庭不得不做出的选择。

当然，也有例外。

过小年那天，成松看到小州家吃了饺子，很是眼馋。他想：一样供应白面，他家为什么能吃到饺子，他家不用节省吗，是不是过大年时他家就不吃饺子了呢？他这样想着，又立刻否定了自己：怎么可能呢，连小年都能吃上饺子，别说过大年啦！他家的白面一定比别人家多，可他家的白面为什么会比别人家多呢？他的小脑袋瓜里生出了一连串的问号，可他想不明白，只有满腹狐疑和惆怅。不过，他还是很高兴的，起码这一天他吃的比往日好得多。他吃到了纯玉米面的饼子，这也是妈妈因过小年才做的，这也是他平日吃不到的啊！当然，他更加迫切地盼望着大年快快到来，因为那时他也可以吃到饺子了，他是多么希望能够美美地吃上一顿饺子啊！他掰着指头算，他做梦都在想，他日夜盼望着年近点儿，再近点儿！

新春迈着从容不迫的脚步走来，终于走到了年三十。这年过年，虽年货稀缺，可家家户户仍然喜气洋洋，幸福连成了串儿。贴年画，粘春联，挂灯笼，放鞭炮，穿新衣，吃水饺……

中国的习俗，年三十的晚上，北方家家吃饺子，辞旧迎新。成松陪着哥哥耐心地把一挂鞭炮拆开，好一个一个地燃放。他们可舍不得把成挂的鞭炮一次性点燃，那样太奢侈、太浪费啦！

年夜的钟声快要敲响了，妈妈端起一盖帘儿饺子对哥哥说："我要煮饺子了，快去放鞭炮吧！"

大哥拿起桌上早已准备好的三十多个小鞭炮和三个二踢脚兴冲冲地冲出屋外，大姐、二姐、成松蜂拥而出。

大哥分给大姐十多个小鞭炮，大姐高兴地接过来。大哥又分给二姐十多个小鞭炮，二姐没接，她连连摆手说："我不要，我不要。"大哥笑了，知道她胆小，不敢放，怕崩着。成松上前伸手要，大哥却不给，故做惊恐状："你可不行，你还小，能崩着。"接着大哥又安抚成松:"你等一等,一会儿给你放'呲花',可好玩儿了!"成松听了乐了。

大哥点燃了两根烟,分给大姐一根,自己留一根。他们分别用烟点燃一个小鞭炮,然后甩向天空。"啪"的一声,鞭炮在夜空中炸响,放射出电光般的火花,青白色的烟雾袅袅娜娜,细碎的红纸屑飘飘洒洒,空气中弥漫着一股火药味儿。

"啪,啪,啪……"三十多个小鞭炮一会儿就放完了。在这个过程中,有的鞭炮成了哑炮,大哥大姐舍不得扔,还要把它们拾起来。拾哑炮有一定的危险,经常有小孩儿被假哑炮蒙骗崩坏了手。

大哥大姐有经验,他们去拾哑炮的时候,先在哑炮上踩一脚,这既可以保证假哑炮不会响,又可以感觉到这枚哑炮是实心的还是空心的。如果是实心的,证明里面有火药,可以做"呲花";如果是空心的,不必拾,毫无利用价值。大哥大姐把实心的哑炮捡起来,折断后,交给二姐和成松,并教他俩如何拿好,如何点燃,如何晃动。二姐和成松如法炮制。他俩分别用烟去点燃手里鞭炮折断处的火药,火药突然发出"刺"的声响,吐出火花,他俩赶紧旋转摇动着小手。那火花,一会儿像一轮火环在他们眼前悬浮颤动,一会儿又像一条火龙在他们身边蜿蜒游动,一晃儿就消失了。这就是大哥说的"呲花"。成松觉得很有趣,很好玩。

放二踢脚非大哥莫属,只见他用手提捏着二踢脚的上端,然后点燃二踢脚下端的"炮捻儿"。大姐赶紧让成松捂住耳朵,自己也捂住了耳朵。二姐不但捂住了自己耳朵,还把脸扭向一边,背对着大哥不敢看,她害怕二踢脚蹿到她的脸上。三个二踢脚真作美,没有一个哑炮。"砰""啪"地上一声巨响,天上一声巨响;地上一簇火花,天上一簇火花。那第一声巨响、第一簇火花，将二踢脚的下半截炸开，顶撞着二踢脚的上半截箭一般直冲云霄，然后第二声巨响、第二簇火花在空中展开。响声回荡着，火花闪耀着，烟云氤氲着，大片大片的红纸屑从天空中飘落下来。六声巨响、六簇火花，一个接一个，三个二踢脚的燃放圆满成功。

大哥的眼睛里闪动着兴奋的光亮，脸上绽放出胜利的微笑。那豪迈的气度，就像刚刚打了胜仗凯旋的战斗英雄。成松和姐姐们欢呼起来。此时，鞭炮声四起，大街上、胡同里，到处一片欢腾，那零零星星却又此起彼伏的鞭炮声响彻了整个小城。

屋里传出妈妈的召唤声："吃饺子喽。"

成松和哥哥姐姐欢天喜地跑回了屋。热气腾腾的饺子刚刚捞出了锅，还没等端上桌，成松就迫不及待地捏起一个饺子迅速地扔进嘴里，还没来得及咬一口，就下意识地吐到手上。他两手慌乱地倒腾着那个饺子，嘴里吐着哈气，连连叨念着："嘶，嘶，好烫，好烫！"妈妈笑弯了眉："真没样，看把你烫的，别急，上桌慢慢吃，饺子多着呢！"成松嘿嘿地笑了，他不觉得那是妈妈在责怪他，他只觉得那是妈妈暖暖的爱。

一家人围坐桌前，成松规矩多了，他把饺子放到嘴里，没嚼几口就咽下去了。全家人亲亲热热、和和美美地吃着饺子。饺子是酸菜馅儿的，几乎看不到肉，可全家人吃得津津有味，那么高兴，那么香甜。

屋外鞭炮声声，屋内其乐融融。

吃过饺子后，孩子们排着队给爸爸妈妈拜年。爸爸妈妈端坐在桌前，从哥哥开始，孩子们一个接一个给爸爸妈妈磕头："给爸爸妈妈拜年啦！祝爸爸妈妈新年快乐，身体健康！"那是孩子们送给父母新年的第一声祝福。爸爸妈妈喜笑颜开。爸爸对每个孩子都要说一句寄语，诸如"好好学习，天天向上，健康成长，做个懂事的好孩子，长大有出息"之类的话，那是父母心中对孩子们朴实的期盼。妈妈发压岁钱，发给每个孩子五分。那五分钱每张都是嘎嘎新的，绿色的，图案是一艘巨轮在大海上航行，海面上泛着微微的波浪，巨轮船头激起了银色的浪花，巨轮上那口粗大的烟筒还冒着浓浓的黑烟。孩子们兴奋地接过五分钱，爱不释手。五分钱可以买五个糖块；或者买一根冰棍，还剩二分钱；或者买一张学生电影票，还剩二分钱……

小小的五分钱，无尽的幸福感……

啊，年三十的夜晚，多么热烈、温馨、欢乐、美好、祥和、幸福啊！

过年真好，成松恨不得天天过年。

可这样的好生活，很短暂。他还没来得及过足瘾，年就戛然而止。理由就这么简单和自然，家里积攒下来的白面吃光了。正月初三，成松家的玉米面野菜团子，又重新回到了饭桌。成松勉强吃了几口，就放下了筷子。

眼前的景象，浅浅的失望，淡淡的忧伤，转瞬的落寞，让成松一下子就想到：春节已经过完了。

然而，他又很快惊讶地发现，小州家的春节还远远没有过去。

初八那天早上，他看见小州端着一碗冒着热气儿的饺子，站在家门口大口大口地吃着。

关奶奶慌慌张张、怒气冲冲地拉开门，边训边拉着小州回到屋里，那样子好像生怕别人看见似的。

成松大感不解，他回家问妈妈："小州家的白面为啥那么多，到现在还能吃饺子，关奶奶干吗害怕别人看见她家吃饺子，有什么秘密吗？"

妈妈没有直接回答成松的问题，却很郑重地说了一段让成松从未忘记的话：

"人家为啥有那么多白面吃，咱们不要胡乱猜疑，各家的情况不能完全一样，老褚家现在连一丁点儿玉米面都供不上溜儿，咱们家现在起码还能吃上玉米面儿菜团子。现在是困难时期，有什么就吃什么，不要攀比，更不要眼馋人家吃饺子。以后看见人家吃好东西要马上躲开，不躲开多丢人，多没教养，讨人嫌。你想想看，谁家好吃的东西都不会多，你站在人家跟前儿，人家是给你吃，还是不给？给你吃，人家心里不舍；不给你吃，又会觉得有点儿过意不去。咱可不能让人家不舒服，让人家瞧不起，也别让自己难堪，丢人现眼。"

成松默默地望着妈妈没说什么，可妈妈的话却牢牢地钉在了他的心里。

他知道，胡乱猜疑是不对的，攀比是不对的，看人家吃东西也是不对的。可在他的心里还多少有些不服，他并没有与小州家攀比的意思，更没有奢望和乞求吃人家的饺子。他虽然不爱吃玉米面野菜团子，但他并不觉得自己家里的生活有多苦，因为家家户户都与他家差不多，他只是觉得小州家好幸福，让他好羡慕！当然，小州家何以有那么多白面？一直像谜一样萦绕在他的心头。

时隔不久，彭大婶和妈妈的一次偶然对话，碰巧传到了他的耳朵里，他顿感真相大白，谜底揭开了。其实，那未必就是事实的真相，其中可能会有很多想象和猜疑。彭大婶说："老关家常吃面，那是仗着老关的权力搞特殊化。"

原来小州的爸爸叫关富，是县城镇上的镇长，管辖面很广。其中，生产队就有十多个，还有一个奶牛场，这些地方每年都种点小麦，即使是灾年也总有点儿收成，加之关富人精明，总有办法弄点儿白面，搞点特殊化，而且做得神不知鬼不觉。彭大婶神秘兮兮的，好像很知道内情，她像讲故事一样讲得有声有色。妈妈听了，笑而不答。成松在旁边听了，又惊讶，又生气，那个萦绕心头的疑问似乎找到答案。疑团消散了，羡慕跑掉了。他的脑海里只留下一个印象，一个令他厌恶的印象，关富人不好。

这一年，除了跟吃有关的，成松几乎就没有记住什么别的。青黄不接的季节，只有粮和野菜混成团相伴。这样的伙食，也不是家家都能保证的。那个年代，许多人都有挨饿的记忆，可成松没有，他只有吃不下去的记忆。他吃得很少，肚子总是瘪瘪的，可奇怪的是，他从未感到饥饿。哥哥姐姐说他"馋"，妈妈说他"穷人长个富身子"。他不置可否，但他不能否认：有好吃的他就是吃得多。

春节过后，风儿慢慢地柔和起来，阳光也越发明媚，冰雪消融的大地焕发出一派生机。转眼，草色变绿了，杨柳抽芽了，一些不知名的花儿开了，榆树长出了榆树钱儿。榆树钱儿，别说是在挨饿年代，就是现在也算好东西。它，大大地改善了成松家的生活。

城外铁路两旁长满了榆树，大姐带着二姐和成松同几个小姐妹一同去采榆树钱儿。小姐妹们把粗铁丝做成一个钩，将铁丝钩绑在木棍上，举起木棍，钩下榆树枝，然后用手拽着榆树枝，撸下榆树钱儿，一边放在篮子里，一边放在嘴里。成松跟着撸，也跟着吃。榆树钱儿甜丝丝的，很爽口，很好吃。褚三胖子竟然爬到了榆树上，她边采边吃，时而哈哈大笑，时而高声炫耀："这树上的榆树钱儿真是又厚又大又嫩又密又甜呀！"她的表情很夸张，一副扬扬得意、趾高气扬的架势，让人又羡慕又嫉妒。一会儿，褚三胖子就采撷了满满的一大布兜。她把布兜扔到地面上，然后将身体挪到树干上，抱着树干顺势往下溜，不料，衣服被树干上的疤结撕开一个大口子，手掌也划破了，留下一条长长的血印。褚三胖子脑袋耷拉下来，再也不笑了。小伙伴们却暗暗发笑，这下眼睛长长了吧，瘪茄子了吧，看你还嘚瑟不嘚瑟？

姐姐和成松把满满的两篮子榆树钱儿拿回家。妈妈看了很高兴，夸赞他们很能干。姐姐和成松听了，很开心，也很自豪。他们都觉得自己特别有成就。

因为家里的玉米面儿不多，妈妈只能把榆树钱儿拌到玉米面里，放在锅里蒸着做发糕吃，味道是蛮好的。只是榆树钱儿存期很短，没有几天，城外的榆树钱儿就被蜂拥而至的人们撸光了，这样的生活自然不会持续多久。

好在大自然并不吝啬，榆树钱儿没了，可各种野菜就像好朋友似的，很理解人们的心情，它们分期分批如约而来，给饥饿的人们带来了温饱和快乐。

马齿苋拌玉米面儿蒸馍，灰菜熬汤，芹玛菜（苦菜）、蒲公英蘸酱……味道都相当不错，它们大大地丰富了成松家的饭桌。当然在这些野菜中，也混进一些坏蛋。你若是不识好坏，就会被坏蛋残害。

成松和姐姐每次去采野菜，妈妈都会告诉他们：采灰菜一定要采长叶的，全部是绿色的。千万不要采圆叶的和叶片上有紫色或叶片背面是紫色的，这样的灰菜有毒。

他们记住了，大姐还把这些话告诉了一起去采野菜的小姐妹们。

姐姐和成松再采灰菜的时候会小心翼翼地进行鉴别和选择，一点儿都不敢马虎大意。也许是贪心，也许是不在乎，褚三胖子可不听这一套，她不管三七二十一，见灰菜就采，哪管什么圆叶的长叶的、绿色的紫色的。结果她采的灰菜比谁都多，走在回家的路上，她志得意满，好一派英雄凯旋的架势。

姐姐和成松采回来的灰菜，妈妈还要细心检查一番清洗一番才肯下锅做汤。全家人喝着鲜灵灵、香喷喷、滑溜溜、可口开胃、润喉清肺的灰菜汤，身体都渗出汗来，顿感六神开窍，心情和精神都大好起来。新生的马齿苋拌玉米面儿混合一蒸，有股淡淡的清香味儿，比那干野菜团子可好吃多了。

褚妈妈是一个风风火火、泼辣粗糙的女人，她可能是不懂，也可能是没有耐心去检查那灰菜哪些是圆叶的，哪些是长叶的，哪些是纯绿色的，哪些夹带着紫色，而是一股脑儿地下锅做汤。

褚家的孩子吃饭本来就饥不择食、如狼似虎，这回见到这么好喝的灰菜汤，更是张开大嘴、甩开腮帮、敞开肚皮，狼吞虎咽，喝个沟满壕平，那酣畅淋漓的快感毫不掩饰地挂在脸上。

可是好景不长。

第二天，邻居看到褚家的孩子，一个个胖头肿脸，肿胀的脸像个用气吹起来的猪膀胱，眼睛只现一条缝，感觉那张脸一碰就会破碎，扎一针就会流出很多水来，变成一个瘪膀胱。特别是褚三胖子，本来就头大，这下大得有些吓人，而且呕吐频发，腹泻不止，浑身刺痒，痛苦万状。

成松张大了嘴，两眼惊诧地看着褚家孩子全都走了样的脸，真担心他们缓不过来，更担心他们送了命。邻居们见了都唏嘘不已，感叹道：

"那是误食了有毒的灰菜，中毒啦！"好在，褚家孩子很皮实，很抗造，抵抗力很强，没过多久就逐渐地恢复了原来的模样，褚家再也不敢随随便便吃灰菜啦！

成松的心终于放下了，大姐从妈妈那里学来的调侃还余音绕耳："不听老人言，吃亏在眼前。"成松玩味着，调皮地笑了。这件事朦朦胧胧地告诉他一个道理：

"谨慎难出错，草率留后患。"

第六章

托儿所里的故事

春去秋来,四季轮回,大姐在家照顾成松已经一年多了。

成松的个头比以前高了,身体也壮了。大姐该上学了。妈妈给成松找好了托儿所,也给大姐上学报完了名。成松要去的托儿所是商业托儿所,距离他家不远,是妈妈事前早就预定好的。

上托儿所,是成松早就知道的,可真的让他去了,他又实在不想去,他对那里有着莫名的生疏和排斥。第一天他就感到,这里缺少欢心的玩耍、轻松的氛围。不仅一天没见过所长的笑脸,阿姨也总是凶巴巴的,所有的活动都是关在院子里进行,中规中矩,周而复始,刻板乏味。

上午小朋友练习排队走步。他走得不够好,被阿姨训斥一顿。他心情不好还得忍受。队伍解散了,这里的小朋友他一个都不认识,也没有一个小朋友来找他玩,他更没有心情也不屑去找哪个小朋友玩。

他孤独地走到院子高高的栅栏前。栅栏是木制的,刷着蓝色的油漆。他顺着木栅栏的间隙向外张望,那是多么自由自在的世界啊!他仿佛圈在笼子里的小鸟，失去了自由的天地，失去了快乐的时光，失去了飞翔的翅膀，好像什么都失去了。"放养"了一年多，突然"圈养"了，他受不了。

唉，憋死人喽！

中午饭，每个小朋友一小搪瓷碗小米稀粥，一小块萝卜咸菜，一块苹果（完整苹果的四分之一）。苹果对成松来说可是个稀罕物，他平时在家里是吃不到的，只有过年时才能吃到一个，他非常爱吃苹果。

他拿起苹果刚刚放在嘴边，就立刻噘着鼻子厌恶地把它放在一边。成松只把那碗小米粥喝掉了，而对那块咸菜和苹果一口没动。首先萝卜咸菜他压根儿就不吃，那股浓重的腌萝卜气息他一向是排斥的；而那块苹果上沾满了生葱味儿，一定是用刚切完葱的菜刀切的苹果，他对生葱、生蒜气味儿生来嗤之以鼻。

身旁那个小朋友已经把自己那份食物吃完了，他好奇地看着成松，不明白成松为什么不吃苹果和咸菜。

成松看出他的心思，试探地问："这块苹果和咸菜你吃吗？"

"给我？"那个小朋友瞪大了眼睛，仿佛不相信这是真的。当他看到脆白的萝卜咸菜和绿皮黄瓤的苹果已递到他的眼前，简直乐坏了。他带着几分感激的神情接过馈赠，拿起那块苹果便津津有味地吃起来，显然已经十分习惯那股大葱味儿。

一位阿姨走过来问成松："你为什么自己不吃，给别人吃？"成松淡淡地回答："不为什么。"

他不敢说出真实的原因，他怕阿姨讥讽他、羞辱他，也怕小朋友们取笑他。

阿姨和小朋友们的目光齐刷刷地向他投来，那些目光里，有好奇、不解、猜疑，还掺杂着羡慕、嫉妒和敌意。

成松心想，你们爱咋看咋看，爱咋想咋想，我就是不告诉你们。

饭后午睡，他被安顿在一个蓝色的小木床上。阿姨把每个小朋友都安顿好后，拉上一个个窗帘儿，吹一声口哨儿，喊一声"午睡啦"，便走出了房间。

屋里安静下来，小朋友们很快就入睡了。他们睡得那么香甜，细微的喘息声回荡整个房间。成松在床上翻来覆去睡不着，他想，大白天的干吗要睡觉啊，多此一举。

不知过了多大一会儿，一位阿姨轻轻地走进来，绕着孩子床察看一遍，不时为孩子盖盖被子。成松佯装睡着了，阿姨从他床边走过，走出了房间。成松睁开双眼望着天花板，望着圆圆的吊灯。"漫漫时间啊，你能不能快点儿跑啊？"

起床的哨声儿终于响了。熬过午休，下午又是排队走步。

"太枯燥，太乏味啦！就不能安排点儿别的吗？"成松烦躁地想着。

排队走步又熬过去了。他百无聊赖地走到托儿所栅栏前，望着外边的天空，想着他在外面的趣事。他不甘心自己被"囚禁"在这里，他向往外面的世界。他下决心说服妈妈，离开这煎熬的"囚笼"，还他那个自由的天地。

漫长的一天终于熬过去了。

傍晚，妈妈把他接回家。自从见到妈妈，成松就开始哭哭啼啼地对妈妈恳求："妈妈，你别再送我去托儿所了！求你了，我要自己在家玩，什么事儿都没有！"

可妈妈好像什么也没有听见似的，毫不理会他在说什么。这次妈妈态度很坚决："你还太小，说什么也不行！"

"妈，我不小了，就别让我再去了……"成松近乎哀求的声音有些哽咽。

"别磨叽，说不行就不行！"妈妈已经显得很不耐烦了。

于是，成松不再说什么，吧嗒吧嗒地掉眼泪儿。

第二天早饭后，妈妈又强制地把他送到托儿所。成松把嘴噘得老高，逆反心理在心中快速生长，他下定决心以"绝食"的方式进行抗争。

这一天，他不与任何人说话，也不与任何小朋友接近。

中午饭一口没吃，在家妈妈可以哄着他吃饭，在托儿所阿姨可不会惯着他，不吃拉倒，就饿着吧！

饿着就饿着！成松不服输，也不怕饿！

其实成松真的不怎么饿，因为他的"绝食"是分场合的，顶多算个"半绝食"。早晚在家他还是吃饭的，只是到了托儿所他就一口也不吃。

第一天就这样过去了，第二天也这样过去了……

到了第三天，妈妈却坚持不住了，她终归不忍心让自己老儿子就那么饿着。

中午，妈妈从干瘪的面袋里抖搂出一点儿白面，做了一碗疙瘩汤，让二姐给弟弟送去，并反复叮嘱二姐："路上要小心，不要把汤弄洒了，更别把碗打了，路上也不许偷偷喝呀！"

二姐应着，端着那碗满满的疙瘩汤，小心翼翼出了门，一步一挪地往托儿所走。

从成松家到托儿所不足三百米的路程。

微风中疙瘩汤的香气，特别是那油爆葱花的炝锅味道直往她鼻孔里钻，她下意识地咽了咽口水。又挪动了几步，她又咽了咽口水。她的嘴，抵不住那香味儿的诱惑，心里却在为自己寻找着理由："这疙瘩汤也太满了！走快了会洒的，走慢了会凉的，只有喝下去一点儿，这些问题就都解决了。"

小心翼翼地呷了一口，"哇，真香啊！"她心里欢呼着。

早晨喝下的稀粥早已消化殆尽，肚子咕噜咕噜地响着，强烈的饥饿感迅猛地向她袭来，她禁不住又沿着碗边"吸溜"一声儿，长长地喝了一大口。顿时，疙瘩汤在碗里下去一圈。

此时，她耳边响起来两个声音。

一个声音："再喝点儿，再喝点儿，我也很饿，给弟弟留下大半碗也不算少了，更何况我喝了谁也看不见！"

另一个声音："不行，这是妈给弟弟做的，你不能再喝了，再喝谁都能看出来了。"

她似乎看到了妈妈那生气和责怪的目光，她终于克制住自己的欲望，加快了脚步。

转眼间，二姐来到了托儿所门前，看到弟弟孤零零地站在院子栅栏前发呆。

她喊着弟弟的名字，弟弟跑过来了。

"小弟，妈妈给你做的疙瘩汤，还热着呢，快趁热喝吧。"她把疙瘩汤端到成松的眼前。

成松的脸上立即掠过一道笑光，但他马上意识到，自己正在"绝食"。心想："不能吃呀，我现在不吃饭可不是为了要好吃的，是为了赶紧离开这儿！现在见好吃的就吃，还像什么样子！"

于是，他故作不为所动的样子，悻悻地说："我不吃。"

二姐有些急了，说："妈特意给你做的，别人想吃还吃不着呢，快趁热吃啊！"

"疙瘩汤,不能吃。"他心里想着要坚强,可是嘴巴和肚皮却不争气。

那碗疙瘩汤浓浓的油爆葱花味儿扑鼻而来,令成松垂涎三尺,肚子里翻江倒海。他无法抗拒这种美味的诱惑,便顺势给自己找了个台阶,有点儿勉强地说:"好吧,不能让二姐白跑一趟,我喝。但是你要先喝点儿,我再喝。"

他又想起了妈妈对他的一贯要求。成松是家里的老儿子,妈妈多少有点儿重男轻女,每次分好吃的,妈妈总要多分给成松一点儿。(注释:东北话中的"老儿子"指的是家中最小的儿子。在东北地区,由于重视家庭和养老的传统观念,最小的儿子往往被视为家庭中的宝贝,受到父母的格外疼爱)

但妈妈也是有原则的,她从不允许成松吃独食。

她常说:"孩子是不能吃'独食'的,再好吃的东西也要适当地与别人分享。总吃'独食'的人,心是毒的,发展下去连爹娘都不认,在人堆儿里是吃不开的,会被人孤立的,早晚会吃大亏的!"

成松听了,虽不能完全信服,但他知道吃"独食"肯定是不好的,也是有点儿难为情的。所以,他总是把妈妈多分给他的东西再分出去一点儿给妹妹,才会心安理得地享用。

"二姐不喝,你快喝!"二姐语气坚定,她要在弟弟面前表现出一点儿都不馋,表现出当姐姐的"范儿"。

同时她想,弟弟肯定是嘴上让一让。要是真喝了,弟弟一定会心疼。再说她已经喝过两口了,不忍心再喝了。

"不行不行,你喝你喝,你一定要喝一点儿!"弟弟再次把那碗疙瘩汤端到她的嘴边儿。

"二姐不喝,你快喝吧!"二姐故做生气状,又把那碗疙瘩汤推给弟弟。

成松不肯，撒娇似的叫嚷着："不，不，你先喝，你先喝，你要不喝，我也不喝！"

成松的相让是真心的，二姐鼻子一酸，心头一热，两行热泪顺着脸颊流了下来。这眼泪有感动，有疼爱，还夹杂着说不出口的忏悔和内疚。她哽咽的话语带着焦急和恳求："二弟，你快别推让了，赶紧喝吧，再磨蹭一会儿汤就真的凉了，听话！"

二姐的推挡也是实意的，成松也感到一股暖流涌上心头。

爱是循环的，这情形温暖着姐姐，也温暖着弟弟，温暖在姐弟心间流淌。

成松不再推让了。他把这碗还热乎乎的疙瘩汤，端到嘴边一口气儿喝光。又欲罢不能，连碗底儿都舔个精光。

啊，他尽情地长长舒了一口气。那油爆葱花的香味儿还弥漫在他的口中，甜蜜在他的心里。

多好喝的疙瘩汤啊，什么时候能喝个够呢？他抿了抿嘴唇上的汤汁，咧着嘴，朝着二姐幸福地笑了。

二姐的眼泪又不自觉地流了出来，但灿烂的笑容却挂在脸上……

三十多年后，已步入中年的二姐，提起当年她偷喝了两口给弟弟的疙瘩汤，还深感内心愧疚，一直自责不已。

长大后，二姐对弟弟特别好。她资助弟弟上中专。每到星期天，她都要弟弟从学校去她家住，给弟弟改善伙食，请弟弟看电影。在所有兄弟姐妹中，成松和二姐的感情最深厚，关系最亲密。

一碗疙瘩汤，传递着母亲浓浓的爱，连接着姐弟深深的情。

成松的心肠渐渐软化了：妈妈是那样地爱他，一切都是为了他好，

049

他是不是不该让妈妈为难呢,更不该和妈妈作对呢?当时,他几乎说服了自己,当妈妈的乖儿子,放弃离开这里的念头。

接下来,又是老一套。午睡、起床、排队、走步……

啊,苍天哪,憋死啦,这样的日子何时是个尽头啊!

托儿所里千篇一律、枯燥乏味的气氛,再一次把他那几乎要熄灭的念头重新点燃,他渴望挣脱束缚,重获自由。

"不行,还是要离开这里!"

走步训练后,成松又孤独地走到院子栅栏前。栅栏的门被一把大锁头紧紧地锁着,也像一副沉重的枷锁,锁在成松的心上。

一位阿姨从屋子里走出来,抬手将高高的门锁打开,又回身将门锁挂在门鼻儿上。

"啊,她没锁门!"成松心中掠过一阵狂喜。

一个声音在他心里响起:"出去走一走,转一转,散散心再悄悄地回来,外面的世界多透亮,多舒服啊!"他蹑手蹑脚地走到门前,轻轻地打开门,一个闪身溜出门外。

他自以为他的行动神不知鬼不觉,可还是被一个小朋友看见了:"阿姨,阿姨,新来那个小朋友出院儿啦,新来那个小朋友出院儿啦!"

成松听到喊声,知道自己的行动暴露了。但他没有害怕,装作若无其事的样子站立门前,他试图用这样的行动告诉阿姨:"我并不是要走,就只是到门前看看,不必大惊小怪!"

阿姨听到喊声儿,慌慌张张地从屋里跑出来。跑到院子门前,一把将成松拉进院内,声色俱厉地一顿数落。

傍晚,妈妈来接成松。阿姨和所长都来告状,特别是那位阿姨,把成松明明是站在托儿所门前说成成松趁机打开托儿所的门,飞快地跑出去,害得她追出很远很远才抓住他。

　　阿姨过分的夸张,当着他的面儿和妈妈撒谎,让他不免心生反感。可他不想澄清和辩解,他需要这样的效果,这正好说明他想要离开这里的意志是多么强烈,是多么坚定!

　　其实,他早就看出了这个阿姨不够厚道,不够善良。她夸大其词的用意,就是想把成松推出托儿所。

　　她心里怎么想的,成松能够感觉到。可她嘴上说的,还是满满的关切,充满友好和善意,甚至还夹带着几分恫吓:"依我看哪,你这孩子不想在这儿待,就别勉强他,换个地方说不定会好些。孩子正是长身体的时候,在这儿一天不吃不喝的,饿坏了咋整?他整天噘着嘴,和谁都不说话,会憋坏的啊!还有,你这孩子特别犟。这一天老想往外跑,谁能看得住?这儿的家长和阿姨进进出出的,大门也不可能总锁着。这要是一时没看住跑出去,又不回家,上哪儿找去?这可不是闹着玩的,危险哪!"

　　阿姨的话果然奏效,看得出来妈妈的神色有些紧张和慌乱,不知所措。

　　成松觉得这个阿姨的手段有点儿恶劣,他很想说出整个事情的真相,但还是忍住了,毕竟她的目的和自己的诉求是一致的。

　　他缄口不语,静观其变。

　　妈妈一脸难色,终归没有做出明确的答复,便忧心忡忡地把成松带回了家。

　　成松的表现,阿姨的态度,都已向她清晰地表明:继续让成松待在托儿所已然不大妥当,可怎么办呢?

　　爸爸下乡支农去了,无法与之商量,妈妈在两难中辗转。因为心里憋得难受，就将这件事说给哥哥姐姐听。

大姐先开口了："照我看，就让成松自己在家里玩呗，没啥事儿。"

大姐心中有一定的数儿，只是怕出现万一，所以她一直不曾开口。她清楚地知道，当前的弟弟，自理能力和独立性非同以往。平时她并不怎么管他，任他去玩，只是从不让他长时间离开自己的视线。现在的他，越来越多的行动都是由他自己决定的，似乎已经脱离了对大姐的依赖。

这回妈妈直接和他们商量，她觉得应该把成松的实际情况和自己的判断全盘托出："平时成松根本就不用我管，他经常自己玩，或者跑去跟其他孩子玩，什么事儿都没有。现在让他自己在家门口玩，别远走，我看可以，要不，就先试试看？"

大姐的话，好似一阵春风，吹散了妈妈心里的阴霾，让她忧愁的脸上闪现出开朗的光彩。

妈妈又问大哥的想法，大哥却不大相信弟弟能够管好自己，但他也同意可以试一试。

妈妈思虑再三，想出了一个两全其美的办法。

她充实和完善了大姐的意见，做出了这样的决定：可以不去托儿所，但要有个安全落脚的地方。先与邻居于大娘商量一下，让成松白天和于家小五在一起玩，大姐放学后就马上接回家。

老于家很靠谱，家风很好，于大娘是个受人尊敬的人，为人肯帮忙，估计十有八九会同意。

妈妈把成松叫到身边，告诉他这样的打算。成松听了喜出望外，好像只要能够离开托儿所，他便什么都好。

妈妈给成松约法三章："第一，到于家后要听于大娘的话，不要给人家添麻烦。第二，不许打打闹闹，不许祸害人家屋子，注意卫生，保持清洁。第三，不要远走，就在于家门口玩。不要上马路上玩，不要到井边去玩，不要跟陌生人走。（妈妈还专门给成松讲了"拍花子"的故事）。如有违背，马上送回托儿所，绝不留情。"成松满口答应，表示坚决遵守，绝不犯规。

他哪里还敢讲什么条件，他只想别让妈妈担惊受怕，更不想失去这来之不易的好机会。

于家果然很好，二话没说就接纳了成松，妈妈少不了又叮嘱成松一番。

第七章

成松与于家　天大的秘密

于家院子不小，高高厚厚的院墙，配着宽宽厚重的大门和三角形的雨搭，显得有几分森严。

院子左侧有一个方方正正的仓房，仓房严丝合缝的松木门和那把粗壮坚固的铁锁，比成松家的屋门和锁头，都不知要好过多少，禁不住让人去想，这里面装着什么东西呢？

于家房子很大，进深很长，对面窗遥遥相对。房间里摆放着几件很像样的老式家具。房间的正中，并排摆放的一对比小孩儿还高的深褐色落地堂箱柜，堂箱柜正面有一扇拉门，拉门上镶嵌着五枚方方正正的金黄色的铜板。中间那枚更大一些，显得有几分气派。堂箱柜上的墙，端挂着一面镜子，镜子两边挂着条幅："长风破浪会有时，直挂云帆济沧海。"堂箱柜上面摆放着座钟，座钟上覆盖着一条红布，越发显得端庄气派。座钟两边有两个漆着牡丹花图案的瓷瓶，一个瓷瓶插着鸡毛掸子，另一个瓷瓶插着缨甩子。旁边还有一把竹丝编制的温水瓶。房间南边有一张八仙桌，两把太师椅。八仙桌上摆着一个茶盘、一把瓷茶壶、四个瓷茶碗。所有家具和用具都被女主人擦拭得干干净净，闪着亮光，好像永远是一尘不染。

看到这些，成松心想，这个家庭挺讲究，有派头，一定规矩很多。自己待在这里，要小心行事，不能放任，别让人家生厌。

于大娘，一个袖珍型的小脚女人，个头矮小，身形也蛮单薄，两只眼睛一只白眼仁儿大一只白眼仁儿小。但人很精明，很利落，很有主见，一看便知是这个家里主事的。

成松开始有点儿紧张，但很快就高兴起来。因为于大娘挺热情，小五很亲热，还因为曼妮看着他总在笑。曼妮是小五的姐姐，与成松同龄，头发梳得光光的，两条短辫粗粗的，两只眼睛亮亮的，小脸红扑扑的，嘴角总挂着微笑，神态挺柔和，模样挺俊俏，他一见到她就有一种说不出来的欢喜。

成松和小五很快就玩在一起了。成松比小五大一岁。小五很喜欢这个新来的小哥哥，他带来了一股新的气息，给小五一种未曾有过的新鲜感和吸引力。他们很快成了好朋友。

未了的担忧，放不下的牵挂，心头上的责任，让妈妈一次次在给妹妹送奶期间来到于家，从门缝里悄悄地观察成松的动静。

起初成松不知道，后来于大娘告诉了他，他便留意起来。果然，他发现妈妈每天上午都会跑过来一趟，扒着于家门缝观察成松的表现。成松故意装作没看见，行为更加稳当和乖巧。他要用这样的表现安慰妈妈，莫担忧别牵挂，放心吧，儿子不会有事的。

在那个没有过多需求的年代，孩子没磕着没碰着就好，没病没灾就好。妈妈的心渐渐地放下了，成松的心也慢慢地放松了。

成松越来越适应所处的环境，他不再用妈妈送、姐姐接了，来去于家已完全由自己支配了。

　　每天早饭后，小五都盼望他早点过来，因为他有那么多好玩的游戏教给小五玩，有那么多有趣的小故事讲给小五听。如，翻花绳，用手指简单地比画两下，就可以翻转出许多的花样：金鱼、花朵……很是神奇。跳格、踢籽儿、斗鸡、扇烟盒、弹玻璃球、抓嘎拉哈、瞎子摸人等游戏，都是他们的最爱。

　　于大娘爱干净，像跳格、跳房子、跳绳这样需要画画和容易起灰的游戏，不让在院子里玩，他们只好放弃了这些游戏，这多少让他感到有点儿遗憾。他讲的故事常常把小五逗得嘎嘎大笑。于大娘有时在旁边听到，都忍不住笑出声来。曼妮远远地躲在一边，好奇地向这边张望。这时的成松，总会感到有一种说不出来的愉快和成就感，还有一种莫名的惋惜。于大娘是一个传统守旧的女人，她不许自家女孩子跟别人家的男孩子一起玩，男女有别，授受不亲。所以，曼妮从来不敢走近成松的跟前。她不是帮助母亲干活，就是自己在一边默默地玩。成松也不敢走近她的跟前，他害怕遭到于大娘的训斥和厌烦。

　　在于家，成松谨慎而欢快地生活着。时间久了，日子长了，他对于家人的印象越来越深。

　　于大娘人很勤快，可谓贤妻良母。整天不拾闲儿，屋里屋外忙活，好像永远有干不完的活。她总是把家打理得干干净净、井井有条，就连家里的锅盖都擦得溜光锃亮。于大娘对于老爹更是照顾得无微不至，邻居都说于老爹好福气。

　　于老爹每天都穿着得整整洁洁，像模像样，看上去你根本就不会想到他是个铁匠。可是他干活可不含糊，做出来的铁匠活响当当的，远近闻名。常有邻里求助打个家什，他从不推辞，做就做好。邻居总是带着感激的微笑连连叫好。偶尔，于大娘还会给于老爹温上半壶酒，炒上两个菜。于老爹只喝一两酒，从不贪杯。他独自喝酒吃菜，孩子不上桌，长幼不比肩。他虽然是个铁匠，可家里的老规矩挺多。酒香飘满全屋，增添了祥和的气氛，那是幸福的味道。

于家的孩子个个收拾得整洁，穿戴有模有样，又听话，又有礼貌，又爱劳动，邻里们都很羡慕，赞不绝口。

于大娘慈祥而严厉，于老爹严厉而又慈祥，全家长幼有序，令孩子敬而生畏。特别是于老爹说一不二，还有几分旧式大家长的范儿。

于家生活用具应有尽有，邻里常来借用，于大娘从不拒绝。可于家从不向别人家借东西，更不允许自家的孩子接受人家的东西，若是接受了，一定会遭到严厉的惩罚。

成松对此既敬畏又新奇。那个年代，孩子们最为关注的始终是吃，尤其是谁吃的问题。在这个问题上，于家和自家的规矩截然不同，这让成松大为惊诧。

在成松家，要是饭菜稍好一点儿，妈妈总是先让孩子们吃，爸爸有时少吃一点儿，妈妈则一口都不吃。

孩子们也常常劝爸爸妈妈一块吃，可爸爸妈妈总是笑着让孩子们吃。

成松曾听到妈妈和对门邻居彭大姊唠嗑儿："有好吃的，要先给孩子吃，孩子正在长身体，亏了谁也不能亏了孩子。只要有一粒米，都要先可孩子吃。"

在于家，要是做点儿好吃的，于大娘总先让于老爹吃。她自己不吃，也不许孩子们吃。于大娘说："孩子，你爹是咱家的顶梁柱，谁吃不好，

057

也要让你爹吃好，咱们家就靠你爹挣钱来养家。"孩子们都很听话，谁都不去夹一口好吃的。

于老爹常常于心不忍，总会主动给孩子们夹一点儿，尤其对小五。孩子们都纷纷地推让着，感激的笑脸放着光亮。

两家，一个是先幼，一个是先长，这到底是谁对谁错？好像谁都没错，都有道理，都让人感动。唉，这世间真是奇妙！

一天上午，成松偶然发现了于家的一个秘密，这完全出乎他的想象。

这天像往日一样，成松照例来于家玩儿，只因和大院里的小朋友凑热闹，比平日晚了一些。当他走到于家大门口时，他看到于小五从住屋里走出来，进入了自家的仓房。平时这个仓房总是紧锁着的。这次小五进去也没关门。成松没有多想，就跟了上来。当他走到仓房门口时，立刻惊呆了。只见仓房中央摆放着满满的四大麻袋玉米面，大概是为了通风，也许因为装得太满，四个大麻袋口都完全敞开着，里面的玉米面明晃晃地呈现在成松的眼前。咦，这粮食也太多了，他家咋有这么多粮食呢？俺家的面袋倒是有四五个，但只有两个面袋装粮，还都是各装了少半袋。听妈妈说，俺家算是不错的，有好多人家还没有俺家粮多，吃的都是农作物代食品或者野菜充饥。他还没有看见过谁家用大麻袋装粮食的。成松心里涌起一股奇异的波澜。

当小五发现成松站在门口时，倒吸了一口气，张大了嘴巴，瞪大了眼睛，显得比成松还要惊讶，不，是惊慌，好像大祸临头一样。他急忙提起要取的土篮子，匆匆走出仓房，把门锁上。于大娘在屋里窗前已经看到了这一切。她早就火了，一见面，就劈头盖脸地数落小五："你是没长眼睛，没长脑子，没长手啊！也不知道关门，简直是个小笨蛋！"

说罢，她还气不过地狠狠地用巴掌打了小五的屁股一下。

小五委屈地哭了。

接着，于大娘把敌意的目光转移到了成松的脸上，但什么都没说。

成松从未见过这样的目光，他慌乱地躲开于大娘那咄咄逼人的目光，转身逃也似的跑出了于家。他心里很难受，不光是小五因为他这个不速之客的出现而挨打，还因为于大娘那针扎一样的目光。

中午，妈妈下班了。成松向妈妈诉说，于大娘家有满满的四大麻袋玉米面，他看见了。

起初，妈妈不信，认为他一定是看错了。大灾之年，家家粮食不够吃，于家怎么可能有那么多的粮食呢？

成松把事情的经过从头到尾说了一遍，妈妈终于信了。

"你于大娘会过日子，人也精明，这些粮食一定是她家多年省吃俭用积攒下来的，还有以前她为人家摊煎饼，以工换面得到的。小鸟不撒尿，各有各的道！"妈妈判断着、感慨着。

成松还有些不解："那于大娘干吗要发那么大的火啊！"

"人家的秘密，被你看见了，人家当然很生气。"

"看见了又怕什么呢？"

"怕你传出去，怕有人眼红，怕有人借，怕有人偷……这可能都是人家担心的。"

母子的对话，让成松明白了许多，也对于大娘多了一些理解。

最后，妈妈郑重地告诫成松："这个事一定不要对别人讲，要替人家保守秘密，传出去不好。"

成松"嗯嗯"点着头，他记住了妈妈的嘱咐。

第八章

小哨偷吃糨糊　于家囤积的粮食喂猪了

　　成松好一阵没去于大娘家了。他已经不用固定在哪一家玩了,他的小伙伴日渐增多。

　　这些日子,成松和陈家小哨打得火热。陈家小哨是个很顽皮的孩子,小他一岁,因为淘气,陈大妈常常"惩罚"他,不给饭吃,饿上一顿。她的这种方法真的有效,但很有限。陈家的孩子就怕不给饭吃,特别是小哨。他犯了错,陈大妈不给他饭吃,他就缠着陈大妈,苦苦央求让他吃饭,反复表示不再犯。陈大妈心软应允,可他掉过头来又重蹈覆辙。成松暗自发笑,又惊诧不已,陈家与自己家大相径庭。在自己家,妈妈最怕孩子不吃饭,孩子对妈妈的抗议常常就是不吃饭。如果妈妈认为孩子的抗议有道理,妈妈会以长者的身份表示改过来。如果认为没道理,则会不容分说,强制命令你必须改正,必须吃饭,否则就打。成松遇到这种情况,常常是坚决不吃,打也不吃。

　　呵呵,这个世界真奇妙,人与人大不一样,家与家大不一样,各人有各人的应对,各家有各家的招数,孰是孰非,说不清楚,好像都不咋的!成松思来想去,想不明白。

进入十月下旬,东北的天已经凉了,小城里家家户户都做着越冬的准备。

陈家今天要糊窗户缝。陈大妈把面袋拿出来,那里面还有一点点白面。那是陈家一直没舍得吃,专门留着糊窗户缝用的。陈大妈把面粉倒在盆里,并且把面袋抖了又抖,将面袋里的面抖落得干干净净。她把小半盆的面交给了小哨的姐姐丫蛋,交代丫蛋打了糨糊后和小哨一起把窗缝都糊上,她有事出去一下。丫蛋满口答应了。

丫蛋会打糨糊,每年都是陈大妈和她一起糊窗缝。

丫蛋召唤小哨过来帮忙。小哨和成松停止了他们踢毽子的玩耍,一起来到锅前。只见丫蛋在锅里放了一些水,又把面粉倒在锅里,用筷子顺时针搅拌均匀。丫蛋让小哨生起柴火,慢慢地烧。她在锅里仍然不停地搅拌着。一会儿,锅热了,混合在一起的水和面,慢慢地形成了糊状,还冒着小泡泡。锅里散发出久违的白面蒸发的香味儿。

丫蛋盼咐小哨把糨糊盛到面盆里,然后把糨糊均匀地涂抹到窗户纸条上,一会儿送给她。她先出门清理一下窗户框上残存的纸屑。

小哨应下了。当他将锅里的糨糊盛到面盆里,立即改变了主意。他双手麻利地端起盆来,扒在盆沿上偷偷地喝了两口。开始他只是想喝两口解解馋,可万万没想到,这两口引出他肚里的馋虫来。他实在禁不起这般诱惑,忍不住一次又一次"吱溜吱溜"地喝上几口。他抬起头来,咧嘴一笑,让成松也喝上一口。

成松不好意思,又怕惹祸,推而不喝。

小哨本无诚心相让,见成松让而不喝,心中窃喜。好喝的糨糊已

让小哨欲罢不能，他索性埋下头来，张开大口，横扫千军如卷席。

成松看呆了。

丫蛋在窗前大声喊叫小哨，她已经把窗框收拾利落，叫小哨赶紧把涂好糨糊的窗户纸送来，喊了一遍又一遍，仍不见小哨应答。她急了，返回屋里欲看究竟。她刚迈进屋门，不由大惊失色，身子发抖，肺都快要气炸了。只见小哨的嘴，对着盆，正仰头尽情地喝着糨糊，那一盆糨糊都快喝光了。她发出嚎叫般的喊声跑过去："哎——呀，坏蛋，你还敢偷吃糨糊，快点儿放下面盆。"她去夺盆，可小哨抱得紧紧的，夺不下来。她用一只手拽着盆，又用另一只手疯狂地向小哨身上砸去。可小哨并没有停下来，只顾喝，不顾打。在雨点般的拳头下，小哨以最快的速度喝光糨糊，才放下盆，抹了抹沾在嘴巴和鼻子上的糨糊，打了一个饱嗝，开心地笑了。可丫蛋却拍着大腿号啕大哭，嘴里还喊着："等妈妈回来了，不扒了你的皮。今天你也别想吃饭了！"

小哨的笑容立即消失了，脸上也显出紧张的神色，他好像意识到将要发生什么。可转念一想，他又露出满不在乎的笑容。好像在说："吃上一顿白面糨糊挨一顿打，值！不给饭吃拉倒，就是给饭吃还能吃到什么好东西，能吃到白面吗？拿野菜团子换一次白面糨糊吃，值！"他太迷恋那美味的白面了，甚至可以无视陈大妈的责罚。

过后听说，小哨挨了陈大妈一顿打，打得还不轻；两顿饭不允他吃，丫蛋偷偷地塞给他一个野菜团子。最后，陈大妈不得不弄点儿玉米面制成糨糊，对付着把窗缝糊上了。

苦日子慢慢地过着，能够吃顿好吃的，仍然是孩子们最大的期盼。

又一年，秋天来了，粮食收成很不错，家家都有了供应的新粮，数量也比以往多了许多。成松家的伙食大大改善,他可以经常吃到用新玉米面做成的饼子或用新玉米楂子煮成的粥。他常常拿着新出锅的玉米面饼子在外面吃。于家小五见了,很是羡慕。成松总是掰下一小半饼子,递给小五,他愿意和小五分享。

"不要,不要。"小五连声推辞。

成松知道小五家的家规,不准孩子接受别人的东西,接受了于大娘不会轻饶。可成松硬是把饼子塞给小五,说:"没事,没人看见,我又不说,于大娘不会知道的。"

小五高兴地收下了那块饼子。他一边吃一边说:"俺家可没吃过这样全是玉米面,又这么鲜黄的玉米面饼子,真是太好吃啦!"一句简单的话语,一个天真的微笑,让感激和温暖在他们之间久久徘徊。

成松看着小五大口大口地吃着饼子,一脸幸福的样子,心里充满了快乐。同时,他又不无遗憾和惋惜。"于家可是有四大麻袋粮食啊!没粮食,于家和别人家吃得一样,都是玉米面和着野菜的团子;现在有粮了,于家的粮食自然更多了,可别人家都吃上了纯粮的干粮,而于家还吃着菜粮两掺的团子,这也太苦了于家的孩子啊!"

不过,成松还是能够理解于大娘的,甚至有点儿崇拜她:"真有长远打算,这样过日子,到什么时候都不会揭不开锅的。"成松不止一次这样想。他曾对妈妈说:"妈妈,咱家也不能总这样一个劲地吃纯粮吧,应该向于家学习存点儿粮食,以后要是没粮了可咋办呢?"

妈妈满不在乎地说:"存什么粮,有粮不吃还饿着呀?现在已经好了,不缺粮,以后也不会缺粮的,日子会越来越好的。"妈妈总是那么乐观,信心满满。

果然,打那以后,家里再也没缺过粮食。

后来，于家也不再吃野菜团了，纯粮的伙食端上了饭桌，但是每人定量。再后来，就不定量了。再后来，于家存放的那几麻袋玉米面都有点儿捂了。

到了春天，于大娘索性抓了一头仔猪，到年底养出了一头大肥猪。

"于家到底还是会过日子，存放的那些玉米面终归没有糟损掉，养的猪真肥啊！"成松好生羡慕，但那种遗憾和惋惜的情感依然萦绕在心头："本该吃到孩子嘴里的粮食，全让猪给吃掉了，于家的孩子因此少吃了多少粮食，枉过了多少苦日子啊！那时的粮食多金贵呀，现在的粮食还有那么金贵吗？于家实际上做了一件多么失算的事啊！"

这个时候，他更庆幸更佩服妈妈看得准，做得好，妈妈好英明啊！成松家虽然从未有过余粮，但吃的总比于家好，把该吃的粮食，都吃到了孩子的肚里，让自家的孩子比于家的孩子多吃了多少粮食，少过了多少苦日子啊！

第九章

妈妈的善良　吃煎饼

东北的日子好过了，可外地逃荒要饭的人时常可见。

星期天，成松家两顿饭。爸爸没在家，他常常忙于工作，节假日也不休息。厨房间里，锅里金黄的大楂子粥冒着热气。成松的妈妈在从锅里往盆里盛粥，晚饭就要开始了。

一个背着破旧行李卷，长得黑黑的，头发蓬乱的，显得有些蠢笨的青壮年男子，正趴在厨房门窗上，眼睛直勾勾地盯着锅里饭。

妈妈放下盛饭的勺子，打开门问："你找谁？"

"我是外地路过的，想讨口饭吃。"那男子直截了当地说。

妈妈二话没问，就把那个男子让到屋里的饭桌上。

孩子们围在桌前，诧异地看着这个突然来临的陌生人："咦，这个人不光埋汰，还是一个大肚子汉！"孩子们心生反感，情绪黯然。

妈妈特意找出一个大碗，盛满粥，先递给那男子。那男子接过便喝，毫不顾忌，还没等妈妈把其他几个孩子的粥盛完，他已经把他的那碗粥喝光，又把碗递给了妈妈。

妈妈又给他满满地盛了一碗，他又狼吞虎咽地喝起来，好像在抢饭。

孩子看见这样的不速之客，心生几分厌恶和不安。

妈妈连续端上桌三盆粥，把锅里的粥都盛尽了。

那男子一连喝了六大碗，盆里的粥见底了。

孩子们都没吃饱，可那男子撑了够呛，打着饱嗝，捂着肚子慌张地往门外跑，连声"谢谢"都没说。他跑出门外没几步，又折回来，拎起放在门口的行李转身又跑。

妈妈惊异地说："他怎么了？快跟着去看看。"

成松跟出去，尾随着那男子。只见那人一跑三颠，东打听一下，西打听一下，最后，撒野似的奔向了厕所。

一会儿，占柱的哥哥大柱从厕所走出来，成松迎上去相问。大柱告诉成松，刚才那家伙进了厕所，还没蹲稳，就"扑哧"一声……成松回到家里，把这件事一说，全家人都哈哈大笑。

笑罢，大姐十分鄙夷地说："他这个年纪，什么不能干，出来要饭，真不知寒碜。"二姐说："吃饭像什么样子，只顾自己，像饿狼抢食一样。"姐姐抱怨妈妈不该把这样的人让到家里吃饭，害得全家人都没有吃好。

妈妈没有愤愤不平，只是和蔼地说："这个人十有八九是个逃荒的。逃荒的人不容易，一定是本地生活太难了，才舍家撇业地跑出来讨生计。这个人一定是好几天没吃上一顿饱饭了，难得在咱家吃上一顿饱饭。不管怎样，讨饭讨到咱家门口，咱家有饭就要帮人一把。咱们一顿饭没吃饱，不要紧，下一顿可以补上。"

孩子们认真地听着，妈妈的善良悄悄地潜入了他们的心底。

于家小五常常来找成松玩儿,也常常分享成松悄悄塞给他的玉米面儿饼子。分享中建立的感情,是亲密的,成松又成了于家的"常客"。

数百年来,大煎饼都是山东人的特色食品。于家是山东人,摊煎饼是于大娘的拿手好戏。粮食多了,家家户户兴旺起来,于大娘又操起了摊煎饼的活计。一是给自己家摊;二是给人家摊。

给自己摊煎饼,于大娘从来不摊很多,但摊一次却要吃好一阵子。平时舍不得吃,专赶上来客人或节假日吃。在客人或外人面前,他家永远维持着体面的生活。于家人吃煎饼,只有于老爹不受限制,孩子们都是分着吃,从未管够过。最让成松感叹和佩服的是,于家的孩子除了吃掉自己分得的那份煎饼,从不奢望再多吃一张。

给别人家摊煎饼,于大娘从不收现钱,而是以工换面,就是收你一斤面,给你摊八两面的煎饼,扣除二两面作为工钱。曾经的谜底揭开了,成松见证了于家四大麻袋玉米面的主要由来:"这样赚到的四大麻袋玉米面,于大娘要给人家摊多少煎饼啊!"

厨房里,煎饼鏊子上,散发出独特的诱人的香味儿。成松和小五正在里屋弹玻璃球玩,闻到了香味儿,禁不住在门口向这里张望。于大娘熟练地摊着煎饼,表情很愉悦。煎饼鏊子擦得油光锃亮。她倒上一勺和好的玉米面糊,用一把刮板顺时针转圈摊开,再用刮板刮平刮匀,瞬间,那勺玉米面糊便成了一张圆圆的大煎饼。然后,她用小铲顺着煎饼的边缘,把煎饼从煎饼鏊子上铲开一圈缝隙,再用双手捏住煎饼的边缘,向上一揭,一张黄澄澄、油光光的大煎饼便下来了。

小五也不弹玻璃球了,他走到于大娘身边,蹲在灶口帮着添火。于大娘似乎看透了他的心思,笑着说:"这里不用你,玩去吧。"说着,拿起一张煎饼,并叠成一个长方形:"去吧,和成松一块吃。"

小五接过煎饼,高兴地跑回了屋。他撕下一小半煎饼递给成松。成松假意推让着。其实,从闻到那股香味儿到看到于大娘摊煎饼的过程,成松早已馋了。

"成松,快吃吧,新摊的煎饼最好吃。"于大娘的喊声从厨房里传来。

这时,成松才矜持地接过煎饼。他尝了一口,一尝三叹:"呀,真好吃,真好吃!"那股香甜中略带一丝酸味儿的独特味道,令他陶醉,回味悠长。

小五见状,很高兴,很自豪。他不无炫耀地说:"现在,我也能经常吃到这样的煎饼了。"

这会儿,该轮到成松羡慕小五了。孩子的世界是单纯的,他们在生活中的习性常有两种状态:一是看人家;二是给人家看。看人家,你比我吃得好,你就比我幸福;给人家看,我比你吃得好,我就比你幸福。这会儿,成松感觉小五比自己幸福。原来,幸福与否来自内心的参照与比较。

小半张煎饼,大大地刺激了成松的味觉,撩拨起他心中的欲望:"小半张煎饼真是不解馋,要是能管够吃一顿,那该多好啊!"

这天中午,饭桌上,成松红着脸对妈妈说:"妈,咱家能不能在于大娘家摊点儿煎饼吃呢,咱们家还没吃过煎饼呢!"成松面带羞涩地解释着。

"是啊,咱家多年没吃煎饼了,成松从记事起就没有吃过煎饼。今天下午我去粮店,再买点儿玉米面,送到于大娘家,请她帮咱家摊点儿煎饼。"妈妈疼爱地瞧着儿子说。

两天后,正值午饭时,妈妈从于大娘家抱回家一大包裹煎饼,放在饭桌上。大姐端上了刚出锅的炖白菜土豆汤,妈妈对着围在桌前望眼欲穿的孩子们说:"这煎饼还热着呢,都是上午新摊的,快吃吧,今天可劲儿吃。"

哥哥动手了,解开包裹皮,两大摞煎饼呈现在孩子的眼前。煎饼加炖白菜土豆汤,真是绝配!两者搭配着吃,更是大开胃口。孩子们都甩开了腮帮子,大口大口地吃,大口大口地喝,直到肚子里沟满壕平,方肯罢休。最后,煎饼吃了一大摞,炖白菜土豆汤一扫而光。成松这会儿想:"小五虽然能经常吃到煎饼,可他能这样放开地吃吗,好像从来没有过。"这会儿,他又感觉到,他比小五幸福!

第十章

小哨的幸福

那个年代,孩子们的幸福都是相似的,而谋求幸福的途径却常常各有不同。

陈家小哨的幸福,通常是"偷"来的。成松可是亲眼见证了这一点,甚至有时还参与了。

那次听说小哨因偷吃糨糊被陈大妈狠狠地打了一顿,成松就想:"这回小哨应该是不敢再偷了吧。"可当他和小哨又玩在一起时,他发现小哨一点儿都没改,只是更加隐蔽、更加狡猾了。

在陈家,小哨会瞅住机会就跑到厨房偷勺饭吃,有时还会从咸菜缸里偷一个咸萝卜啃咬着。他好像吃什么都津津有味,又好像从不怕挨打。陈大妈常常感叹地说:"小哨就是属狗的,记吃不记打。"

偷吃带来的快乐,远大于挨打受的那点儿皮肉之苦。特别是偷吃的那种惊恐和兴奋,侦察与反侦察的神出鬼没,临危应变的机智脱险,都让小哨感到惊险刺激,大有成就感。

这天上午，陈大妈正在院子里洗衣服，屋里只有小哨和成松在玩。

东炕上的房梁中央，悬挂着一个竹篮子，里面装着几个玉米面儿大饼子。那是陈大妈为防止孩子偷吃专门安放的。陈家没有板凳，孩子们够不着。小哨常常跳起来去够那篮子，可是连那篮子的底都摸不到。

这次，小哨似乎看到了机会，小小的眼睛放着亮光。他看了看那个吊起的篮子，又看了看成松，再到窗前窥视了一下陈大妈的动静，然后对成松说："成松，你帮我一个忙。"

"怎么帮？"成松问。

小哨趴在成松的耳边神秘地说："咱俩脱鞋上炕，你驮着我，我够一个大饼子吃。"

"不行，不行，这让陈大妈知道了怎么办，告诉了我妈，我也会挨揍的。"成松拒绝着，脸上露出紧张而忧虑的神情。

"没事儿，我妈现在忙着呢，她看不见怎么会知道呢？俺家的饼子从来没个数，偷一个也看不出来，就帮我一把。"小哨摇晃着成松的胳膊，焦急地恳求着。

成松禁不住小哨的恳求，终于答应了，心中还生出一股为伙伴"两肋插刀"的英雄气概，他决定为小哨冒一把风险。

他俩爬上炕。成松蹲下身来，让小哨骑在他的肩膀上，便趔趔趄趄地站起来。小哨伸手够那篮子，可只能够到篮子的边缘，摸不到里面的饼子。

成松咬紧牙关挺直身体，努力使自己的身高再高一点儿。他两腿不住地颤抖着，心惊肉跳地坚持着。

小哨也努力伸长胳膊，用手沿着篮筐边缘使劲地往筐里探。突然，篮筐"叭"的一声，落到了炕上，玉米饼子从篮筐里蹦出来。原来，

071

刚才小哨用力过猛,也因为竹篮提手又松又旧,篮筐和竹篮提手秃噜扣了,脱落下来。

小哨和成松都慌了神。小哨从成松的身上滑下来:"不好,这下要露馅儿了。"惊恐之下,他还是没有忘记从炕上捡起一个饼子揣到怀里。

成松心中暗暗叫苦,令人担心的结果还是发生了,妈妈知道了会怎么样呢?妈妈总是嘱咐他不要在外面惹祸。

成松想着自己的心事,难过极了。

"喵",一只小猫跳上炕来,这是小哨家养的猫。小哨抱起小猫,用手抚摸着它的头,一丝掩饰不住的笑掠过脸颊。他轻轻地放下小猫,从头到尾摩擦着小猫的皮毛。小猫顺从地趴在炕上。他又从炕上捡起一个玉米饼子,放到小猫的嘴边。

小猫愉快地舔食着。

"这好端端的一个大饼子不是让猫给糟蹋了吗?"成松既惊讶又心疼,他可不敢这样做,也舍不得这样做。

小哨带着诡异的笑容向成松眨眨眼,摆摆头,示意成松跟着他走。成松好像意识到了什么,跟上了他。

他们来到厨房门前,透过门窗向外张望。

窗外,陈大妈抖了抖手上的水,端起洗衣盆向院外走去,她是出去倒脏水。小哨和成松蹑手蹑脚走出门外,又躲到院里的柴火垛后面等待时机。陈大妈倒完脏水,又回到屋里去换水。小哨和成松从柴火垛后面钻出来,像猫一样悄无声息地溜出了院外。

小哨又独享了那份偷来的美食。成松从来不要小哨给的食物。一则,感觉他不够诚心;二则,也从未觉得他的食物有什么好吃。何况,成松还一直惶惶不安。

下午饭后，成松在小哨家附近徘徊，他不敢去小哨家，害怕陈大妈知道了他的参与给他脸色，可他又急切地想从小哨这里得到消息。

半个时辰过去了，小哨终于从家里走出来。

成松迎上去，小哨笑嘻嘻地告诉他：他回家后，就被陈大妈好一顿审问，可他死不认账。

小哨说："我的个头矮，连篮子的边都摸不着，怎么会是我干的，是不是小猫干的啊？"

陈大妈说："小猫也够不着啊！"

"小猫饿了，从炕上东墙被垛上跳到篮子上，怎么不能呢？"小哨故做分析状。

陈大妈觉得小哨说的有道理，因为陈大妈洗衣进屋换水时，正好看见小猫在炕上篮子旁舔食着一个大饼子。

陈大妈顺手从炕上抱起小猫，朝着小猫的头愤愤地打去："是不是你干的，你的胆儿也忒大了，竟敢这么干。"

小猫缩着头，目光恶狠狠的。

说到这儿，小哨禁不住放声大笑。他快意于自己的机智，巧借小猫来掩饰；也快意于他的演讲，你看，成松听得多么专注。

成松听了小哨的话，苦笑了一下，心里踏实了，即使是这样的险境，有时也可以安然无事。可他又从心里深深地为那只小猫叫屈："可怜的小猫啊，上哪儿去说理啊！"一种负罪感从他心头掠过，那种感觉一点儿都不好。

小哨的幸福不只是"偷"来的，还常常是"抢"来的。可这"抢"来的幸福，却有两次让他昏死过去，差点儿断了气。

陈家孩子吃饭都是"抢",尤以小哨为甚。

有时在盆里饭快没了的时候,如果小哨"抢"到的饭多,他会沾沾自喜,咧开大嘴笑,庆幸自己的胜利;如果"抢"到的饭少,或者没有"抢"到,他会噘嘴,懊恼地看着人家碗里的饭。趁人家不注意,赶紧把人家碗里的饭往自己碗里拨。如果拨了小四的饭,小四会毫不客气地给他一拳,还会吹胡子瞪眼睛地警告他,再敢如此,就让他好好尝尝自己铁拳的味道。小哨在小四的警告中,既委屈又窃喜地享受着抢来的胜利成果。但他还真的不敢再轻易地去拨小四碗里的饭,小四的铁拳可不是好吃的。他倒是常常抢丫蛋碗里的饭。因为丫蛋打他一点儿都不狠,就像敲背按摩似的,这让他感觉很舒服,乐此不疲。

那天中午,成松吃完午饭,溜溜达达地来到小哨家。

陈家正吃着午饭,桌上的一盘刚出锅的烀土豆酱,还呼呼地冒着热气。只见小哨躺在桌下,双眼闭合,四肢瘫软,嘴巴已经没了气息,人已经失去了知觉。

"小哨,小哨,快醒醒,快醒醒!"陈大妈紧张而焦急地扶起小哨的上半身,用力地拍打着他的后背。还不无生气地抱怨道:"哎呀,这是抢土豆吃,又噎住了,给烫过去了,这已经是第二次了,快醒醒吧!"陈大妈不停地敲打着小哨的后背,陈老爹和孩子们都焦急得面面相觑。

原来,刚才小哨见了新出锅的烀土豆酱,哪还管它热不热,就一口接一口地争着抢着往嘴里塞,还没等缓口气,那滚烫的土豆就糊住了喉咙,噎在嗓眼里,烫得他昏死过去。

所幸陈大妈很有经验,及时用空手掌猛击后背,强烈的震动,使噎在嗓子里的土豆,缓缓地沉降下去。

小哨苏醒了,他慢慢地睁开眼睛。

"几口土豆酱，一场生死劫。"大家都松了一口气。

小哨的目光从大家的脸上移到了饭桌上。当他看到桌上那盘烀土豆酱时，又有了力量。他坐起来，又拿起筷子，夹起一块沾满酱的土豆就往嘴里塞。

陈大妈喊着："别着急，别再烫死过去！"

小哨吃得没有像刚才那样狼吞虎咽，土豆酱也没有刚才那么热了。

"饿死鬼托生的！"陈大妈嘟囔着。

成松见状，先惊后笑，心中暗想：这事儿，也就小哨才能干得出来。经历了两次生死，他还会有第三次吗？但愿没有！

第十一章

幸福与痛苦

　　幸福感总是变幻的,永无止境。

　　日子越来越好,玉米面儿大饼子之类的食物越吃越多,可那份幸福的味道却越来越少。这人啊,就是没有个满足的时候。孩子的目光,开始投向那些金贵的食物,如蛋、肉、鱼、各种糕点等。他们心里期盼着,什么时候能管够吃上这东西,那该多么幸福!

　　那天,冯家小五过生日,冯大妈特意给他煮了一个鸡蛋。他拿着这个鸡蛋坐在大院门口,美滋滋地摆弄着。

　　孩子们围过来,成松也在中间。这可是个稀罕物,没有哪个孩子还记得鸡蛋是个啥滋味。

　　见到围观的小孩儿,冯家小五很得意,那种优越感、幸福感清清楚楚地写在脸上。他慢慢地、轻轻地剥开棕色的鸡蛋皮,露出了里面白花花、很有弹性质感的蛋白来。他不急于将它几口吃掉,而是先用舌头轻轻地舔着。舔了好一会儿,才小心翼翼地用牙轻轻地咬下一点点鸡蛋白,生怕掉下一点儿渣儿。他细细地长久地咀嚼着,好好地品尝了一番,享受了一段长长的、香香的好时光。他多么希望这样的时光慢慢地过去,甚至停下来,与他永不分离。他那样子,太享受、太陶醉了,还夹带着那么明显的,那么馋人的挑逗和戏谑。

孩子们看傻了眼,口水都要流下来。

星华扬着鼻涕拉撒的脸,哈喇子已经淌出来。成松突然感到难以名状的羞耻,妈妈曾经告诫他:"不要看人家吃东西,很丢人的。"特别是冯小五那带着挑逗和戏谑的眼神深深地刺痛了他。他喊着孩子们:"有什么好看的,赶紧走!"他扭头率先走了,那几个小孩儿似情愿又似不大情愿地跟上来。他不屑地想:"牛气什么,不就是吃一个破鸡蛋吗?"他着实有几分"吃不着葡萄,说葡萄是酸的"味道。

冯小五看着孩子们远去的背影,怅然若失,先前的那种美感消减了一半。

还不仅仅这些,接下来的事情,更令冯小五痛不欲生。

庞家禄宝看到冯小五的样子,心里也很不是个滋味,他有些愤愤不平地说:"你看把那冯小五美的,都美出了大鼻涕泡了,他故意馋咱们,有什么了不起,嘚瑟啥呀!"

陈家小哨更是气不打一处来。本来他吃不着鸡蛋也就罢了,末了,冯小五还故意馋人。他怨恨地说:"这小五,就是臭美,就是和咱们嘚瑟,咱们应该好好治治他,看他还臭美不臭美,嘚瑟不嘚瑟!"小哨心里油然蹿起一股报复的火苗。

"怎么治?"禄宝探问。

小哨想了片刻,灵机一动,坏主意来了。他趴在禄宝的耳边说了些什么，没人听到，这是他们的秘密。

冯小五还独自坐在大院门口。自从刚才孩子们走后，他再也没有咬一口鸡蛋。也许他还在为刚才的事郁闷，也许他还没有炫耀过瘾，也许他实在舍不得吃掉这枚鸡蛋。

看到迎面而来的禄宝和几个孩子，冯小五的神气又回来了。他用手指甲掐下一丁点儿鸡蛋，放在嘴里，津津有味地咀嚼着，眼睛不时地瞟向禄宝他们。

"呀，鸡蛋还没吃完呢，给我看看你吃多少了？"禄宝的眼里射出了不怀好意的目光。

冯小五看到这样的目光，不由得警觉起来，下意识地将拿鸡蛋的手背到身后，却没有意识到危险会从后面悄悄逼近。

小哨抱着一只小狗悄然来到冯小五的身后，他把小狗轻轻地放在冯小五的手边，迅速躲开。那小狗心领神会地一下叼住冯小五手中的鸡蛋，转头屁颠屁颠地跑了。

冯小五"哇哇"大哭，双腿使劲地蹬踹着。孩子们一哄而散。只有那撕心裂肺的哭声，响彻了整个大院，传出了很远很远。

成松回家后，就向妈妈讲述了冯小五吃鸡蛋的故事。

"这俩熊孩子，真能作！"妈妈哭笑不得。（注释：作，zuō，恶搞的意思）

同时，妈妈也看出来，成松对过生日吃鸡蛋充满了羡慕和向往。妈妈说："等来年儿你过生日，妈妈也给你煮俩鸡蛋吃。"

成松听了喜出望外。为了吃上这俩鸡蛋，他连做梦都盼望着过生日。

生日临近了，妈妈还像往常一样忙碌着，家中不见一个鸡蛋。成松几次想提醒妈妈，但终究没好意思开口。他想，也许过生日那天，妈妈会突然给他一个惊喜！

生日那天，一日三餐，顿顿家常便饭。

没有一丝惊喜，妈妈真的把他的生日给忘了。他本可以提醒妈妈，妈妈也一定会兑现她的承诺，可家里的收入那么紧，有时买粮钱都不够用，鸡蛋又那么贵，还要吃两个，这也太奢侈了，怎么能开得了口呢？

就这样，成松在失望和矛盾中度过了他的生日。

多少天后，妈妈突然想起了成松的生日，她为自己的粗心而好不后悔，甚至还责怪成松为什么不早点儿提醒她。

成松尽力地微笑着，轻声地安慰着妈妈："妈妈，没什么，小孩儿的生日过不过都一样。"他又一次说了违心的话。

妈妈疼爱地看着成松，发出了一声长长的叹息。

成松终归没有得到那份幸福。但是，随着生活水平的不断提高，有一种新的幸福接踵而来。这种幸福就是吃油梭子。

那时，粮店每人每月只供应四两大豆油，家家户户都不够吃，尤其是孩子多的家庭。因为条件好多了，成松的妈妈会时不时地买回一点肥肉，熥一点儿荤油，来补充家中食用油的不足。

锅里投放了几块肥肉，妈妈循环往复地，有时使劲地用勺挤压着那几块肥肉，仿佛要把它们的油榨干。肥肉在锅里，在妈妈的勺子底下，汩汩地往外冒油，发出了"吱啦啦"的响声。偶尔，还会爆出"噼噼啪啪"的脆响，油星四溅，像放小鞭儿似的。这场景，早已让孩子们垂涎欲滴，望眼欲穿。

每次熥油，都能出小半碗油梭子，可惜"狼多肉少"。

每一次成松只能分到一两块油梭子，但这足以让他心花怒放。他

079

深有体会地感知到，吃油梭子可不容易，这可比吃鸡蛋香得多。

他总是学着冯小五品尝鸡蛋的样子细细地品尝着油梭子。啊，油梭子，油油的，香香的，特别是那微微烤焦的味道，深深地刺激着他的味蕾，那感觉真美。美在味觉，美在心头。

妈妈见状，心中欢喜，也生出几分怜悯来。她对孩子们说："等快过年时，妈妈一定买好多肥肉熬油，熬出的油梭子，一定让你们吃个够。"

孩子们望着妈妈都笑了，成松笑得最灿烂。那种喜悦，荡漾在脸上；那种期待，流淌在心里。

这回妈妈可没有忘记，也没有食言。临近过年的时候，妈妈果然买回来很多很多的肥肉，一熬就是满满的一锅。还没到吃饭的时候，妈妈就把一盆刚出锅的油梭子端给孩子们吃。

妈妈先给成松盛了一大碗。他接过来，便贪婪地一口气吃个精光。第二碗，他依旧狼吞虎咽地吞食着。

一种从未有过的尽兴，让他感觉痛快极了。

突然，一阵干呕从嗓眼里喷出，把油梭子的气味变得极为恶心。他几番抑制，却猝不及防，狂吐不止，眼冒泪花，胃肠都快吐出来了。终于可以管够地吃一顿油梭子了，这正是成松梦寐以求的，可是现在得到了，却使他很痛苦。

原来，幸福是可以转化的，也是有极限的。超越了极限，幸福就成了不幸。幸福与不幸，往往只有一步之遥。

以后，成松再也不想吃油梭子了，一闻到油梭子的味道，就恶心、反胃，甚至要呕吐。

一顿油梭子，终生恶其食。

可成松一点儿也不怪妈妈，他知道那是妈妈的爱……

当然，这也让妈妈和他都知道了，好吃的也不能多吃，吃过了头，就会让你受苦头，饮食里也有讲究。

童年的幸福与痛苦，大多与食物有关。幸福是难以捉摸的，因人而异。有的食物对你是幸福的，对他却是痛苦的。味道都是相似的，感受却各不相同。

成松与哥哥对生大蒜的感受就截然不同。

哥哥爱吃生大蒜，吃得很幸福。而成松闻到生大蒜味儿，就呈痛苦状，他特恶心那股大蒜味儿。

哥哥每次吃生大蒜都要吃上好几瓣，特别是新蒜，他能吃上好几头。就是不吃饭，也能吃上一两头。他把生大蒜一瓣一瓣地放在嘴里，"嘎嘣嘎嘣"地嚼着，辣得眼泪都冒出来了，嘴里还不断"哈咻哈咻"地呼着气，只觉得口舌生津、七窍生烟，痛快极了，幸福快乐的笑容洋溢在脸上。成松见之，便屏住呼吸，噘起鼻子，逃之夭夭。这生大蒜的气味，可太难闻啊，熏死人啦！

哥哥十分不解，也不相信，这么好吃的生大蒜，成松竟然动都不动，连闻到味儿都呈痛苦状。那样子，好像对吃生大蒜的人都十分憎恶。他心中大为不满，油然生出一种调教的念头：你越不想吃，越让你吃，非把你板过来不可。

这天，成松在外玩够了回到家中。哥哥拿着两瓣生大蒜，嬉皮笑脸地来到他的跟前，劝成松将大蒜吃下。

成松不肯，倒退两步，摇头摆手，连声拒绝："不吃不吃，闻味儿都受不了，别说吃了！"

"生大蒜的味儿虽不怎么好闻，但吃起来却很过瘾。不信，你尝尝？"哥哥上前两步继续相劝。

成松厌恶地说："尝什么？谁爱尝谁尝，我不尝。"

哥哥说："你不尝怎么知道不好吃呢？"

"我说不尝就不尝，你烦人不烦人呢！"成松有些恼怒。

哥哥没有半点儿恼怒，却冷不防一下子抱住了成松，又腾出一只手来，嘻嘻哈哈地往成松的嘴里强塞生大蒜："你还是尝尝吧！"

成松万万没有想到哥哥会来这一手。平时哥哥都是让着他的，可从未对他动过粗。

成松拼命地挣扎着、反抗着，紧闭的嘴唇发出了"呜呜呜"悲惨的叫声。成松使劲地摇晃着脑袋，将已经挣脱出来的右手拼命地阻挡着哥哥已经压在他嘴边的手。

哥哥依然嘻嘻哈哈地笑着，而且干脆一把将成松压倒在炕上。并顺势骑在成松的身上，用两条大腿死死地压住成松的两只胳膊。这时的成松，可真的惨了。无论他怎么挣扎，使出浑身的解数，都无法护住自己的嘴。

尽管他咬紧牙关、猛烈摇头，以抵抗大蒜塞入口中。可哥哥还是趁着他号叫和喘息之机，将两瓣生大蒜轻而易举地全都塞入了他的嘴里。他本能地往外吐，又被哥哥嘻嘻哈哈地用毛巾堵住了嘴。一股刺鼻呛人的、怪味熏天的、令人作呕的气味灌满了他的口腔，拥堵了他的五官，遍及了他的五脏六腑，他仿佛掉进了一口深不可测的粪池里，憋得他喘不过气来。

那近乎绝望的状态，那叫天天不应、叫地地不灵的感觉，那无力、无助、无奈、屈辱的情感，令他痛不欲生。平时，他是那么信任哥哥，爱着哥哥，可哥哥却对他毫不留情。酸楚的眼泪、悲伤的眼泪、委屈的眼泪，顺着他的眼角儿流淌出来。

成松很痛苦，那种痛苦，刻骨铭心，无以言状。哥哥很快乐，乐得流出了眼泪。他为自己毫不费力控制住弟弟，轻松得手，达到目的而感到兴奋和刺激。可是，哥哥很快便放开了成松。因为他发现，自己的行为已经大大地伤害了弟弟。成松眼里满含着深仇大恨，怒火在熊熊燃烧。

成松从炕上爬起来，首先急不可耐地将两瓣生大蒜吐在地上，又一口接一口地吐着吐沫。然后，挥舞着拳头向哥哥扑去。然而，无论他怎么凶猛，怎么用力，都无法靠近哥哥的身体。哥哥只是用手一拦，就把他的双手抓住了，使他动弹不得。他连踢带蹬，可根本碰不到哥哥的身体，他无助又无奈地哀号着。

"不就吃两瓣生大蒜吗，多好吃的大蒜啊！你还是应该吃一吃，习惯了就好吃了。"哥哥依旧嘻嘻哈哈地挑逗着。

成松简直气得发疯，可毫无效果的反击，让他感受到自己是多么弱小，他恨不得自己生出铁臂，消灭这天下的不平和欺凌。

妈妈下班回家，他向妈妈告状。

妈妈听了，忍不住笑了。妈妈没有惩罚哥哥，只是故作严肃地嗔怪道："成钢，你是哥哥，以后可不许这样对待弟弟。"

哥哥依旧嘻嘻哈哈地嬉笑着。

妈妈又转过头来安慰成松："以后你哥可不敢了，他是和你闹着玩呢！"

"哼，有这么闹着玩的吗？可恶至极。"妈妈对哥哥无关痛痒的批评让成松大为不满。这状告得有什么用呢？哥哥还不是照样幸灾乐祸吗，上哪儿说理去？成松一肚子的愤恨。他憎恨生大蒜，更憎恨哥哥。

睚眦必报大概是孩子的天性。从此，成松不再和哥哥说话。哥哥主动与他说话，他也置之不理、视若仇敌。直到有一天，他也戏弄了哥哥一把，可算报了强塞生大蒜之仇，他们的关系才好起来。

这是一个星期天的早晨，孩子们都睡着懒觉，妈妈从早市归来，买回半盆泥鳅。成松起床小便，看见了这些活蹦乱跳的泥鳅。他眼前一亮，突发奇想，一个恶作剧的念头从他脑海里闪现。他悄悄地从盆里抓出一条泥鳅，偷偷地把它放进哥哥搭在床尾上裤子的裤裆里。然后，蹑手蹑脚钻进自己的被窝，佯装睡觉。可那眯缝的双眼却一刻也没有离开过哥哥的左右。

妈妈进屋来，呼唤着孩子快起床。

哥哥最先爬起来，掀开裤腰口就把腿伸进去。突然，他惊叫起来："哎呀呀，什么东西呀，好像一条蛇钻进了我的裤子里。"他慌乱地脱下裤子，脸都吓白了。

哥哥退缩到炕根儿，不敢动那裤子。

妈妈神色紧张地走过来，拿起哥哥的裤子，在地上抖搂了一下。一条泥鳅从哥哥的裤筒里掉下来，在地上蹦跳着。

一场虚惊，全家人都笑了，成松笑得最欢。

妈妈和哥哥都知道这是谁干的，可他们谁也没有对成松动粗。

哥哥还笑着指点着成松："都是你干的好事！"

成松喜形于色，这回可算和哥哥扯平了。于是，他们又和好如初。

哥哥给成松强塞生大蒜，到头来也没能使成松接受生大蒜，反倒让成松对生大蒜更加深恶痛绝。不过，他不再像从前那样，像躲避瘟神一样躲避生大蒜。他努力地忍受着这种气味，实在忍受不了，他会佯装若无其事的样子走开。因为他不想让人知道，他是多么反感生大蒜的气味而让人难为情，甚至与他对立。

但是，他终生都不肯吃一口生大蒜。

第十二章

难忘的于三　陌生的表哥

对喜欢的人，就离近点儿；对不喜欢的人，就离远点儿。这是人类交往的规律，也是孩子们的本能。

成松经常到于家去玩，那是他喜欢的地方；于家的人，也都是他喜欢的人。

这一阵子，于家屋里总是静悄悄的。于三躺在炕上，他是北完小学四年级的学生，中国少年先锋队大队长，三道杠，是全校公认的好学生。他学习好，劳动好，可体质较弱。在校总做好事，帮助同学讲解难题，积极打扫教室内外卫生，冬天早上还帮助离校家远的同学值日生炉子等。可不知什么原因，他病了，已经有一段时间不能到校上课了。

高峰是他的同班同学，担任班里的学习委员，也是他的好朋友。他常来看望于三，并给于三补课。高峰通常会坐在一只板凳上，趴在炕沿边，对着于三头讲好多好多的东西。他讲学校里的事，班级里的事，老师和同学间的事；讲他听到的事，看到的事，想到的事；说外边的天气，外边的风景；说路上的车，路上的马，路上的行人；说田野的花，田野的草，田野的树林，田野的鸟儿。当然，更多的还是讲课本，读课文。

这时候，成松总会躲在一边，偷偷地听他讲些什么。成松觉得高峰真是了不起，并且崇拜他能够讲出那么多东西，而且讲得那么好听，那么令人着迷。

于三好像很感动，听着听着，便会不自觉地流下眼泪来。

他是多么想念学校、班级、老师和同学，多么向往外边的世界和大自然的风光。可是，病魔把他紧紧地禁锢在炕上。高峰讲的一切，好像离他越来越远。他不无惆怅和伤感地闭上眼睛，泪水静静地流淌着。

后来，于大娘悄悄地告诉高峰，以后不要再讲外面的事了，讲就讲一点儿课本上的东西。

高峰点着头，他完全能够领会于大娘的意思。

这天下午课后，高峰又来给于三补课。于大娘轻声地告诉他："今天于三总是睡，醒来的时间很少，好像一点儿力气都没有，就别补课了。"

高峰轻轻地点头，"嗯"了一声，转身就要告辞。

于三醒来，吃力地睁开眼睛，勉强地挤出一丝笑容，嘴唇微微地翕动着，发出了微弱的声音："来吧，给我读读课文听。"

高峰看了看于大娘。于大娘看了看于三，又看了看高峰，轻声地说："去给他念一段吧。"

高峰轻手轻脚地来到于三的跟前，坐在他已习惯坐的位置上，然后打开那本不厚不薄的语文课本，放在于三的枕边，他伏在于三耳边，很专注地读着，声音很小，神情凝重。

因为于大娘让小五和成松待在北炕这面，不要发出声响，所以成松这次听不到高峰读的是什么课文。可那画面，却永久地印在了他的心里，很暖很暖，很美很美……

成松被这画面深深地感动了。

于三又不知不觉地睡去了，他可能是太疲惫了，已经没有精气神儿再听下去。成松心里充满了惋惜和忧伤。

于三得的是伤寒病，挺重的。这是成松听妈妈说的。妈妈还嘱咐成松："这几天就不要去于家了，人家的心情都不好，别影响到人家。"

成松是听话的，他不再去于家了。可他无时无刻不在记挂着于三，他多么希望于三能够快快地好起来呀。

两天后，于三死了。

外面，没有人听到一点儿动静，也没有人听到哭声儿。

后来听妈妈说，于三死的那个早上，于老爹用一张炕席把于三卷起来，趁天还没亮，就用推车拉出去。拉到哪里，埋葬在何处，外人是无法知道的。

于家人哭了多久，眼泪流了多少，也没人知道。可大家都猜到了。那天早上，于家人一定是泣不成声，且把哭声压得很低很低，生怕惊扰了于三那不安的灵魂，也不愿惊动了周围邻舍。

成松简直不敢相信这是真的。

前几天，于三还在听同学朗读课文。他是那么爱读书，那么懂事，那么好，那么小。他还要读书，他还要做好多好多的好人好事，他怎么能就这样走了呢，而且走得那么匆忙，那么悄无声息？成松从故事里早就听说，好人都有好报。可于三为什么没有得到好报呢，生命为什么这么脆弱呢，老天怎么能这样不公呢？只是一次伤寒病，就夺去了他花样的年华，结束了他短暂、美好且尚未绽放的人生。

成松好像比谁都难过。于三，多好的人啊，好人总是被人怀念的。成松好长时间都缓解不了那份压抑和悲伤。

什么时间最长？等待的时间最长。

这是成松七岁的时候，第一次体验到的。二姐已经上小学了，自从二姐上学开始，家门钥匙就一直挂在成松脖子上，从早到晚跟随着他跑动、跳动、转动，很少有安静的时候。

这一天，家里来了个年轻的陌生人，自称是妈妈的一个亲戚，来自内蒙古阿荣旗的一个农村。成松的家门锁着，对面屋的彭大婶就把他让到了自己的家。随后，彭大婶的三女儿小娟，找到了正在外边和小伙伴玩耍的成松。

成松听说此事，便跑回家，打开家门，把那陌生的亲戚从彭大婶的家领到了自己的家。

陌生的青年，容貌纯朴，长得很健壮，上身穿着陈旧发白的蓝色斜纹布衣裳，下身穿着土布黑裤子，裤子膝盖上还打着两块大补丁，脚上穿着黑布鞋，都是自家做的。虽然穿着简简单单，看样子比较穷，但整个人干干净净，从上到下都收拾得十分整洁，眉宇间还透出一种坚韧和平实。

陌生的青年坐在炕梢的炕沿上，举止拘谨。他可能感觉到了成松的警惕。

成松坐在地上的小板凳上，目不转睛地看着陌生的青年，不知所措。

四目相对，沉默无语，场面既沉闷又尴尬，气氛令人煎熬和窒息。

成松有些后悔，他意识到把一个陌生人让到自己家里，就等于把自己和陌生人捆绑在一起，让自己失去了自由，既牵肠挂肚，又惴惴不安。

一会儿，彭大婶喊成松，让成松到她家去给客人倒一碗热水喝，她知道成松家没有热水。

成松去了，很快端回一碗热开水。那个陌生青年接过开水，点头对成松微微一笑，没说什么。

接着，又是一片沉寂。

陌生青年一动不动，老老实实地等待。

成松一动不动，却心急如焚。连那把挂在他脖子上的钥匙都显得格外安静，好像一下子失去了活力。

等待，等待，漫长的等待，时间仿佛凝固了。

成松无法判断这个陌生的亲戚是真是假，他的心紧绷着，巴望着妈妈早点儿回来，时间快快奔跑。

其实，这样的等待不过两个小时，成松却感觉恍若隔世。

妈妈终于回家了，成松长长地松了一口气。

妈妈并不认识这个年轻人，只是听他简短地提起他的爷爷和爸爸，妈妈才依稀地记起这门远亲。他的爷爷是妈妈的一个表舅。他的爸爸，妈妈在孩提时曾见过两次，印象早已模糊。论辈分这个陌生青年该叫妈妈表姑，成松该叫他表哥。

这个青年面容羞涩，显得拘谨，虽然没有带来真正可以证明他身份的证件，可妈妈还是要把他当成亲戚来接待。妈妈开始忙着做午饭了。

爸爸回来了，听说来了个妈妈也不认识的远房亲戚，立即警觉起来，将目光转移到炕头墙上一人多高的钉子上，那里挂着一块爸爸心爱的手表，那是苏联进口的，是爸爸结婚的时候还借了一部分钱买的。爸爸每天晚上睡觉前都把手表挂在那里，早上上班前再戴上。今天上班前爸爸却忘记戴了。爸爸紧张的神情有所缓解,他急忙跳上炕,把那块手表摘下来,戴在手上。

那个远房亲戚见状,怔了一下,仿佛重重地挨了一击,表情显得很不自然。显然,爸爸的举动让他有所察觉,重重地伤到了他。

"穷人也是有自尊的,自尊与贫富无关。"一个若隐若现的念头划过成松的脑海。

那块挂在墙上的手表,成松始终没有注意到。但他相信,这个陌生的亲戚早已看到了那块手表。因为他进屋的时候,曾环顾过四周,而且坐着的地方正对着那块手表。这个年轻人显然没有偷表的意思,如果真有,他完全可以利用成松去彭大婶家倒开水的时机,轻而易举地摘下那块手表,再借故离开。可是,他没有。

由此,成松对这个表哥产生了敬意和好感,也对爸爸仓促和失礼的举动生出几分歉疚来。

爸爸和这个表哥攀谈起来。

表哥说明了来意。他们那里的生产队,干一年挣的工分,连口粮钱都不够。他希望到这里找一份工作,或者安排到一个好一点儿的生产队,改变生活现状。他有的是力气。

爸爸脸上露出了难色。

那个表哥也不再说什么。

中午,妈妈做了小米干饭,还弄了两个菜。一个是炒土豆丝,一个是小青菜蘸酱,是新炸的酱。平时,家里是很少吃小米干饭的,每一顿饭能够保证一个菜已经不错了。这顿饭,显然是妈妈特意安排的。

饭桌上,妈妈问爸爸:"能否帮上这个忙?"

爸爸摇摇头,说:"现在各地都控制得十分严,要找工作,还要落户口，真是无能为力。"

妈妈知道，连自己都不能十分确定，这个青年就是自家的那个远房亲戚，何况爸爸呢？再说，要让爸爸帮这样的忙，确实难为他了。

妈妈有点儿过意不去，叹口气说："唉，看来这个忙我们也帮不上你。这要不行，你还有别的打算吗？"妈妈转过话题问那个表哥。

那个表哥神情有些失落和忧郁，想了想说："听我妈说，萨尔图我还有个舅姥爷，他的儿子在一个农场管点儿事儿，我想上那去再看看。"

"行，我看行，在那或许可以找到一份像样的工作。"妈妈赞许地说。

"农场是挣工资的，比生产队可强多了，要是能在农场安排下来，那就太好了！"爸爸由衷地附和着。

那个表哥，只吃了一碗饭，就放下了筷子，说是吃好了。

临别，妈妈说："我手头儿就三块钱，你拿着路上用吧，当个盘缠。"妈妈说着就把三元钱塞到了他的上衣兜里。三块钱，这在成松家可不算个小钱儿啊！

"钱，一分我都不要，路费啥的我都有。"那个表哥从兜里掏出那三元钱，放在炕上，目光坚定地说。

表哥谢绝了妈妈的好意，成松不由得肃然起敬。他完全相信，这个表哥就是他所说的那门亲戚，确定无疑。

他觉得，这个表哥，人虽然平凡，长得还有点儿黑，但他的品格却闪耀着打动人心的光芒。他是一个普通人，更是一个好人，一个诚实的人，一个本分的人，一个可信的人，一个很有自尊的人。这样的人，总是令人尊敬和应该被善待的。

成松坚持要送表哥去火车站，他隐讳地表达着对表哥的偏爱和好感。表哥表示，他就是从火车站来的，他能够找到火车站，不必麻烦。

成松执意要送，生怕表哥多走一步冤枉道。表哥推让不过，只好让他送到能够看到火车站的地方为止。

成松望着表哥渐渐远去的身影，一缕眷恋的情绪萦绕在心头。他希望能够再见到这个表哥，期待他找到工作，实现心中愿望。

表哥你好，表哥再见！

第十三章

电影与戏剧的秘密

社会在发展,时代在前进。

县里通电了,成松家也安上了电灯、广播。昏黄的灯光总是比煤油灯亮多了。广播虽然杂音较大,但县里的大事小情总能够听得到。一切都好多了。那个时候的人们,已经很满足、很高兴啦!

电影院里上演着电影,礼堂里上演着戏剧,懵懂时期的成松却上演着天真无邪。

成松第一次跟着妈妈看的电影是《白毛女》,不看不知道,一看就惊着了。他的情绪,随着剧情的变化波澜起伏。时而欢喜,时而落泪,时而痛苦,时而悲愤,时而惊恐万状,时而轻松快乐。他游弋其间,把电影里的世界当成了现实的世界、真实的世界。但他也觉得古怪,那人那景明明是真的,怎么都跑到一块大白布上去呢?他悄悄地问妈妈:"那人那事都是真的吗?"

"都是真的。"妈妈按照自己的理解随口答道。

成松还想问下去,妈妈制止了他:"别说话了,影响别人。"

成松不再问了,虽有疑惑,可还是把电影里的人和事全当真人真事了。

当看到电影里的黄世仁强暴喜儿时,他恨得咬牙切齿,真想冲上去狠狠地咬那狗地主一口。他愤恨极了,为什么全场这么多人都这么老实,就没有人上去管管吗?

他强压着怒火把电影看完。好在最后,喜儿见到了光明,恶霸地主黄世仁被镇压,穷人翻身做主人。成松的心,才跟着亮堂起来。

电影散了,人们都回到了现实中来,但成松仍然以为,电影里边的人和事,确实发生了,他全看到了。

几天之后,小卫对成松说:"今天下午两点,县人委礼堂演出戏剧《孙悟空三打白骨精》。那孙悟空一个跟头儿翻出十万八千里。"小卫说得活灵活现,那佩服的神情不容置疑。小卫比成松大一岁,他也从未看过戏剧,不知听谁说的,却装出一副见多识广的样子。

"真的吗?"成松被吸引了。

"那当然啦!"小卫的口气居高临下,佯装不屑。

"在剧场里演,剧场才多大呀,也没有十万八千里呀!"成松接着说。

"这你就不懂了吧。孙悟空是一个跟头儿翻出剧场,在天上绕一圈,然后又翻回台上。"小卫说得如同他亲眼所见。

这样神奇?成松真的有些信了。"那咱们一起去看看呗?"成松心旌摇动,跃跃欲试。

"听说进礼堂要收票,咱们没票进不去。"小卫说。

"不管能不能进去,咱们都去看看再说。"成松坚持己见,他不愿放弃这个千载难逢的好机会。

"好,那咱们就去看看。"小卫也有此意。

下午吃过午饭,成松和小卫早早来到县人委礼堂门前等候。

可是他们进不去。开始,门在里边紧紧地插着。后来门开了,没票不让进。他和小卫几次想混进去,都被把门收票的人赶走。

剧已经开演了,锣鼓声、唢呐声、胡琴声传出礼堂门外。

有票的人早已进去了,门口仍然堆满了没有票的孩子。

把门的人挺招人恨,没票的孩子一个不放。有的孩子已经放弃努力离开礼堂,可仍有一些孩子守在门前,成松和小卫就在其中。成松想,即使进不去,也要守在门口,亲眼看看孙悟空一个跟头儿翻出十万八千里。因为礼堂门口是孙悟空的必经之路。

为了更清楚更开阔地看到这神奇的一幕,他挤出孩群,来到了离礼堂门口只有四五米远的高冈上,盯住那堆满孩童的礼堂门口,眼巴巴地等待孙悟空一个跟头儿翻出十万八千里,从门口翻到九霄云外去。

时间慢慢地流过,成松久久地注视,腿也酸了,脚也麻了,眼睛也涩了,可终不见孙悟空的身影。

戏散场了,观众潮水般地从礼堂门口涌出来。

两个小时的辛苦观瞧,两个小时的望眼欲穿,除了一群孩子的头顶,成松什么也没有看到,他扫兴极了。

他跑到小卫跟前急切地问:"我怎么没有看到孙悟空翻出来呀,你看到了吗?"

"哎呀,你没看到哇,我看到了。一道白光从门口一闪,就没影了。"小卫煞有介事地说。

"唉,一定是我的眼皮打战了,一眨眼那工夫,孙悟空翻出去了。"

成松后悔地想。

但他并不甘心就此罢休,他还想看到点儿什么。于是,他逆着观众人流,向礼堂里挤去。小卫也跟上来。

他挤进门里,却意外发现有一个孙猴子模样的人正在台上搬切末(注释:戏曲舞台上所用的简单布景和大小道具称为切末)。他好生奇怪,指着那人,忙问一位迎面走来的中年人:"大叔,那个是孙悟空吗?"

"是的。"那中年人顺着他手指的方向看过去,应道。

成松飞快地跑过去,仔细端详那个"孙悟空":"咦,这是孙悟空吗,这不就是一个化了装的人吗,他能翻出十万八千里吗?"

一道疑云、一头雾水向他袭来。

这时,清场的工作人员走过来,把他们赶出了礼堂。

在回家的路上,成松问小卫:"那孙悟空怎么还会在台上,不是一个跟头儿翻出十万八千里了吗?"

"又一个跟头儿翻回来了呗。"小卫振振有词。

成松还想追问,小卫却一溜烟地跑了。

成松将信将疑。但终忍不住沉溺于自己的幻想中。

电影戏剧的奇妙,令成松着迷。不久,他又得到第二次跟妈妈看电影的机会。

这次电影的名字叫《杨乃武与小白菜》。

影片很昏暗,情节很揪心。

一会儿,小白菜之夫被害;

一会儿,坏蛋将此案嫁祸于杨乃武;

一会儿,知县百般威逼、欺哄小白菜;

一会儿,杨乃武屈打成招;

一会儿，杨乃武又要翻供；

一会儿，又官官相护，贪赃枉法；

一会儿，又"密室相会"，倾吐实情，招出真凶。

看得成松懵懵懂懂，心惊肉跳。

最让他恐怖和刻骨铭心的是，那坏蛋刘子和看中了小白菜，偷偷潜入小白菜家，暗中用毒药毒死了小白菜之夫。特别是，那药壶烧开水发出的"哗哗"声，那偷偷下毒发出的"沙沙"声，这一幕，给成松惊出了一身儿冷汗。他紧紧拽着妈妈的衣裳，生怕黑暗中找不到妈妈。

妈妈发觉后，紧紧抓住成松的手，轻声地说："别害怕，电影都是假的。"

成松想："上回你说都是真的，这回怎么又说都是假的，蒙哄谁呀！"孩子的天真就是这样，总把真的当成真的，把假的也当成真的。

晚上，成松眼前总是浮现那坏蛋偷偷潜入小白菜家下毒药的一幕。他反复叮嘱妈妈，要挂好外屋的门，也要挂好里屋的门。他真怕刘子和那样的坏蛋偷偷钻进家里来。

妈妈看到成松这个样子，意识到成松已经掉进电影里，不能自拔，必须把这个事情说清楚，不然，孩子心头的阴影不会消散。

于是，妈妈躺在成松身边，抚摸着他的头，安慰着说："孩子，别往心里去，用不着害怕，这些都是人演的，不是真的。"

"怎么又不是真的了，上次你不是说都是真的吗？"成松反驳道。

妈妈马上解释说："啊，我说是真的，是说这个事儿是真的。"

"这不结了，还是真的嘛！"成松抢过话头，质问妈妈。

妈妈一时语塞，她也不知道怎么才能说明白。她耐着性子，想了好一会儿才说："演的都是过去的真事儿，所以说它是真的。但这真事儿是现在人编排出来的,由现在的演员演出来的,所以又说它不是真的。"

又是真的,又不是真的。成松听得迷迷糊糊,丈二和尚摸不着头脑。

纠缠了好一阵子,妈妈费尽了口舌,总算把哪个是真、哪个是假掰扯清楚了。故事是真的,演的人是假的。

成松总算转过这个弯。他想,原来影片中的人和事儿跟现实中的自己毫无关系,没有必要担心。电影里那些穿流而过的人们,都不是本人,是现在的人装扮的。那个演小白菜丈夫的人现实中没有死,还活着;那个演杨乃武和小白菜的人现实中也没那么惨,可能生活很幸福。

成松已经不那么害怕了,可他很气愤。

他想:"这是啥玩意呢,不是真人你上去装啥呀!真的就是真的,假的干吗装真的,这不是糊弄人吗?看把人吓成啥样了,让人白白流了那么多眼泪,浪费了那么多感情。"成松有一种受骗的感觉,他很伤心。

说来也怪,成松虽然生气,可还是想看,他常常缠着妈妈要看电影。妈妈不应,说:"不看,一看你就睡不着觉。"

"看看吧,我不害怕了,都不是真的,我怕啥呢!"成松央求着,心想,就是睡不着觉也要看。

经过一番软磨硬泡,妈妈最后总能答应他的要求。

电影开始时,成松刻意把演员当演员,不当成那个真人。可是看着看着,他就又把那个演员当成真人真事了,想不当都不成。

真是奇妙,明明知道这电影是编的,是演员演出来的,可他仍然流泪,仍然感动。

看过几部电影后,事实完全认证了妈妈的话。

他惊奇地发现，那个在上部电影中已经死去的人，在这部电影里还活着，而且换成了另外一个人，连名字都不一样。在《党的女儿》电影里，他发现了喜儿，可喜儿在这里已不是喜儿了，成了一名共产党员，一名红军的妻子，名字叫李玉梅。在第二次国内革命战争时期，在白区的白色恐怖中，李玉梅带领人民群众坚持斗争，最后为了掩护游击队员而英勇就义。

影片引人入胜，成松又流了许多眼泪，他的情感总与电影情节发生牵连。

又不知过了多久，成松终于看到了那部曾让他苦苦追寻、不得相见的戏剧《孙悟空三打白骨精》。那个曾令他魂牵梦绕、想入非非的孙悟空，一个跟头儿翻出十万八千里，不过是那个演员在舞台上原地起跳连续翻了一串后空翻。见之，成松哑然失笑，大失所望。但是，他已经能够从剧情中回到现实中来，跳出戏剧看戏剧了。他暗暗嘲笑自己，当初该有多么傻！

长大后，成松才真正明白，电影戏剧的这些真假并不重要，重要的是它所表达的思想内容，给人的教育启发和精神力量。它能弘扬真善美，鞭挞假恶丑。它能吸引人，感染人，引导人，影响人，鼓舞人，塑造人。这个世界需要它，人民需要它。

第十四章

荒唐的老褚太太

电影戏剧中的人和事总能触碰人心，现实生活中的人和事也常常如此。

成松几乎天天都能看到那个风烛残年的老太太。老太太姓褚，只有一个儿子，视为心肝宝贝。儿子结婚了，却生了一大堆孩子。她帮着儿子含辛茹苦地把孩子养大。现在她老了，什么也干不动了。每天她总是一个人蹲在大院外面朝阳的房根儿底下，双手拄着拐杖，闭着眼睛，一动不动打着盹儿。她好像永远都是那一身儿打扮，头上戴着那顶两头扁中间宽，好像一条小船似的黑绒帽；身上穿着那身黑色带大襟的布褂，宽松黑色的布裤绑缠着裤脚；小小的尖尖的黑色布鞋裹着小脚。阳光静静地照射在她的脸上，她额上那条条道道深深浅浅的皱纹像弯弯的波浪；那高高的颧骨，满口无牙、瘪瘪的嘴巴，把她的两颊拉扯出两块深深的大坑，像刀剜似的。她仿佛深秋园子里那过季的苦瓜，枯萎干瘪，看不到一点儿生气。有时，她嘴里不停地唠叨着，没有人能听懂她在说什么。有时,她会眯缝着眼睛,看看蓝天,看看白云,看看路上的行人和不远处嬉戏的孩子,没有人知道她在想什么,可能什么也没想,这是她最熟悉的风景。每到吃饭的时候,她会一手扶墙,一手拄着拐杖站起来,然后摇摇晃晃地向家里走去。她的时间掌握得很准,一定是在饭前赶到家。如果赶不到,也不会有人来叫她。除非天气不好,她每天都是这样。日复一日,年复一年,百无聊赖地消磨着时光。

成松每次看到她,心中都会产生一种莫名的苍凉感。

这天,成松从她身边走过,见她坐在墙根儿下,双目合拢,耷拉着脑袋,全身纹丝不动,如同死一般地安静。成松好生奇怪,他轻轻走过去,仔细地打量着她。只见老褚太太眼皮不动,气儿不喘,好像没有呼吸了。她是不是已经死了?他的脑海里画出一个大大的问号。他轻轻地推动老褚太太一下,以验证自己的猜测是否正确,是否应该报信或叫人施救。

不推不知道,一推吓一跳。这一推,不仅吓着了老褚太太,更吓着了成松。老褚太太一个"激灵"睁开眼睛,仿佛从噩梦中惊醒,平时睁不开的眼睛一下子瞪得大大的,眼珠都要瞪出来。当她发现成松站在身旁时,不问青红皂白,扬起拐杖便向成松打去,嘴里发出一阵歇斯底里的叫骂声:"死孩子,有娘养,没娘教的,我打死你。"她以为成松对她在搞什么恶作剧。

成松躲闪着,拐杖并没有打到他,可把他吓坏了。开始,成松以为她诈尸了,诈尸的事他听说过。后来,老褚太太的骂声让他回过神来,她还活着?他想,这老太太,都大把年纪了,耳聋眼花的,还是这么脾气暴,火气大,抱怨多,爱骂人,这么强势,这么咄咄逼人,不识好赖！他想解释几句，可又知解释也是没用的，只能引来更难听的辱骂。他很生气，很憋屈，又不得不躲得远远的。

老褚太太不是好眼地瞅着成松，嘴里叨叨不停地骂着，两手拄起拐杖，哆哆嗦嗦地站起，又颤颤巍巍地向家走去。成松有心相扶，但又望而却步。

风儿从西边刮过来，穿进了院堂，吹动着老褚太太稀疏花白的头发和肥大的衣衫。望着老褚太太那手拄拐杖、骨瘦如柴、小脚蹒跚、风中飘摇的佝偻背影，成松真担心她摔倒了。

成松平时眼中的老褚太太，除了抱怨就是抱怨，除了责怪就是责怪，好像永远没有她满意和高兴的时候。她不满也罢，责怪也罢，在褚家没人理会，好像她根本不存在一样。

几分钟后，成松来到老褚家。他表面是来找大波玩的，实际上是想看看老褚太太现在怎么样了。她还生气吗？她和家人说了自己多少坏话？是不是应该澄清一下？自己轻轻推了她一下，都是为她好。成松如是想。

大波在褚家排行老五，在男孩儿中排行老大，年龄与成松相仿，是老褚太太的大孙子。其实，成松是不喜欢大波的，他们很少在一块玩儿。因为大波总是大鼻涕浪激的，他的大鼻涕总在他的鼻子和嘴边来回上下抽动。当大鼻涕流到嘴边，他就"哧溜"一声再把它抽进鼻子里。等它流出来，他再抽进去，循环往复，两个鼻孔下留下了两条明显的沟渠。特别是冬天，他缩着脖，嘶嘶哈哈抄着袖，当大鼻涕已无法再抽回鼻孔时，他便会扬起袄袖子使劲地在鼻孔下一蹭，大鼻涕全都抹在袖口上。时间长了，他的袖口总是硬邦邦，油光锃亮。他说话总是囔哧囔哧的，嘴角还淌着哈喇子。这小子还特别事多，动不动就急眼，一急眼就甩你一身大鼻涕。孩子们由此给他起了个绰号叫"褚大鼻涕"。你若敢碰他一下，他就会大哭大叫。老褚太太要是一听见大孙子哭叫，那可非同小可，非带上大孙子吵吵嚷嚷地找上你的家门，大肆兴师问罪。成松觉得大波挺闹人，不愿和他玩。

今天不同，因为自己的那点儿小心思放不下，所以借由来到褚家，探看究竟。

成松一跨入褚家门便退出来，褚家正在吃午饭。他下意识地向屋里扫了一眼，看见了这样的情景：褚大伯（大波的爸爸）单独坐在地桌旁，桌上摆着两盘炒青菜，一壶酒。褚大伯正津津有味地喝着酒，总是恶叨叨的脸上隐隐透着美美的享受。老褚太太、褚大娘及姑娘、儿子都围着炕桌，吃着窝头，喝着菜汤。老褚太太闭着眼睛，默不作声，满口无牙的嘴巴小心而吃力地咀嚼着窝头。她只专注着怎样才能把窝头嚼碎，脸上除了有点儿被窝头硌着牙床的痛感，再也看不到什么表情。这种情况她大概早已习惯了，儿子吃好喝好或许正是她希望的，她从不奢望自己和儿子吃的一样。她对儿子从小到大都是这样的。褚大娘和几个女儿边吃边喝边说着什么，她们都习惯了。大波和两个弟弟倒是一脸不高兴的样子，手拿着窝头，嘴里有一搭没一搭地咀嚼着，吃得无滋无味。大概平时褚大伯吃好的，他们都能跟着沾点光。这次没沾着，心里很不舒服。

从老褚家出来，成松就一直回忆着刚才的一幕。他没想到褚大伯在家高高在上，独享炒菜，中午还喝酒。更没想到老褚太太在家就蔫了，不仅得不到一点儿优待，而且她一点儿脾气都没有。成松对老褚太太从无好感，甚至讨厌她。可看到刚才的情景，他开始可怜她，心疼她。他不知为什么突然有点儿伤感，头脑中固有的认知又一次被否定了。

原来,"百善孝为先"也不是谁家都能做到的!

　　成松从未见过老褚太太高兴的模样,偶尔有一次,他看到了,可是内心却五味杂陈,难以释怀。
　　这一天下午放学以后,大哥的同学春花,给了老褚太太两张算术试卷。一张是她大孙女大妮的,一张是成松大哥成钢的。春花、大妮、成钢、小茹、文彬都住在一个大院里,又是同班同学。春花是班里的班长,放学时她从老师那里取回试卷。但她没有把卷子直接交给大妮和大哥,却先给老褚太太看了。
　　老褚太太看看大妮的卷子,又看看成钢的卷子,她不禁欢呼起来:"你们看,我大孙女学习多好,再看看成钢差远了,看这判分都不一样!咱家大妮是一个圆圆的大大的红圈,下面还有两道红杠杠;成钢只有短短的一竖和两个小小的红圈,下面只有一道红杠。"她眉飞色舞,喜上眉梢,幸福和骄傲的神情在脸上像花一样绽放。在场的春花、小茹、文彬都笑了,笑得有点儿诡异。这一幕,正好被刚刚赶来的大哥和成松看到了。成松第一次看到老褚太太笑得这样开心,这样阳光灿烂。他不由心有所动,原来这老太太笑起来也是蛮好看的。
　　大哥疑惑地从老褚太太手中拿回自己的卷子看了看,又看了看老褚太太手中大妮的卷子,他禁不住笑出声来。
　　老褚太太见状,十分反感,没好气地说:"笑啥,不知道砢碜,大妮不比你强咋的,你学着点儿。"
　　大哥笑得更厉害了,笑得眼泪都流出来。
　　"你再笑,我揍你。"老褚太太急眼了,做出要动手的架势。
　　大哥笑着领着成松走开了。春花、小茹、文彬也偷偷地笑着走开了。

谁都不说穿其中的奥秘。

刚走出不远，大哥就停下了脚步。因为大哥看见大妮跑到褚奶奶身边。只见大妮从奶奶手里拿过卷子，低下头，一声不吭。

褚奶奶无比宠爱地抚摸着大妮的头，温柔地说："看看咱家大妮，多有能耐，考得多好！"得意、快乐、骄傲、幸福的笑容又一次洋溢在她那总是怨气密布、苦不堪言的脸上。她见有行人走来，故意提高了声调："我大孙女学习就是好，考试得了一个大红圈，两道大红杠！"

行人诧异地从她身边走过，丈二和尚摸不着头脑。

"别说了，奶奶，别说了！"大妮急切地晃动着奶奶的胳膊，窘迫地小声劝阻道。

"怕啥，考得好，还不能说咋的，就是比他成钢强。"老褚太太的话音反倒更高了。因为她发现成钢和成松正向她这边瞅来，她就是要给他们听一听。

大哥又笑了起来，他确实觉得太滑稽、太好笑了。

成松问哥哥，究竟咋回事？

哥哥边笑边展开他手中的卷子说："我得的是100分，大妮得的是0分。"

成松惊讶地瞪大了眼睛，老褚太太的骄傲和幸福居然来得如此离奇。他也跟着哥哥笑了，可他笑得却十分苦涩，十分哀愁。老褚太太的那份真实而难得的骄傲和幸福，还能维持多久呢？

有一段时间没看到老褚太太了，听说她死在褚家外屋间隔出的一个小道厦里。她静静地离开了这个世界，具体什么时间走的，没有人晓得，她的家人也是第二天吃早饭的时候才知道的。头天晚上，她走进道厦间，躺在炕上就再也没有起来过。

她这一生，活得是那么平庸，那么计较，那么挑剔，那么咋呼，那么逞强，又是那么苦闷和无奈，没有得到什么好口碑，没有值得人们怀念的地方。可成松觉得，她真实地活过，活得很有特点，很有个性，大凡接触过她的人都不会忘记她。成松依然十分感伤。

　　老褚太太轻轻地走了，不知当初她是不是轻轻地来……

第十五章

孩子的恶作剧

　　玩耍嬉闹、搞点儿恶作剧大概是孩子的天性。
　　成松活动的场所和区域日渐增加和扩大。从家门口、大院到大街、广场、市场、商店，从城内到郊外，从田野到树林，到处都成了他和同伴释放天性、玩中作乐的世界，到处都留下了他们调皮欢快的笑声。偶尔，也会付出高昂的成本和代价。
　　初夏，一个雨后的上午。天上一道彩虹，太阳露出了灿烂的笑脸。地上一道风景，三个小孩儿从大院里跑出来也露出了笑脸。他们热衷于追逐打闹，正欢天喜地、你追我赶地玩着"抓人"的游戏。跑在最前面的是小卫，后面穷追不舍的是成松和小喜子。
　　小卫跑到棺材铺前，一头钻了进去。棺材铺里面摆放着四口大棺材，其中两口是大花棺材，画着各种人物和图案；两口是紫棺材，清一色的。成松追到跟前，他犹豫着没敢进去。因为他听了不少关于鬼的故事，对棺材有着一种莫名的恐惧感。他每次路过这里，都心有余悸地从卸下的两块门板空隙中往里望一眼，便匆匆走开，从来没敢进去过。

小喜子冲上来，二话不说，就跟着钻进棺材铺里去抓小卫。成松好生佩服小卫和小喜子的勇敢。

小喜子进入棺材铺，好像也紧张起来。他小心翼翼、忐忑不安地绕着四口棺材一步一步、探头探脑地寻找着，当他走到放在最里面最黑暗最高大的那口花棺材前，小卫突然出现在他的背后，"啊"的一声大叫。小喜子不由得打了一个"激灵"，感到脑后一股冷风袭来。他扭头一看，小卫正用两个大拇指咧开两边的嘴丫，用两个食指拉下两侧的眼角，伸出鲜红的舌头，与他打了个大照面。小喜子顿时脸色苍白，魂飞魄散，像一只受惊的兔子仓皇出逃。他奔向门外，撒丫子蹽。他边跑边回头，唯恐后面那家伙追上来。慌乱中，他脚下踩上了一个小水坑，一滑，"吧唧"，来了一个嘴啃泥。他顾不上这些，慌忙爬起，又一路狂奔。

成松惊叹他跑得太快了，这之前可从未见过。小卫溜到成松身边，望着小喜子的背影笑得前仰后合。成松可笑不出来，他担心小喜子会不会被吓坏了。

更令成松不可思议的是，那小喜子在奔跑中回头看到成松和小卫在一起，小卫还在大笑，他竟然毫不减速地绕了一圈又跑到了成松和小卫的身旁，两只小眼珠忽闪忽闪地瞅瞅这一个，又瞧瞧那一个，俨然惊魂未定。

小卫嘲笑似的对他说："看你吓得那样，也忒胆小了！"

小喜子瘪瘪的小嘴动了动没有发出声来，小小眼睛眨巴眨巴，闪着怪异的光，是愤怒，是抗议，是自嘲，是无奈，是魂不守舍？令人捉摸不透。

小卫仍然扬扬得意，一副满不在乎的样子。

成松心有所动，暗自思量，这样的玩笑可开不得啊！

一个月黑风高的夜晚，小喜子不知怎么走到了荒郊野外。突然，他脚下被什么绊了一下，摔倒在荒草中，他抬头张望，一口黑乎乎的大棺材矗立在眼前，一个面目狰狞的怪物从棺材里爬出来。他的心"怦怦怦"地狂跳，爬起转身就跑，可怎么跑也跑不动，两条腿像被绳子绑住了。他急得心都快从嗓子眼儿里蹦出来，感觉那个怪物已经伸手向他抓过来。他一个"激灵"坐起身，惊出一头冷汗，原来是一场噩梦。

小喜子"嘤嘤"地哭起来。

哭声惊醒了妈妈和爸爸。妈妈急忙起身拉开电灯，问道："喜子咋啦，做噩梦了？"

小喜子不答话，只是一个劲地哭，他仍惊魂未定。

妈妈询问了好一会儿，小喜子才边哭边说出那惊恐的梦境。

妈妈安慰他："别怕，那是梦，妈妈在你身边，没事，睡吧。"

小喜子"哇哇哇"哭得更厉害了，他撒泼似的来回蹬着双脚说："不行，不行，那鬼、那棺材老待在我脑门里，你要把它们给我赶出去。"

"净说瞎话，在你的脑门里，我怎么赶出去？别哭了，没有鬼，你只要不想就什么都没有。再说，你不用怕，你这个梦是好梦，梦见棺材是好事，你长大会当大官的，你该高兴才是，真的，不骗你，放心地睡吧。"妈妈开导宽慰着小喜子，面露肯定和微笑。

真的好神奇，小喜子安静了，不再哭了。先是眨巴着小眼睛，一脸木讷；而后，转惊为喜，好似浴火重生。

在妈妈的劝慰下，小喜子重新躺下，妈妈搂着他，他也搂着妈妈，一会儿就睡着了。

后半夜，妈妈和爸爸又被一阵笑声唤醒。妈妈再次拉开电灯，见小喜子又坐在被窝里，小眼睛忽闪忽闪的，一个劲地"嘿嘿"直笑，笑得心里忒美了。

"咋了，又做啥好梦了？"妈妈笑着问。

小喜子边笑边说他梦中的情景。原来，他真的梦见自己长大了，当上大官了，身穿官袍，头戴乌纱，坐着八人抬的大轿走在大街上，前面有人鸣锣开道，后边有护卫紧紧跟随，路人见之，纷纷避让跪拜。他坐在轿里，美得笑出了声。

父母听了，笑出了眼泪。

事后，喜子妈还把这事讲给邻里的大婶大妈听。人人听过，一通大笑。还真有人前来奉承："哦，看这孩子面相，你家小喜子长大了准能当大官。"

可是，小喜子长大了并没有当上大官，却成了县文工团的一名相声演员。他的长相特别像现在的著名相声演员岳云鹏，只是那时岳云鹏还没有出生呢。可他比岳云鹏长相还逗人，小眼睛、单眼皮、肿眼泡，眼珠闪着搞笑的光；瘪瘪的嘴，兜兜的齿，开口便是笑点。卖个萌，撒个娇，耍个赖，作个妖，挤对个人，都是他的拿手好戏。就是一样的话从他口里说出，立马就不一样，你会感到挺逗、可乐。特别是那神情举止、说话动作，模仿谁像谁，好像是天赋。观众从心眼儿里喜欢他。只要他一出场，大家就觉得好笑，且不分年龄、性别、身份。他在当地风生水起，人气挺旺，口口相传，名声大振。人们毫不怀疑，用不了多久，他将成为中国相声界一颗璀璨耀眼的明星。

只可惜，他在一次"送戏下乡"的路上出了车祸，不幸身亡。中国相声界一颗冉冉升起的新星陨落了，一个鲜活的生命夭折了，人们

III

唏嘘、感叹、惋惜、痛心不已。成松更加悲伤，无论是在广播电视里还是在剧场或什么地方，只要是听到相声，他的眼前就会浮现出小喜子那小眼珠忽闪忽闪的俏皮的样子。

话又说回来，天性使然。成松也爱搞点儿恶作剧，可像小卫这样的恶作剧他可不干，他觉得这样太过分了，容易把人吓出毛病来。他搞的恶作剧，有刺激但并非极其恐怖，只能吓人一小跳，就是逗着玩、图个乐。

成松常常和小伙伴比赛摔泥炮。就是把泥土做成碗状，碗口朝下使劲摔向地面，看谁的碗底破洞更大，声音更响。后来，成松把这项游戏也演变成小小的恶作剧。他常常手里拿着泥炮，悄悄地溜到行人身后，冷不防摔响泥炮。"嘭"，一声闷响，吓这人一哆嗦。惹得其他行人和孩子们哈哈一笑，他也带着一串胜利的笑声逃之夭夭。

冬季里的一天，成松在小志家的地柜上看见一沓包糕点的黄纸和一卷纸绳，他的脑海里立刻浮现出食品店店员包装糕点的情景。他心头一动，冒出了一个想法，拉过小志耳语一番。

小志高兴地答应了。

马路边上多了一包黄纸包裹的东西，像是一包糕点或是一包古巴糖，好像是谁不慎丢失的。

一个骑着破旧自行车的中年人，从南向北骑过来，他骑得很快，自行车"嘎啦嘎啦"直响，空荡荡的街道上除了他破自行车的响声再也没有别的声音了。他已经骑过那包东西，却又鬼使神差地扭头看到了那包东西。或许是好奇心的驱使，或许是善心或贪心的萌动，他掉转车头来到那包东西跟前。他下了车，左右观望一下，四周静悄悄，没有任何异样。他弯下腰，捡起那包东西，左看看，右看看，又用手捏了捏，感到挺硬。他撕开一块黄纸再看，就急忙把它扔在地上。原来那里面包的是一坨牛粪。

突然，柴栏里爆发出一阵清脆欢快的笑声，事先躲藏在成松家柴栏里等着看热闹的孩子们笑得前仰后合、手舞足蹈。那中年人也笑了，可他见怪不怪，面带几分自嘲、几分趣味、几分欣赏、几分宽容，蹬上自行车，径直向北驶去。孩子们的笑声和破自行车"嘎啦嘎啦"的响声连成一片。

恶作剧首场演出成功，让孩子们欣喜若狂、乐此不疲。

成松他们又如法炮制，上演第二场演出。可并不是每场演出都尽如人意，第二场演出就演砸了，令他们十分扫兴。不过，他们仍然能从扫兴中找到快乐。

一个长着小黑胡子的青年人，双手插着兜，悠闲地吹着口哨，徜徉在大路边。当他走到那包东西跟前，没有半点儿犹豫和迟疑，飞起一脚将那包东西踢出老远，那包东西在黄纸的撕裂声中露出了黄褐色的牛粪排子，他的嘴角流露出一丝狡黠的微笑。

孩子们一声叹息，大失所望。是他看穿了孩子们的诡计，还是小黑胡子恶意糟蹋那包东西？

孩子们纷纷跳出柴栏。成松手指那个青年人先声大喊："小黑胡子。"其他孩子也高声接应："大坏蛋，小黑胡子"……叫喊声高亢有力，响彻云霄。那小黑胡子大为气恼，向孩子们这边追过来。孩子们一哄而散，一眨眼儿就消失在院巷胡同里。

孩子们的恶作剧花样层出不穷。

这一阵子，他们又上演一场场踩"地雷"的活报剧。所谓"地雷"，就是把一根一尺长的粗铁丝围成半圆形，把铁丝两端弯出小环，用橡皮筋穿过两个小环系紧，再用一根短小木棍伸进橡皮筋中间上弦，拧紧后，再用另一根木棍搭在半圆形铁丝上，抵住上了弦的这根木棍，以防回旋。这根木棍中央系着一根线绳，这就是"地雷"拉线，只要一拉线，"地雷"就爆炸了。这本来是哥哥逗成松玩的游戏，却被成松用来逗行人玩。

路面坑洼不平，"地雷"埋在一个小坑里，上面用浮土铺平。孩子们埋伏在路旁，成松拉着"地雷"引线，等待着假想敌从这里经过。

一个男子从远处匆匆走来，好像有什么急事。当他一走进"雷区"，一只脚即将踩到"地雷"时，成松迅速拉弦，"地雷"起爆了。那根上拧劲的木棍旋转起来，在地面上跳跃，发出"吧嗒吧嗒"的响声，扬起地面上的尘土。那路人着实吓了一跳，仓皇逃离。孩子们发出一阵阵爽朗的笑声。

这样的恶作剧他们玩了好一阵子，高兴了好一阵子。大多的路人在吓了一小跳后，并不在意，都给予充分体谅和包容，一笑了之。但并非总这样幸运，遇到脾气怪异、性情暴躁之人，就可能遭殃。

这一次，成松可真吃到了苦头。

这天，踏进"雷区"的是一对正在赌气的青年夫妻，他们都黑着脸，好像刚刚吵过。女的长得杨柳细腰，男的长得傻大黑粗，极不般配的一对。成松没有多想，见了"鬼子"就拉弦。"地雷"在小两口中间爆炸了，小两口惊慌逃避，孩子们笑声一片。当那男的弄清事情原委后，怒气大发，不仅折弯"地雷"，还把"地雷"扔到路旁的水沟里。

孩子们顿时傻了眼。成松愤怒地冲上去："你干吗要把我的玩具损坏了，还要扔到水沟里？"

"这还用问吗？"那男子反问道。

"怎么就不能问，我们玩游戏伤着你哪儿啦，你犯得着这样吗？"成松义愤填膺。他以为自己任何调皮捣蛋的行为都不是出于恶意，仅仅是为了游戏娱乐，对方没有理由如此犯浑。

"嘿，小兔崽子，我没找你算账，你倒是找我算账来了，还蛮有理是不是？"那男子逼近成松，大有动手之势。那女子紧跟过来，孩子们也围上来。

成松挺直胸膛，毫不退缩，针锋相对予以反击："你骂谁小兔崽子？我看你才是个大兔崽子！"

孩子们哄堂大笑。

"你还敢骂我？"那家伙恼羞成怒，扑向成松，但被妻子拦住了。

"骂你咋的？"成松理直气壮，不甘示弱。

路上的行人纷纷围观过来，好奇地交头接耳。

那位妻子还真压事，拉着丈夫说："走吧，别跟小孩儿一般见识，咱还有正事要办。"

那男子被妻子拖拽着离开人群，还没走出多远，背后就响起了孩子们的叫喊声："大兔崽子，大兔崽子，大兔崽子……"

"嘿！这帮小兔崽子就是欠收拾！"那男子气势汹汹再次反扑，一副言必信、斩立决的架势，可妻子的双手紧紧地拽住了他。

战争平息了。成松总算出了一口气，可他舍不得那枚"地雷"，那是哥哥从前的玩具，是哥哥亲手制作的心爱之物，怎么能轻易损坏和丢弃呢？

他急忙按照那家伙投掷"地雷"落水的方位来到水沟前，脱了鞋，光着脚，卷起裤腿，就跳下水沟。水立刻淹没了他的膝盖。怎么那么寸，那么倒霉，他一下水，光脚板就落在水下一个半拉玻璃瓶子上，锋利的玻璃碴子一下子把他的脚侧面割出一个很深的大口子，一阵钻心刺骨的疼痛即刻把他的脸搞得抽搐变形。他忍着剧烈的疼痛弯下腰，一只手伸向水底摸索着，鲜血染红了水面。他的判断很精准，就在下水的地方，他摸到了那枚"地雷"。他捡起水下的"地雷"，迅即跳出水沟，拎起鞋，一瘸一拐地跑回家，一路上留下斑斑点点的血迹。

孩子们受惊似的跟到他家。成松在家里翻出一块旧纱布，草草包住伤口，又忍着疼痛将失而复得的"地雷"复原。

万幸的是，他的伤口没有感染，按期愈合了。不幸的是，那道伤口留下了终生的疤痕，时不时还会有刺痒的感觉。

这正是：

  恶作剧儿一瞬间，
  顽童嬉闹顾自欢。
  不洞世事惹人怨，
  留下伤疤对华年。

第十六章

乐逍遥

童年的孩子是天真无邪的，常常是你说什么他就听什么、想什么、信什么；看到什么就讲什么、学什么。

成松的身边，总是聚集着一些孩子，他们愿意听成松讲故事。成松把妈妈、哥哥、姐姐讲给他的故事都讲给小伙伴听，还时常把从哥哥、姐姐语文书里听到的课文讲给他们听。小伙伴们听得入迷，眼里常常闪烁着激动的泪花。

成松讲《歌唱二小放牛郎》，讲完后好几分钟都没有谁说话，王二小的牺牲和他的英雄事迹深深地震撼了孩子们。他们含着悲愤的泪水，把王二小的故事记在心上。

讲完《小铁锤》《小英雄雨来》后，孩子们啧啧赞叹，他们对小英雄机智勇敢、以高超的骑马和游泳技术，在日本鬼子的枪林弹雨中虎口脱险，感佩不已，心中涌起一缕缕英雄情怀来。

故事讲多了，讲没了，可是孩子们还会请求他讲，怎么办呢？望着小伙伴期待的眼神，他索性自己编点儿小故事。自编的小故事连他自己都觉得离奇、荒诞，不知可信不可信，可是孩子们眼巴巴听得入神，好像一点儿也不怀疑这是瞎编，他们宁愿相信那是真的，因为故事的发展和结局符合他们的愿望。

因为讲故事，他很有小朋友缘，在小伙伴中也很有威信。

这天，在县供销社的土堆上，小伙伴又围成一圈，仰起脖子，让成松讲故事。

讲什么呢？成松在记忆里搜索，可他实在找不到还有哪些储存的故事没讲过。他曾对妈妈做过的鸡蛋饼印象深刻：将几个鸡蛋打在小盆里，将蛋清蛋黄搅拌均匀，再放少许的面粉和盐搅成糊状，倒在锅里少许的热油上摊开煎烙，出锅即是一张油汪汪黄洋洋的鸡蛋饼。

当时，成松只分得一块，他吃到口里，心里一阵阵惊叹：太好吃了，要是天天吃，管够吃该有多好啊！但他很快否定了自己，这种想法太奢侈，那是不可能的。

孩子的想法总是新鲜和奇特的。当他每次看见幼儿拉的一摊摊又黄又黏的稀屎时，他就会鬼使神差地想到妈妈烙鸡蛋饼时用的那小盆原料，这两样东西是多么相似啊！要是把这一摊摊东西也放到油锅里煎烙，会不会也烙出鸡蛋饼的样子？但味道肯定不一样。

于是，他根据这些印象和记忆，带着孩子的稚气，以及对日本侵略者的憎恶和戏谑，按照个人的逻辑和意愿，编出一段小故事，逍遥一把：

抗日战争时期，有一天儿子和儿媳都到集上卖柳条筐去了，只有张奶奶一人照看着两个刚满周岁双胞胎小孙孙。近晌午时，张奶奶刚刚给两个小孙孙把完大便，两个日本鬼子突然闯进了家门。这两个日本鬼子一个长着大獠牙，一个长着斗鸡眼，相貌可憎。原来，他俩从清晨到现在一直在山里追踪一名八路军地下交通员，结果被搞得晕头转向，焦头烂额，无踪迹可寻。他俩又气又饿，这才来到山下闯进张奶奶家"呜里哇啦"地叫。经过盘问，两个鬼子确认张奶奶就是个普通农户，跟八路军扯不上干系，就逼着张奶奶给他俩做饭吃。张奶奶心里恨透了这些日本鬼子。前不久，日本鬼子进村搜查，抢走了她家的粮食和两只下蛋的老母鸡。听到鬼子让她做饭的要求，张奶奶没有拒绝，她急中生智，决定给这两个侵略者做点儿"好吃的"。

她先往锅里倒点儿豆油烧热，然后偷偷地将两个小孙孙拉的稀屎倒进锅里摊开煎。一会儿工夫，张奶奶就端上几张油汪汪黄莹莹的"鸡蛋饼"给两个日本鬼子吃。

"斗鸡眼"抢先夹起一张小心地咬了一口，"啧啧"地咀嚼着，小眼睛珠"滴溜溜"地乱转，狐疑地问张奶奶："你的，鸡蛋饼的，味道很特别的，好像有点儿臭的？"

张奶奶忙说："是啊，这'鸡蛋饼'是本地一绝，风味独特，你们在日本是吃不到的，刚吃时有点儿臭，但越嚼越香，就像臭豆腐一样。"

"大獠牙"拿起一张"鸡蛋饼"，"哐哐"咬了两口，边嚼边说："哟西，哟西，这味道大大地好，别有风味的有，越嚼越香的有！"

两个日本鬼子喜出望外，狼吞虎咽，一会儿就把几张"鸡蛋饼"吃光了。末了，他俩打着饱嗝，竖起大拇指对张奶奶说："你的，中国人的，大大地好！"

孩子们抻着脖，侧耳，静听。末了，笑成一团，开心极了！

故事虽然稚嫩，有些粗俗，还很荒诞，但孩子们爱听，从中得到乐趣。

因为他们恨透了日本鬼子，打心眼儿里希望愚弄日本鬼子，让他们丑态百出，成为笑料。

这样的效果达到了，成松心里甭提多高兴了。

但让他没有想到的是，他的故事还有另一番诱惑力。听得入魔的大波，回家看到小弟弟拉的金黄黏稠的稀屎，竟忍不住伸出手指蘸了一点儿放入舌尖，"吧唧吧唧"亲口尝试一番。然而，他可没有尝到半点儿成松讲的日本鬼子吃到的那个滋味，倒是尝到了一种臭烘烘的、难以下咽的味道，害得他不得不连连唾了好几口。

那时候，大多数家庭都孩子多，挣钱少，每个月都"月光"，成松家也一样。

但妈妈喜欢看电影，总能在节俭之中每月省出几角钱来带着孩子去看电影。成松是个电影迷，他跟妈妈看电影最多。

高冈上，杨树下，成松又在给小伙伴们讲故事。他讲的是昨晚刚刚和妈妈看过的电影《林海雪原》。

他把整个电影讲得囫囵半片，但却绘声绘色，特别是"胡彪献图"和"会师百鸡宴"那两段，讲得十分具体生动。七对宝石般的黑眼珠一动不动地盯着讲故事的成松，电影里的英雄人物深深地打动了他们。

"这个电影真好看，看了你就忘不了！"成松讲完后，感慨地说。

孩子们跟着你一句我一句地议论开了。

明晨说："杨子荣真英雄，一个人打入匪巢，不怕危险，又勇敢，又有招，最后活捉了座山雕。"

小滨说："那'203'参谋长也有能耐，和杨子荣定计搞里应外合，智取威虎山。"

占臣说："那座山雕挺逗，让杨子荣骗得一愣一愣的，到最后还要带杨子荣下暗道逃跑,你说招笑不招笑。"

孩子们欢声笑语。他们景仰英雄,嘲笑土匪。

直至午饭时,孩子们才各回各家。

下午,孩子们又聚到占臣家。占臣的爸爸上班去了,妈妈去街道不知干什么,只有占臣带着小弟在家。

成松揣了一兜子炒黄豆来了,那是前两天妈妈炒的。成松人缘好,不仅是因为讲故事,还因为他常把自己的东西分给小伙伴们吃。看到小伙伴们吃得高兴的样子,他好像感觉比自己吃还要高兴。

孩子们见了面,又提起《林海雪原》。占臣问成松:"《林海雪原》这是哪儿的事啊?"

小喜子抢过话头:"这还用问,成松不是讲了吗?深山老林,夹屁沟(注释:应为夹皮沟)一带。"他故意把"夹屁沟"三个字说得阴阳怪气。

孩子们哄堂大笑。

笑声未落,成松凑到占臣面前用低沉的声音问道:"脸怎么红啦?"

占臣怔了一下,眨巴着眼睛不知怎么回答。

明晨接过话头,昂首挺胸、威风凛凛地答道:"精神焕发。"

成松又高声紧跟一句:"怎么又黄了?"

"这,这,又上一层蜡。"明晨又结结巴巴地对答。

小喜子嬉笑着喊了一句:"让老雕叼了一下。"

大家又是一阵哈哈大笑。

"不对,不对,是防冷涂的蜡。"成松纠正着。

笑声又响起来。

此时,成松把炒黄豆分给大家,故意给占臣多分一些,并向占臣

121

提议，在他家上演一场"会师百鸡宴"。成松主动要当座山雕。他想把座山雕演得活灵活现，丑态百出，也享受一下被众人顶礼膜拜的乐趣。明晨当杨子荣，其他人当八大金刚。把黄豆当鸡吃，把凉水当酒喝。占臣觉得挺有意思，就答应了。

小文说："八大金刚八个人，咱们只有四个人也不够啊？"

成松说："不要紧，把占臣的弟弟也算一个就五个人了，五人当八人，就是那个意思。另外，小喜子还要兼任小炉匠。"

说干就干。占臣把他家的八仙桌腾出来，放上一个凳子。成松觉得不够高，又撂上去一个凳子。他攀上去坐下，头都快顶到屋顶了，虽然不够稳当，但可以将就。他觉得这样才够威风，这样才能体现出三爷高高在上的架势。

下面的人，每人一手端着一碗凉水，一手攥着一把炒黄豆。

明晨整理一下衣服说："弟兄们，今天是大年三十儿，又是三爷的六十大寿，我们给三爷拜寿啦！"

众人也整理一下衣服，齐呼："给三爷拜寿啦！"深鞠一躬。

成松扬扬得意、装腔作势地说："弟兄们，今天摆的是百鸡宴，是三爷我六十大寿，酒肉有的是，大家可劲造哇！"

"谢三爷！"众人高呼。

接着，明晨举着水碗，高声喝道："今天是个大喜的日子，来，弟兄们，咱们喝个一醉方休！"

众伙伴齐声喊道："一醉方休！"

正当大家大口大口吃着黄豆，大口大口喝着凉水时，突听外面有人敲门："占臣哪，开门。"

"不好，我妈回来了，赶紧跟我撤。"占臣惊慌地说。

孩子们纷纷把碗放在炕上，神色紧张地跟着占臣跑到院门前。

成松坐在高高的座台上，本来就不稳，慌乱之下，凳子一歪，连人带凳滚落下来，不重不轻地摔到侧面的炕上。板凳砸在他的腿上，有点儿酸痛。茶缸也落在了炕上，里面的凉水洒了一炕。他顾不得这些，连滚带爬下了炕，向门外跑去。

屋子里留下一片狼藉。

占臣紧张地打开门让妈妈进来后，就把其他孩子放出去，接着他也跟了出去。

金妈狐疑地问："这咋还都走了呢，不玩了？占臣，你咋也走了呢？"她若有所思，突然好像意识到了什么，加快脚步向屋门走去。

成松慌张地跑出门外，正好与金妈迎头相撞。金妈厉声喝道："站住，往哪里跑，你们作什么妖啦？说！"成松两眼直勾勾地盯着她，只想伺机逃脱。

"不说是吧？我先逮住你，看看你们到底作了什么妖，回头再收拾你。"金妈张开怀抱，就像老鹰扑小鸡一样向成松扑过来。

成松向左虚晃一下，金妈向左扑过去，成松猛向右一闪，金妈扑了个空。成松躲过金妈跑出院门，身后传来了金妈尖厉的叫声："小兔崽子，躲过初一，躲不过十五，等我抓住你，扒了你的皮。"

孩子们在大院外焦急地等待着成松。成松跑过来，孩子们围上来。占臣担心地问："怎么样，没挨打吧？"

成松拍了一下胸脯，骄傲而风趣地说："挨打，那是不可能的。电影里的座山雕被活捉了，眼前的座山雕逃跑了！"

孩子们咯咯地笑了。笑声响遍了街道，路上的行人忍不住向这边投来好奇的目光。

123

后来成松听说，这些孩子回家后都叮咣五二地放响屁、放臭屁。

最惨的是占臣，他不但让金妈打了一顿，还跑肚放屁带蹿稀。闹了半天，都是吃黄豆喝凉水惹的祸，这是成松一点儿也没有想到的。

他觉得很有趣，同时又觉得后悔和自责，心中充满了好笑和惋惜。

第十七章

掏鸟窝 二桥的小伎俩

岁月匆匆，不经意间，成松个头长高了，身体比以前更壮实了，活动领域也变得越来越大。

大自然是孩子的乐园。最初，成松跟着姐姐到田间地头挖野菜、采艾蒿、撸榆树钱儿；跟着哥哥到郊外小溪边水坑旁下夹子打鸟，到花草间灌木丛中抓蝈蝈，在树林里滚苏雀。后来，他开始与小伙伴同行，去更远的湖边、田间、原野、树林，打鸟、捉蝈蝈、掏鸟窝……

广袤的大自然带给成松数不尽的快乐，但也时有伤痛和遗憾相伴而生。他掏过多少次鸟窝已经记不得了，但却清晰地记得从来没有掏到过鸟蛋。他很失望，却从来没想过罢手。一次看似寻常却又非同寻常的掏鸟窝让他收手，从此不再干了。

这是一个春天的日子，晴空万里，艳阳高照。孩子们在郊外的一片杨树林里，在一棵最为笔直挺拔而高大的白杨树上，看见一个很大的喜鹊窝。

禄宝率先跑过去，光脚丫子上树，两手两脚并用，他的爬树功夫最好，如同猴子一样敏捷，一会儿就爬上树顶。他手伸进喜鹊窝，可没有摸到鸟蛋，却摸到两个软乎乎的东西。他拿出来一看，是两只光溜溜的鸟崽子。他下意识地手一松，两只鸟崽子掉落到地上。

　　成松十分惊讶，喜鹊那么漂亮，它的崽子竟长这样丑陋，光光的身子粉中夹青，连一根毛都没有，大大的肚子小细脖，秃秃的脑袋黄嘴丫，两只黑黑大大的肿眼泡儿，一张血盆似的大嘴嘶叫着。两只鸟崽子落在松软的浮土上，并没有被摔死，但显得很痛苦，晃动着头，蹬踢着腿，抖动着翅膀，在地上蠕动着、嘶叫着。喜鹊妈妈飞回来了，看到这般惨象，时而在孩子们头顶盘旋，时而俯冲下来，好像要发起进攻，嘴里发出声嘶力竭的叫声，不知是悲愤的呐喊，还是凄厉的哀嚎。

　　这番景象让成松心里感觉特别震惊和悲凉，是啊，谁的孩子谁不心疼，这也是两条小生命啊，它们要是长大了，也一样会像喜鹊妈妈那样漂亮啊！

　　因为害怕树皮树结剐破背心，禄宝把背心撸到胸前，从高高的树上滑下来，肚皮上被树皮小疙瘩划出一道道血印。他蹲下身来，将地上的沙土扬在肚皮上止血，肚皮上的血印浅的地方覆盖住了，深的地方仍有血渗出，他再次扬起沙土，覆盖住那些血印，然后用双手划拉划拉，满不在乎地说："好了，没事儿。"他抖动几下身体，放下背心，乐呵呵地一扬手说："咱们走吧。"

　　成松忙说："等一等，你看把那只大喜鹊急的，咱们把这两只鸟崽子再送上窝吧？"

　　没等成松把话说完，禄宝急了："什么，再送上去，没事干了，你是让我送上去吗？"

"不，我没这个意思，你刚爬下来怎么能让你再爬上去呢？我是想，我送上去，你们等一等。"成松解释着。

"那好，你去送吧！"禄宝的口气仍带着不屑。

成松不再解释，他佩服禄宝的血性，但觉得他的心肠有点儿狠。

成松从地上拿起两只鸟崽子放在自己的背心上，然后把背心卷到胸前，裹住鸟崽子。喜鹊妈妈凶猛地扑向成松，眼珠冒着恶狠狠的光，仿佛要与成松拼命。成松下意识地挥动着手臂，喜鹊妈妈从成松的头上掠过。真的好惊险，成松真的有点儿担心，当他爬树的时候，喜鹊妈妈会不会向他发起新的进攻。但是他并没有退缩，他走到树下，双手攀住大树，双脚曲蹬着树干，一下一下地往上爬，他真切地感到，自己爬得很吃力，远不如禄宝那样麻利和轻松。可幸运的是，喜鹊妈妈好像读懂了他，它再也没有来攻击成松。成松费了好大的力气才爬上树干，又攀登着枝枝杈杈到达喜鹊窝前，从背心里拿出两只鸟崽子，轻轻地放进去。

当他要下来时，他发现爬的方位远比想象的要高要险。怎么办？只能硬着头皮往下来。

他屏住呼吸，试探着踩住脚下的枝杈，一下一下往下行，行到树干处他稍稍松了一口气，还有六七米的高度只能往下滑。他也撸起背心，双手绷住树，两腿盘着树，一段一段往下滑，两手一松滑下一段，再一松又滑下一段。尽管他注意吸取禄宝的经验教训，放慢下滑速度，可到头来肚皮上还是剐蹭出两道深浅不一的血印，血往外渗，吱啦啦地疼。

太阳把沙子晒得滚烫，成松抓一把热沙子撒在血口子上。那一瞬间，他像被什么东西蜇了一下，打了一个"激灵"，火辣辣的、钻心似的疼，挺一会儿就过去了。他划拉一下肚皮上的浮土，索性脱下背心，彻底避免血迹沾在背心上。那背心一年也更换不上一条，他特别珍爱，更怕沾上血被妈妈发现了挨顿揍。

孩子们簇拥着他，他英雄般地望着小伙伴，他感到自己与禄宝比，也不乏英雄的气概和血性，还多了一份英雄的情感和温柔。

那只喜鹊妈妈飞上鸟巢，时而低头"喳喳"侍弄着鸟崽子，时而昂首对着这群孩子"喳喳喳"大叫，不知是在向他们致敬，还是在臭骂他们。

孩子们噘起小嘴吹响口哨离开树林。

每一次经历，都是一分成长。见识多了，就懂得的多了。
成松认识二桥，是二桥主动的。

二桥年长成松六岁，长得又高又瘦，眼睛像金鱼眼似的向外凸起。他常常鬼鬼祟祟地东张西望，走路也躲躲闪闪，仿佛想逃避什么似的。他家住在大院里，他家两间平房单独一个小院，高高的院墙，家门总是关得很严，不与任何邻居往来。平时，二桥总是孤单单的，也从不与任何邻居家的孩子和同学在一起玩。

对这一切，成松总觉得挺神秘、挺好奇。

这天，二桥突然来到成松身边，告诉成松黄豆地里有兔子，要带他一起去捉兔子。

成松听了又惊又喜。惊的是，平时不爱与人接触的二桥竟然愿意与自己这样的小孩子玩。喜的是，捉兔子多么新鲜有趣啊，他巴不得跟大孩子一起去捉呢。他高兴地答应了，一脸阳光灿烂。

跟着二桥走了很远，他们来到郊外一片绿油油的黄豆地前。二桥走到地里用手扒拉一下茂密的黄豆秧叶，告诉成松："兔子一般就藏在底下，你见到它就扑上去，逮住它。它跑了，你就追上它，别让它跑掉。"

成松听了心里怦怦乱跳。

二桥又说："你先在这片地里抓兔子，我到旁边俺家豆角地里去看看。"

成松惊异，原来他家在这儿还有豆角地？

成松顺着垄沟小心翼翼地扒拉着枝繁叶茂的黄豆秧，心里一阵阵怦怦乱跳。

走在回家的路上，成松两手空空，低垂着头，闷闷不乐，脸色早已晴转多云。他在黄豆地里找了半天，连个兔子影子都没看见。二桥倒是满面春风乐呵呵，他摘了鼓鼓囊囊一小布袋扁豆角，满载而归。成松有一种受骗的感觉。

一周后，二桥又来找成松，说郊外的树林里长蘑菇，要带他去采蘑菇。有了上次的经历，成松这次有点儿半信半疑。

二桥看出他的疑虑，煞有介事地补充说："前两天，西院的孩子就在树林里采到好多好多蘑菇！"

成松并没有完全打消对二桥的怀疑，但是他愿意再相信二桥一次，或许这次是真的，"他不会总骗我吧，采蘑菇是多么有趣的事啊！"成松沉浸在美妙的想象之中。

这次走得更远，到达目的地的时候，成松的腿都酸了。这是一片不大的小树林，树干只有铁锹把那么粗，地上长着稀稀拉拉的绿草。这与成松想象的完全不同。

"这个小树林能有蘑菇吗？"成松有些泄气，提出质疑。

"有啊,西院那帮孩子就是在这儿采的。你别着急,慢慢找,特别是树根底、草丛下,仔细看,一定能找到蘑菇。"二桥像一个很有经验的采蘑菇老手给予成松肯定的回答。

二桥的话,重新点燃成松心中的希望。他精神抖擞,情绪高涨,就是谎话他都愿意相信。他迫不及待地钻进小树林全神贯注搜寻着蘑菇。

二桥横穿过小树林,来到一块豆角地前。

结果,现实并没有给予成松想象中的情景和乐趣,他一无所获,竹篮打水一场空,可二桥肩上又多了一布袋芸豆角。

回家的路上,成松耷拉着脑袋,一声不吭,肚子气得鼓鼓的。他已经确定无疑地知道自己又上当受骗了。

"他说谎话跟说真话一样,脸不红不白的。真是一个骗人精。"成松厌恶地想。

二桥似乎有所察觉,他解释说小树林旁那块豆角地是他家种的,顺便摘点儿豆角回家。

成松以讥讽的口吻说:"你家的豆角地可真不少啊,到处种,一种就种好几块,每块地离得那么远,吃得过来吗?"

二桥愣了一下,一时语塞。因为被戳穿,神情有些狼狈和尴尬。但他坚持说:"俺家人都爱吃豆角,种豆角的地自然就多啊。"

成松认清了二桥的真实面目。二桥找自己来,根本不是为了捉兔子、采蘑菇,而是为他自己出来偷豆角找个同伴而已。成松无意中就成了这样一个同伴,不,岂止是同伴,简直就是帮凶。

成松心中充满愤怒和屈辱。

成松瞥了一眼有些魂不守舍的二桥,一种鄙夷和厌恶的情绪萦绕心头。"这个坏家伙,我那么相信他,他却这么骗我,世上竟有这样可恶之人?什么东西,真不是个玩意儿!"成松心中暗骂。

这件事给了成松一个忠告,不要轻信别人,尤其是不了解的人,永远不要想着天上掉馅饼。

成松决定不再理睬二桥,就把他当成一堆臭狗屎。

十多天之后,二桥又来了,手里还拿了一个小水桶。他告诉成松郊外的草地和田间有很多"大眼贼儿"洞,只要找到洞口往里灌水就可以把"大眼贼儿"灌出来,抓到它,用绳拴住它的后腿满街跑,很好玩的。

二桥的话充满了诱惑,但成松觉得很可笑。

"真不要脸,鬼话连篇,又把我当成傻子啦!你都欺骗了我两次,又来第三次,我还会相信你吗?"他本想嘲弄一番再严词拒绝,可话到嘴边他却改变了主意。

"好哇,这可真好玩,你等一等我,我回家取点儿东西马上就来。"他要戏弄一下二桥,以其人之道还治其人之身。

成松并没有回家,他躲开二桥的视线,绕到一个房角,开始观察二桥的动静。

二桥焦急地等待着,不时地东张西望。过了好一会儿,见成松还没来,他就走到成松家的门前,鬼鬼祟祟、躲躲闪闪地向成松家里张望。

他平时就这个德行,从不带别人家的孩子走进他家的家门,也没见过他曾跨进哪家孩子的家门,总好像心里有鬼。

二桥在成松家的窗前,火急火燎地走了几个来回,最后极不耐烦地悻悻而去。

成松心中大快:"急死你,被骗的感觉是不是很舒服?"

望着二桥远去的背影，成松露出一脸坏笑，悠长而舒缓的口哨声从他噘起的小嘴里发出，在广阔的空间里回响着，在习习的清风中飘荡着。

　　这天中午，成松和小伙伴一直在大院门口玩。这是二桥回家的必经之路，他仍然对二桥的归来充满想象和好奇。他想进一步验证自己的判断，二桥会不会用绳牵回"大眼贼儿"，会不会又提着一桶豆角或什么其他蔬菜满载而归。

　　果然，二桥出现在大院门口。成松瞪大了眼睛吃惊地看着他。

　　只见二桥并没有牵回"大眼贼儿"，也没有提回什么豆角或其他蔬菜，而是被人打得鼻青脸肿，手上的小水桶也不见了。二桥躲躲闪闪、匆匆忙忙地从孩子们身边掠过，一副丢盔弃甲、狼狈逃窜的样子。

　　成松猜测，二桥一定是偷别人家地里的菜被人家发现了，最后落得这般下场。成松没有替他难过或悲伤，反倒有几分快感。他应该受到这样的惩罚，也许这是天意，是报应。冥冥之中成松仿佛听到一个声音在耳边飘荡：一回上当，二回心亮，三回算总账。

　　从此，成松再也没有和二桥打过交道。

第十八章

那一次差点儿要了他的命

谎言和失信不期而遇，成松又上当了，像一场噩梦。

孩子的世界，游戏名目繁多，千变万化，充斥着太多的诱惑。成松一高兴就忘了曾经的教训，小孩子谁会把玩儿当成个事儿！可玩得不当就会出事，碰上不当的时间或说话不算数的人，十有八九就要遭殃。

玩，有胜利，有失败，也常常潜伏着危险，有时受伤，有时重创，甚至危及生命。

"磕杵子"常常是孩子游戏争霸的一项活动。

"磕杵子"就是两个人各出一个拳头硬碰硬地往一块撞击，谁先停止磕撞，谁就输了。成松在这项活动中声名远扬，身边的小伙伴谁都磕不过他。本来很疼，硬说不疼。一次，小喜子叫来了从哈尔滨来走亲戚的表哥。据说，他表哥在哈尔滨小伙伴中"磕杵子"是一霸。远方的客人上门挑战，成松岂甘示弱。于是，两个人激烈地对抗起来，

133

拳头越磕越狠，不一会儿，双方的拳头就磕出了血口子，而且血口子越磕越大，两只拳头都沾满了鲜血。最后，挑战者小喜子他表哥声称要上厕所，停下手来。他拉着小喜子边走边说："你这位同伴拳头真硬，不怪你们磕不过他。"

成松听了这话，望着他俩的背影，暗中发笑："其实，哪是什么拳头硬啊，谁磕谁疼，只是逞强好胜、能忍而已！"

摔跤通常是孩子们夏秋时节玩的游戏，可成松他们哪管什么季节，玩的就是随意、自在和快乐。每一项游戏都能让他们疯一阵子。成松摔跤有胜利有失败，胜多败少，每一次胜败都会引来孩子们一片欢笑。摔跤练就孩子们的力量、意志、技巧、智能和胆量。这年冬天成松他们又玩起了摔跤活动。

这天，孩子们在天寒地冻、光秃秃硬邦邦的大地上摆开了战场，成松奋勇当先，来者不拒，摔倒了占军，摔倒了洪志，摔倒了占柱。

在多次胜败的经历中，他发现自己的力量并不比同伴大，体魄相差无几，甚至还不如有的同伴，要取得胜利，玩的就是技巧和灵活。之所以每次胜利，他靠的都是手疾眼快，机动灵活，抢先下手，还没等对方调整好，他的一只脚已经伸到了对方外侧的脚边，用力一绊，令对方猝不及防，刹那间已然倒在他的脚下，但他不会让对方重重地摔在硬邦邦的地面上，他的手会始终拉着对方的胳膊。

满院的孩子，满院的欢笑。

马大奎走过来。他住在东边大院，时常和孩子们相遇。他与二桥同龄，长得比二桥高大威猛，像个大小伙子。他见孩子们玩得正欢，忍不住上前凑热闹。他提议，让孩子们结成一伙与他摔跤。他觉得这群孩子加在一起也不是他的对手。

孩子们面面相觑。成松首先表示同意,并动员同伴不要害怕,共同作战一定能赢。孩子们同意了。

战斗开始了,成松率先冲上去。马大奎一把抓住成松的两只胳膊,顺势将成松抡了起来,同伴们谁都无法靠前。马大奎原地转了几圈,待把成松身子完全腾空,他双手一撒,就像甩铁饼一样将成松甩了出去。成松在空中飞了好一段距离,才落下来。但成松凭借着自己的灵活和机敏,落地后趔趔趄趄、踉踉跄跄地后退了几步,竟然没有摔倒。孩子们一片欢呼,马大奎也惊讶不已。

成松走到孩子们中间,悄悄地与同伴耳语一番,孩子们听了信心大增。

第二回合开始了。成松来到马大奎跟前,但他不让马大奎抓到自己的胳膊,总是虚虚晃晃。同伴们乘机从后面拥上,有的抱住马大奎的腰,有的拉起马大奎的一条腿,成松在前面再拉住马大奎的胳膊,大家齐心合力就把马大奎摔倒了。胜利的笑声和欢呼声混成一团。

马大奎再次提议,不玩摔跤了,一起玩"打马架子"。他选择驮着成松为一伙,剩下的九个小伙伴算另一伙,双方交战,看谁能胜。

成松看着高高大大的马大奎,心里很矛盾。一方面,他很担心,担心一旦失败了,他从马大奎肩上栽下来,脑袋摔在冻天冻地的地面上,那可不是闹着玩的。另一方面,他又很高兴,很自豪,他觉得马大奎这么个大孩子,能看上自己这么个小孩子应该是自己的荣幸。马大奎一定是看中了自己英勇善战、机动灵活、身手不凡的劲,怎么好让他失望和扫兴呢?正当他犹豫着,马大奎已经蹲在他的身边:"来,快上来,咱俩一定能赢!"他信心满满。

成松有些担心地说:"你这么高,要抱住我,可千万别让我在你身上栽下来。"

"那绝对不可能，我还能抱不住你？放心吧，你尽管打，有我在，一切都没有问题，就等待着咱俩胜利的好消息吧！"马大奎言之凿凿，信誓旦旦。

成松跨上马大奎的肩头，马大奎忽地站起，成松仿佛骑上一匹高头大马。

马大奎驮着成松来回跑动着、叫喊着："快点儿，你们那么多人，不敢参战吗？"

禄宝说："不怕，咱们三人一伙，组成三伙，一起跟他干。"

伙伴们迅速搭起了三驾坐骑，每一驾坐骑都是两人抬着一人。就是两个人四只手攀在一起，做成马鞍，另一人两条腿伸进这两个人胳膊中间，坐在四只手上，然后，抬起作战，这样既稳当，又安全。于是，就形成了一伙对三伙，两人对九人的局面。

大战开始了，马大奎在下面不停地跑动，成松在上面各个击破，一会儿工夫，三个对手纷纷败于"马"下。

胜利的喜悦写在马大奎和成松的脸上，也建立了成松对马大奎的佩服和信任。他们一战再战，越战越勇，接连获得两次全胜。

到了第三回合，可没有那么幸运。大概是马大奎累了，他已经不像前两次跑动得那么欢了，他的动作变得缓慢和僵硬。另外，对手也吸取了前两次失败的教训，他们采取了先前成松带领他们对付马大奎摔跤的方法来对付成松，果然奏效。这一回合，他们三伙，抱成一团，不再分开，不给成松各个击破的时机，成松只要近身，便叫他腹背受敌。马大奎不知是计，扬了二愣上阵来，一下子进入了包围圈。

只见马大奎和成松：

跟头把式身力挺，混战一团绞杀中。
应对前敌未分解，背后遭袭险情生。
双臂被擒难自控，但愿大奎显奇功。
趔哩歪斜较上劲，力大方可占上风。
谁料大奎泄了气，撒手任尔南北东。
成松脱肩甩出去，仰面朝天倒栽葱。
咣当一声震天响，失去知觉不知情。

成松被摔昏过去了。

过了好一会儿，成松苏醒过来，天还在旋，地还在转，眼睛还模糊不清。当他看清围在身旁的马大奎和同伴们，他惊奇自己还活着，庆幸自己的脑袋如此坚硬没被撞碎。他回想起，就在自己一头触到硬邦邦地面上的那一刹那，他感到天崩地裂，真以为自己的脑袋开瓢了。

成松万幸自己逃过一劫，但也深知自己够惨的。可他并不怪马大奎。他想，上阵杀敌是自己同意的，一切后果都得自己承担，好汉做事好汉当。其实，在他脱肩那一刻他已分明感到马大奎撒手了，可成松不愿意这样想下去，他还是相信马大奎不是故意的，是个失手，是猝不及防、始料未及的。

他出于好奇，还是顺口问了马大奎一句："哎，你怎么撒手啦？"成松想听到他愿意听到的答复，可是他没有听到。

"我要不撒手，我也跟着摔倒了！"马大奎简短的回答很诚实，但让成松顷刻间崩溃了。

这回成松可真的生气了。闹了半天，马大奎还是怕自己摔倒才撒手的。成松愤愤地说："你怕摔倒就可以撒手不管我吗？"

"我管不了那些了。"马大奎的回答还是那么简短，还好像很理

所当然。

成松气坏了。这样的话，是成松最不希望听到的，可是他还是真真切切地听到了。他平素想，遇到这种情况，谁都会宁可摔倒自己也不会不管身上的同伴，可马大奎竟是个另类！他为了保护自己不惜牺牲别人。太自私，太不守信，太不仗义了！

那一瞬间，他仿佛看见马大奎丑恶的灵魂。

"你的心眼儿很不好！"成松淡淡的口气带着浓浓的鄙夷。他又接着说："你摔倒了大不了会受点儿伤，可你扔下我不管，很可能要了我的命啊！"

马大奎张口结舌，脸上挂着几分羞怒。

成松的头肿了一大块，痛了很长时间，他没有告诉家里任何人。

无独有偶，马大奎像二桥一样，过了一阵子，他又来到孩子们中间，再次提出与大家一起"驮马架子"玩，他还要和成松一伙。

成松直接拒绝了他："别来找我，我信不着你！"

马大奎遭到抢白，急赤白脸地说："哼，熊样儿，以后你求我，我都不跟你一伙啦！"

马大奎在成松这儿碰了一鼻子灰，又去找别的孩子入伙。

孩子们一个个像躲避瘟疫一样躲避他："不行不行，我不玩，我不玩。"

他找了一圈，最后也没有找到一个愿意跟他一起玩的。他一脸沮丧，悻悻地骂道："太过分啦，怎么都不玩了！"

他大概还没有明白，一个自私自利的人，一个背信弃义的人，一个没有良心的人，是不会赢得他人好感和信任的。

第十九章

刨茬子　刘傻子发飙

　　生活一天天好起来，伙食已经大大改善，温饱已不是问题。

　　但供应的粮食，大多是粗粮，细粮很少。家里能吃上一顿白面馍馍，那可是成松很盼望很高兴的事。

　　特别是成松的妈妈，对供应不多的细粮，总是省吃俭用，精打细算。她会把白面积攒下来，分成几个部分来用。一部分是留着等待姥姥来女儿家再吃；一部分是留着过年过节再吃；一部分是留着遇上谁要是有病有灾或干重活时再吃。这样一来，平时吃的白面就少之又少。

　　那时候的孩子，吃白面不是常态，劳动算是常态。他们好像都很懂事，看到父母的辛劳，都会过早地分担家庭的重担。

　　成松就常常跟着母亲去种地，跟着姐姐拾煤渣、抢树皮……当然，他没有什么具体的任务。他跟着，多半是被照顾，跟着玩。他虽然看到生活需要劳动，可他还不曾真正体会到劳动有多么辛苦！

　　春天里，一个周日，哥哥从于家借来手推车，外出拾茬子（注释：

玉米茬子，玉米的根茬，用作柴烧）。妈妈也总是单独给哥哥烙上两三张白面饼带上，成松看了十分眼馋。

一次，成松要求跟哥哥一起去，那样他也可以吃到白面饼了。哥哥不同意，怕他碍事。妈妈也不同意，说："路途太远，活儿太重你顶不了。"成松坚决要去，非去不可。他心想，哥哥去拾茬子就是为了吃白面饼，妈妈给哥哥烙白面饼就是偏向哥哥。自己跟着干点儿活，算什么，就跟玩一样，还能吃到好吃的，差啥不去？

妈妈和哥哥拗不过他，只好同意了。

妈妈多烙了两张饼给他们带上，还满满地灌了一军用水壶的热水。

早饭后，迎着太阳，成松跟着哥哥出发了。

哥哥让成松坐在推车上。起初，一路欢笑，一路歌声。成松好不得意，暗自庆幸，自己来了，多有意思，多好玩，还有白面饼等着他享用。后来，哥哥的歌声越来越小，渐渐停息了。哥哥只顾低头拉车。成松能够感觉到，哥哥好像有点儿唱不动了，也没那么大劲头了。成松要下车帮哥哥拉车，被哥哥制止了。

大概有一个半小时的路程，在一大片收割完毕只剩下玉米茬子的田地前，哥哥停下来。这就是他们要拾茬子的地方。哥哥告诉成松，他在前面刨茬子，成松在后面磕茬子，就是将玉米茬子上的泥土磕打干净，再顺着垄沟一小堆一小堆地放好。

劳动就这样开始了。哥哥在前头，挥舞着镢头，奋力地刨着。天干地燥，每一镢头，都带起一窝风尘，一个个玉米茬子随着哥哥的挥舞和行进浮出地面。成松在后头，一手抓起一个茬子，相互磕碰着，每一次相碰，都抖落一股沙尘。

很快，他就感到口干舌燥，乏力不堪。

哥哥刨过一阵,就会放下镢头,也来磕茬子。当接应到成松,他再去刨茬子。这样循环往复,哥哥和成松的脸上都挂满了汗水和灰尘。这次成松切身感到,干这活儿可不是好玩的!他真盼望这场劳动快点儿结束。

好不容易熬到了中午,哥哥招呼成松到车前吃午饭。成松只感觉到累,一点儿食欲都没有。哥哥先递给成松一个饼,自己也拿起一个咬了一口,又拿起军用水壶,喝了一口水,然后把水壶递给了弟弟。

成松也如此这般。他们谁都不愿意说话,好像已经没有力气说话了。干皱的嘴唇,干涩的嗓子,嚼着干巴巴的饼,喝着温了咕嘟的水。哎呀,这饼哪有什么香味儿啊,一点儿都不好吃!

成松极其失落,苦不堪言。他把目光落在哥哥的脸上,哥哥吃饼也很费劲,一点儿都看不到他有什么快感。成松突然有些惭愧和感慨。他惭愧自己太小心眼儿,拿自己的心,揣测哥哥的心,错怪了哥哥。这饼有什么好吃的?干这活,别说吃饼,就是吃山珍海味,也不值得。他开始懂得,哥哥这么做,不是为了吃饼,而是为了这个家,为了减轻父母和家庭的负担。妈妈给哥哥烙饼,又不让我跟着,也不是偏向哥哥,而是心疼哥哥,心疼我。

此时,成松已经懵懵懂懂地感到,这是一种爱、一种责任和担当。他打心眼儿里佩服哥哥,也理解了妈妈。

成松勉强吃下一张饼,就再也吃不下去了。哥哥劝他再吃点儿,他摇头拒绝。哥哥也只吃下两张饼。

哥哥站起身说:"小弟,你在这儿多歇会儿,我去再刨点儿。"

成松说:"还刨哇,我看不少了,先装车看看呗?"

"肯定不够,还差不少呢,咱家借人家车也不容易,一定要多拉点儿回去。"哥哥说着，就大步地向地里走去。他头顶烈日，迎着热风。

望着哥哥的背影，成松真佩服哥哥的意志，他仿佛觉得哥哥能够顶天立地。他犹豫了一下，还是跟过去了。他觉得应该向哥哥学习！

太阳偏西的时候，他们已经把玉米茬子装上了手推车，而且装得满满的、高高的。哥哥在前面拉，成松在后面推。这一次，成松真正地尝到了劳动的辛苦。

在以后的日子里，每逢遇上这样劳动，哥哥总会问他还去不去了？他曾经打过退堂鼓，但最终还是坚持去了。这时候，他再去，可不是为了吃白面饼，而是为家里做点儿事。

因为，为父母和家中分忧解愁的潜意识，已经不知不觉地注入了他的骨髓里。

一年之前，妈妈又给成松生了一个小妹妹。平时，小妹妹都送商业托儿所，商业托儿所早已开始收三岁以下的幼儿入托了。为了节省一点托儿费，寒暑假期间，小妹妹一直在家由两个姐姐轮流照看。

这天，两个姐姐按要求到学校去交暑假作业，照看小妹妹的任务就落在成松的身上。这是他第一次单独照看小妹，感到心里沉甸甸的。从家人吃完早饭陆续地走后，他就挂上屋门，在西炕上逗小妹玩。这会儿，他用姐姐写过的作业本纸折叠成一架小飞机，再一次次用手把那架小飞机甩向上空，小飞机时而箭一般地直冲屋顶，时而又优哉游哉地飞舞在屋中，逗得小妹发出了阵阵的欢笑。

突然，"砰砰砰"有人砸窗，屋里的笑声戛然而止，成松和小妹的目光一齐转向屋窗。从方方的玻璃窗上探出一张狰狞的脸。

那弯曲的鼻子淌着鼻涕，那歪向右腮的嘴角流着哈喇子，两排七扭八歪的牙齿和两枚粗大的犬牙暴露无遗，那只下坠的左眼一角夹带着黄白色的眼屎，那只几乎全是眼白的右眼鼓鼓突突，眼珠好像快要冒出来，特别是那副狂躁的表情，"哇哇"的叫声，以及双手砸窗的气势，足以令人胆战心惊。

小妹吓得一下子扑到成松的怀里，浑身瑟瑟发抖。

成松也惊慌失色，这不是刘傻子吗？他紧紧地抱住小妹，想起了几天前发生的那件事情。

那是一个上午，成松与占军、小哨、二小在院外抽尜。已是壮年的刘傻子，一颠一颠地走过来，对着占军傻笑，呜噜呜噜地说话。话虽说不清，可大意占军懂，他也要玩一玩抽尜。

占军大为反感，急忙从地上拿起正在旋转的木尜，像躲避瘟神一样躲开他。其他孩子见状，都纷纷收起自己的木尜。

刘傻子愤怒了，"哇哇"地大叫起来。

孩子们纷纷躲开。成松曾经听过妈妈的警告："小孩子在外边玩，千万不要去招惹刘傻子，谁惹他，他就打谁，特别是对小孩儿，说打就打。他谁都不怕，就怕他娘。"

成松可不惹事，躲开就是了。占军可不一样，当他躲出十几米远之后，就扯开嗓子喊叫起来："刘傻子，大傻瓜！"小哨和二小也跟着喊了起来："刘傻子，大傻瓜！"

刘傻子气急败坏，青筋暴跳，疯狂地朝着孩子们追赶过来。孩子们见势不妙，撒丫子就跑。刘傻子从地上捡起两块土坷垃，连续奋力向孩子们投掷过来，那两块土坷垃从孩子们的耳边呼啸而过。

窗外，拍窗声更加急促，刘傻子张牙舞爪，吹胡子瞪眼，阵阵狂叫。成松意识到，这是刘傻子将他当成占军的同伙，来寻求报复了。

143

面对误会,成松力图辩解。他大声对着窗户喊:"我没骂过你,你看错人了。"

解释毫无意义,刘傻子砸窗声喊叫声反倒变本加厉。

此时,成松心里真的很害怕,脑子里闪过各种不测,视觉和听觉处于高度紧张之中,那种无助无力之感紧紧缠绕着他。他盼望着妈妈快点儿回来,哪怕是哥哥姐姐回来,大概也能为他解围壮胆。可是,这个时候谁又能回来呢?他看到,小妹已是大气不敢喘,脸上写满了恐惧,并把她幼小的身体紧紧地偎缩在他的怀里,眼睛直勾勾地盯着他的脸。

成松心里越发紧张,可他清楚地知道:现在,他是小妹的主心骨,是小妹的依赖,没有谁能替代他保护妹妹。他心里虽是七上八下,兵荒马乱,但他不住地告诫自己,要沉着,要镇定,要保持从容自若的状态,不然会吓坏了小妹。成松佯装一副大人的派头,但他装得不像。他很想像江姐一样"面不改色心不跳",可他怎么也做不到。

小妹似乎很懂事,她不哭不闹,乖乖地、怯怯地、默默地与哥哥紧紧相依。她似乎明白,她若哭闹会破坏哥哥的镇定,会削减哥哥的意志和坚强,会引来更多的麻烦。

多可爱的小妹啊!看着小妹乖巧可怜的模样,成松鼻子一酸,涌起一种想哭的感觉。然而,他却坚强地忍住了,不能哭,绝不能哭。只有自己坚强,小妹才会坚强。他猜想,如果自己哭了,小妹就会崩溃,就会哭得一塌糊涂。

"砰砰砰"刘傻子把玻璃窗砸得更猛烈了,以致连窗户框都在颤抖。

成松的心跳得更厉害了。他想到,武力是刘傻子对小孩实施报复的最后手段。如果刘傻子破窗而入,那可怎么办呢?对抗?肯定不是对手。他想起了哥哥给他强塞生大蒜的情景。当时他就是拼力反抗，可还是被哥哥死死地控制住，令他动弹不得。他已经预料到结果，但能束手就擒、坐以待毙吗？不能，绝不能，必须反抗。因为只有反抗，才能缠住刘傻子，才能使刘傻子缓不出手来伤害妹妹，妹妹才可以得到保护。倘若刘傻子甩开自己，又去伤害妹妹怎么办呢？绝不能给他这个机会，成松瞬间冒出了以死相拼的气概。

妈妈临走时的那句话又在他耳边响起："成松，一定要照看好妹妹，要尽心尽力，加油！"妈妈对他寄托着厚重的期望。

这时候，成松好像不那么害怕了，也变得越发镇定。平时，在那些英雄故事感染下，他总觉得自己很勇敢。可眼下见真章儿了，倒是真有点儿怕了。不过，他清楚地意识到，他最怕的并不是自己会怎么样，而是怕妹妹会怎么样。以前他从未想过要保护妹妹，可现在却从未如此真切地想要保护好妹妹。

当危机来临，真正的勇气就会出现。他安静地抱着妹妹，从西炕走到东炕，远离开那个窗口，眼睛却时不时地瞟向窗外的刘傻子和东炕灶坑下的那把铁炉钩子。关键时刻，那把铁炉钩子将是他保护妹妹的战斗武器。他静静地等待着战斗的来临。

窗外，一阵紧似一阵的砸窗声过后，刘傻子的气势渐渐地衰减了。他趴在玻璃窗上不住地向屋内张望，那砸窗声和叫喊声都变得断断续续，越来越弱。

这样的局面大约又相持半个小时，成松的心里仿佛经历了一场漫长而艰苦的战斗。

妈妈回来了。那场等待有了结果，那场难以预测的战斗没有发生，坚持到底就是胜利！

窗外响起妈妈严厉的喊叫声:"刘老大,你在干什么?赶快走,你再砸窗户,我告你娘去,让你娘揍你!"妈妈的目光和话语很具威慑力。

刘傻子惶惶地逃离了,还边走边回头回脑地看着妈妈,生怕妈妈追上来。

成松给妈妈打开门,小妹从成松的怀里扑向妈妈。妈妈抱住小妹,又抚摸了一下成松的头,带着几分歉意地说:"孩子,妈妈回来晚了,吓着没有?别怕,妈妈回来就好了。"

妈妈来到身边,成松有了依靠,心情放松了。

他还是个孩子,也需要保护哇!妈妈温柔关切的话语,让成松再也绷不住了,他"哇"的一声哭了,憋在心中的紧张、焦虑、担忧和委屈顷刻间释放出来,眼泪像决了口的洪水倾泻而出。

这是悲伤的眼泪,更是欣喜的眼泪、胜利的眼泪!

小妹见哥哥哭了,也跟着"哇哇"地哭起来。果然,哭得比哥哥还厉害。妈妈已经回来了,为什么还要哭呢?小妹自然弄不明白,但她就是想哭,只有哭出来才痛快。妈妈连忙用衣袖擦去成松的眼泪,又擦去小妹的眼泪,自己的眼角也潮湿了。妈妈抱着小妹悠荡着,她摸摸小妹的头,又抻抻小妹的腿,嘴里不住地叨咕着:"摸摸毛儿,吓不着;抻抻腿儿,吓一会儿……"

这会儿,世界是潮湿的,心是柔软的、脆弱的。可哭过之后,世界就变得通透了,情绪平稳了,心比以前更强大了。在以后的岁月里,成松常常想起这段经历。原来,当一个人直面深深的恐惧时,能让他变得镇定、勇敢、坚强,一定是他拥有一个特别想要保护的人。

爱和使命能让一个人变得强大。

第二十章

"小时偷针,大时偷金"

成松吃过早饭,走出家门,看见贵宝、禄宝和占成在院外大杨树下交头接耳,贵宝正在悄声地讲述着什么。他便好奇地走过去。原来,贵宝在讲:在铁路一道口东南,有一大片西红柿地,只有一个人看守。他提出,小伙伴们一起去,在地边偷几个西红柿吃。孩子们听了,跃跃欲试。成松提出质疑,一旦被抓,没法向家里交代,还会挨揍的。他想起了二桥偷豆角挨打的模样。

"胆小鬼,偷两个西红柿就怕了,那么大一片地,地旁还有别的庄稼,谁能看见你?你怕了,就不要去啦。"

成松被说得面红耳赤,但他仍然假充英雄般地说:"谁害怕了,我就是说说,我怕过谁?"其实,他真的不太怕挨打,主要是怕被人逮住丢人现眼,让父母蒙受羞辱。而眼下,经贵宝这么一激,他更怕被小伙伴们瞧不起。

目标一致了,他们不再争了。

他们绕到了西红柿地附近。穿过树林,又是一片谷田。他们哈腰穿过谷田,便来到了西红柿地边。他们趴在谷田里,机警地扫视着西红柿地里的动静。只见远远的地中央,有一处窝棚,窝棚门敞开着,窝棚门前蹲着一条狗。

他们匍匐着爬进西红柿地。地上热乎乎的。他们每个人都一头汗水,嗓子干干的。那条狗没有察觉到他们。

西红柿秧上结满了大大小小、红红绿绿的西红柿,绿的多,红的少。浓郁的西红柿的味道弥漫在身边,那是一种大自然赐予的味道。成松惊叹,这些西红柿在大地里是多么好闻!他在家里可从未吃出西红柿有这么馨香的味道,真是奇妙。难道离开大自然,它的味道也会变吗?

孩子们顾不得品味,抢摘才是第一位的。成松看到贵宝、禄宝麻利地将摘下的红红的西红柿揣进衣兜里。可他只穿着背心和裤衩,没有衣兜。他索性将背心掖到裤衩里,然后快速把选择采摘的红色西红柿揣在背心里。西红柿带着它特有的温度,堆积在他的肚皮前。占成也穿着背心和裤衩,他看到成松的样子,也如法炮制。瞬间,他们身边成熟的西红柿一扫而光。

为了收获更多的成果,他们继续匍匐向前。

占成落在后面,他迫不及待地站起身来,哈腰紧跑几步,跑到最前面,在一处西红柿长势十分茂盛的地方趴下来。西红柿秧剧烈地颤动着,发出"嚓嚓嚓"的响声。

"汪、汪、汪"那条狗立马挺起身警觉地狂吠起来。它大概发现了占成。

看地人披着上衣从窝棚走出来,顺着狗注视的方向张望。瞬间,他对着那条狗高声叫喊:"凑、凑、凑。"

那条狗闻声向孩子们的方向飞蹿过来。

"不好,咱们暴露目标了,快撤!"贵宝喊道。

孩子们起身撒丫子往回跑。穿柿子地,跨谷田,仓皇逃窜。柿子秧抽打着他们的腿,谷秧抽打着他们的腰。他们不顾一切地用腿用身体撞击着这些好似手臂的谷秧。那谷秧和谷物疼痛地发出了"唰、唰、唰"的叫声。贵宝、禄宝跑在最前面,成松紧跟其后,占成落在最后面。奔跑中,成松感到自己的裤衩在不断下沉,背心里的西红柿快要掉下来。他赶紧提着裤衩,捂住背心,唯恐西红柿漏出来。情急之中,不知脚下被什么东西绊了一下,瘦小的身体像一支离弦的箭,俯冲到田埂上。顿时,肚皮上的西红柿成了柿子酱,背心被浸染得一片殷红,肚皮黏糊糊的。原来他是被横在垄沟里的一根木棍绊倒。占成撵上来,又从他身旁飞驰而过。狗追过来,越来越近。他不顾一切,爬起来,旋风般地奔跑。西红柿汤顺着肚皮和背心淌下来,从大腿胯裆处流出来。他边跑边把背心拽出裤衩,已完全露在裤衩外面的背心在微风中频频颤抖。他看见,前面奔跑的占成,背心也飞扬起来,西红柿从他身上纷纷掉落下来。更糟糕的是,占成的鞋子跑掉了一只。他回头想去捡鞋,成松跳跃式地从他身旁闪过。那条狗已经追到眼前。占成掉头又跑,可那条狗却没有再追,只是叼起占成的那只鞋,屁颠屁颠跑回主人那里报功去了。他们跑出谷田,越过树林,才停下脚步。他们长长地舒出一口气,心还在怦怦直跳。

贵宝喘着粗气,瞪着眼睛,对着占成埋怨道:"都怪你,是你站起身往前抢,让那条狗发现咱们,暴露了目标,坏了好事!"他努力克制着,用拳头重重地砸了一下身边的杨树,这是他气愤的表示。可当他看清占成、成松都是一副丢盔弃甲、狼狈沮丧的样子,又禁不住笑了。他不再生气，有些同情又有些得意的情绪显现在脸上。看一看占成和成松，他们不但一个西红柿没有捞着，连鞋子和背心都遭难了，偷鸡不成蚀把米；再看一看自己和弟弟，收获也不算小，各自揣在衣兜里的西红柿全都安然无恙，丝毫无损，值得庆幸！

成松和占成都耷拉着脑袋，暗暗后悔，不如当初在地里先吃一个解解馋，也不枉来一次。

他们来到一个水坑边。那是因人取土脱坯留下的大坑，又因地势低洼，被雨水灌满。成松在水坑边，脱掉背心，先清洗自己黏糊糊的肚皮，然后又洗搓那条已被西红柿汁染红的背心。占成站在他的身边，百无聊赖望着水坑发呆。贵宝、禄宝躲到一边，背过身去偷吃西红柿，还不时地向成松和占成这边瞥上一眼。

洗完背心，成松没有穿上。在回家的路上，他双手将背心高高举过头顶，边跑边抖，白色的背心在灿烂的阳光下迎风招展。

到中午吃饭的时候，背心早已晾干了。成松穿在身上，坐在桌前，竟然没有一个人发现他的身上有什么异样。

后来，成松又见到占成，他已经换上一双新鞋。他问占成挨打没有。占成笑嘻嘻地告诉他，不但没挨打，还受到了他妈妈的表扬。

成松大为惊奇，又十分不解。

占成带着几分神秘和诡异的表情告诉成松：爸爸妈妈问他那只鞋哪去了。他说，他没注意踩了一鞋狗屎，他拿着那只鞋到脱坯大坑去洗刷，一不小心鞋掉进水坑里，水坑很深捞不出来了。爸爸骂他"败家贼"。妈妈护着他，训斥爸爸只想到鞋，不想想孩子的安危。妈妈表扬占成做得对，懂得安全，不为一只鞋而冒险下水。过后，妈妈又给他买了一双新鞋。占成说："旧的不去，新的不来。"说完，咧嘴笑了。

成松张大嘴巴，惊喜过望，这样的事，竟然也能蒙混过去，还能避罚获奖！

大街对面，一驾两套马的马车，载满了绿绿的香瓜，停靠在路旁的一棵大树下。大车围满了挑瓜买瓜的人。车上两个卖瓜的人，一个称秤，一个算账收钱，还不时大声吆喝着："买瓜喽，香香甜甜的大香瓜，快来买喽！"这是今年大地新下来的第一茬瓜。

"走，咱们过去看看。"贵宝闻声给禄宝使了个眼色。

禄宝正与成松对阵——走五道，这是一种孩子们常玩的游戏。

禄宝放下手上的石子，看了看哥哥，又望了望对面刚刚到来的瓜车，对成松说："好了，不下了，咱们也过去看看。"

禄宝跟着哥哥走了，成松也尾随其后。

来到瓜车前，香瓜的香气在空气中流动。灌进鼻子里空气都是香瓜味儿，太好闻啦！

贵宝凑到瓜车尾部，观察动静。趁两个卖瓜人正忙碌的当口，他将小手伸进瓜车，摸出一个大大的香瓜塞进怀里，转身离开瓜车，行动麻利而敏捷。成松看呆了。

禄宝在车尾的另一角，神情有些紧张。当他看见哥哥已经偷到香瓜走了，他的表现显得急切而大胆，好像不顾一切就从车上掏出一个大瓜，塞进怀里，转身就走。成松看着都感到惊险，可竟然没有别人注意到他。

在不远处曹家柴栏前，贵宝正站在那里等着他们。成松尾随着禄宝走过来，对他们兄弟的收获又羡慕又嫉妒。

贵宝接过禄宝偷来的瓜，赞许地拍了拍禄宝的肩，然后顺手将这个瓜藏到柴火底下。原来他偷的那个瓜已经藏在里面了。

"走，再去一次。"贵宝说着又向瓜车的方向走去。

禄宝没有犹豫，立马跟上，情绪好像比上次还要高涨。

成松在惊讶中又跟过来，心里像长了草一样。当他看到同伴轻而易举得手时，一种不甘心的欲望开始在他的心里生长。"他们都行，我为什么不行？"这次，他也想试一试。

贵宝溜达到卖瓜人跟前，大模大样的表情，很难让人想到他是个偷瓜的孩子。他佯装挑瓜，转眼间，又一个大瓜已成他囊中之物。哎哟，他竟然是个偷瓜老手。成松惊叹。

禄宝拥在卖瓜人身后，手疾眼快，抄起一个大瓜就往自己衣下掖，掖了好几下才看不见，动作并不娴熟，样子也不淡定，走得匆匆忙忙。看来，他还是个新手。多亏卖瓜的人警惕性低，没有注意到他。

成松在距离卖瓜人最远的车角，看见贵宝、禄宝兄弟俩又如此在卖瓜人的眼皮底下频频得手，也鼓起勇气，把手偷偷地伸进盖瓜的被子里。他的心扑通扑通地乱跳，两只眼睛紧盯着卖瓜的人。他摸到一个小香瓜，然后迅速地将手放到了自己的怀里。顿时，一个凉凉的小东西贴在了他的皮肤上，他打了个冷战，那是瓜温与体温的反差给他的刺激。他想，拿最小的，目标小，便于隐藏。可他还是觉得心跳已经失常，这要是被抓个正着，这脸可往哪里搁！

然而，伸手便可得，他成功了，心里抑制不住激动，原来偷个香瓜很简单。

他们第三次来到瓜车前，已经看不到贵宝、禄宝有多少紧张和恐惧了，可成松的心还是"突突"地乱跳。不过，他们又成功了！不同的是，贵宝、禄宝又各自偷了一个大瓜，成松又偷了一个小瓜。

他们的脸上绽放出灿烂的笑容，心里为胜利欢呼着。然而，他们并没有被胜利冲昏头脑。

贵宝说："咱们不能再去了，卖瓜人好像有点儿察觉。现在车边人也少了，再动手容易被抓住。"

贵宝的推断合情合理，禄宝和成松立刻交口赞同。

几分钟后，来到庞家，贵宝、禄宝把六个大香瓜交给庞妈。

庞妈先是一惊，问清缘由，即刻眉开眼笑。"哎呀，好大的瓜啊，这么多！"庞妈乐得合不拢嘴，因为这香瓜是新下来的第一茬瓜，是稀罕物，全家人都可以吃到香瓜了。庞妈爱抚地摸着贵宝、禄宝的头。贵宝、禄宝像打了一场大胜仗一样，骄傲、得意扬扬。因为庞妈很高兴，他们也很高兴。六个大香瓜，满满一大盆啊！

庞妈转身又问成松："你弄的香瓜呢，也给我看看呗？"

成松有点儿不好意思地从两个裤兜里掏出两个小香瓜，亮在庞妈的眼前。

"哎哟，这么小啊！"她张大了嘴巴，语言和眼神传递出一种讥讽和嘲笑。随即，她又转视一下两个儿子，投过去欣赏和夸赞的目光。

这表情和目光，让成松很不自在，自尊心大受伤害。本来，成松拿到两个小香瓜，挺知足，挺欢喜，因为这是意外的收获，是白白得到的成果。可经庞妈这么一说，他油然感到自惭形秽、无地自容。不过，他又相当反感，不屑地想，白得的东西她还嫌小，庞妈这人也太贪心了！

庞妈拿出一个香瓜洗干净，掰开两半，分给贵宝、禄宝各一半，这是对兄弟俩的特殊奖赏。其余的她收起来，大概是要留给全家人共同分享吧！

贵宝、禄宝甜甜地吃着香瓜。庞妈看着，眼睛里都笑出了幸福。

这一幕，让成松很感动。他摸了摸自己兜里的香瓜，想到了家人。这两个香瓜虽小，怎么舍得自己吃呢？这是今年新下来的香瓜，是多好吃的稀罕物啊，应该让哥哥姐姐妹妹都尝一尝，也幸福一把。可妈妈会答应吗，她会不会打他呢？成松担忧地想着。

最后，他还是决定，把香瓜拿回家去，和大家一块分享，妈妈或许不会打他。当然，要是像庞妈那样高兴就更好啦。

这段时间，妈妈上夜班，在家歇白班。当成松既兴奋又忐忑地把两个小香瓜交给妈妈时，妈妈狐疑地接过香瓜，刨根问底。

成松实话实说。

顿时，妈妈雷霆大怒，脸"呱嗒"一下拉下来，好像成松闯下了天大的祸事："哎呀，这还了得，小小的年纪竟敢偷东西了，这不毁了吗？赶紧把香瓜给我送回去！"妈妈声色俱厉，把两个小香瓜塞到了成松的手里，又顺手抄起了炕上的笤帚疙瘩，威逼性地命令道。

成松仿佛头上被浇了一桶冷水，从头凉到脚，他的期盼彻底落空了。妈妈并不在乎他给家里弄到了两个香瓜，倒是非常在乎这两个香瓜是怎么来的。如果不是正道来的东西，就是山珍海味，她也不稀罕。妈妈的反应，成松何曾没有想过，可他确实没有想到妈妈的反应会如此强烈，竟然还会逼着他把香瓜送回去。那多难堪啊，他绝不接受！他想，就是挨一顿打，他也绝不会把香瓜送回去。他抗议，愤然地将两个小香瓜扔到炕上，争辩道："不就是拿了两个小香瓜吗，算什么？人家贵宝、禄宝一共拿了六个大香瓜，人家庞妈是笑着把香瓜收起来，还拿出一个香瓜分给贵宝、禄宝吃呢？你倒好，咱家和人家咋就那么不一样呢？我就不该把香瓜拿回来，更不该把这件事告诉你。"

妈妈的声调又提高了八度，完全变成了怒吼："怎么，你还有理了，你那叫拿吗？那叫偷。人家偷，你就偷吗，人家杀人，你也去杀人吗？为什么不学好，专学坏呢？人家偷六个，你就可以偷两个吗？你还要隐瞒这件事吗？那就错上加错了。咱不羡慕人家偷来的瓜，那是不正当的。咱就是穷，吃不起瓜也不能去偷！小时偷针，大时偷金，偷瓜不是小毛病，你现在敢偷瓜，以后你就敢偷钱！到那时，你判刑，你坐牢，后悔都来不及。"

妈妈一连串的发问，像机关枪扫射一样，弹弹击中了他。他虽然还不怎么服气，但他没敢继续顶撞，偷东西毕竟理亏。

片刻，妈妈好像又意识到了什么。她放下手里的笤帚疙瘩，声调儿降下来，态度也变得和蔼温柔了许多："孩子，你能把香瓜拿回家，这说明你想的不是自己，是咱们这个家，你还是一个有情有义的孩子，这一点是好的。还有，你实话实说，把实情全都告诉妈妈，这说明你不会撒谎，还是一个诚实的孩子，这一点也是好的。但是，无论如何都不能出去偷，那不是正道，要是那样走下去人就完蛋了！香瓜好吃，谁都想吃，但不是所有好吃、想吃的东西就可以吃。在家里没钱买的时候，你就不能吃。绝不能靠偷换来吃。咱们人穷志不短，再穷也不能偷，偷会毁了人一辈子！现在香瓜刚上市，价格挺贵的，咱们家确实买不起，吃不起。等过一阵儿香瓜大量上市，价格便宜了，咱家就吃得起了。到那时，妈妈会给你买很多很多香瓜，让你吃个够。再往远了说，等你长大了，有出息了，自己能挣钱了，你想吃什么就买什么，想吃多少就买多少，用自己挣来的钱买来的东西，吃着心里踏实、舒坦。所以，你要学好，走正道，别走歪门邪道，学做个好人，不做坏人。咱家不学老庞家，你以后也离贵宝、禄宝远点儿，不要跟他们学。"

成松这回都听进去了。妈妈的这番话，他觉得还挺中听，尤其是对未来的畅想，让他眼里满是憧憬。他承认了自己的错误，并诚恳地表示，以后不偷了。最后，他还是央求着，这次送还香瓜的事就免了吧，他实在不愿意在大庭广众面前丢人现眼！

　　妈妈沉吟了一声，思忖再三，说道："你既然认错知改，妈妈就不逼你了。送还香瓜，赔礼道歉的事就由妈妈来做吧！"

　　妈妈说完，从炕上捡起那两个小香瓜，径直向屋外走去。

　　望着妈妈的背影，成松心头又忽地涌起一股热浪，眼泪都快流下来了。他怎能忍心让妈妈替儿受过呢？当直面妈妈的担当，真正的勇气便汹涌而来。成松冲出屋外，追赶上妈妈。

　　妈妈和成松并行来到瓜车前。妈妈先开口了："同志，刚才我孩子从你们车上拿了两个小香瓜，孩子不懂事，是我没有管教好。现在孩子知道错了，我们过来赔礼道歉，把香瓜还给你们，真对不起！"说着，妈妈把两个小香瓜放到了车上。成松赶紧说："叔叔，是我错了，我妈把我说了一顿，我不该偷瓜！"

　　卖瓜的两个大叔都"呵呵"地乐了。其中一个叔叔捡起妈妈放在车上的那两个小香瓜，递给妈妈说："拿着吧，就俩小香瓜，不算个啥，孩子想吃，就拿去吃吧！"

　　"这可不行，你的好意我谢谢了，瓜不能白要。"妈妈急忙阻拦。

　　"这样吧，你把这个香瓜称一称，多少钱我们买。"妈妈说着，又从瓜车上选了一个大香瓜递给叔叔。

　　成松上前阻拦："妈妈，你别买，我不吃香瓜。"成松知道家里的钱是紧巴巴的，昨晚妈妈还和爸爸合计，等这个月开工资该买粮了。

　　妈妈抚摸着成松的头，笑着说："买个香瓜的钱，妈妈还是有的。"

妈妈诚实的品格深深地打动了他：一个高尚的人要拿自己该得到的东西，不该自己得到的东西不能拿。

叔叔又是几番相让，可妈妈说什么也不肯，就把妈妈递给他的那个香瓜称了称，秤杆高高的。

"一角八分。"叔叔乐呵呵地说。

"好哩！"妈妈把衣兜的钱都掏出来，那是几枚一分二分的硬币和一张两角钱的纸币，她把那张两角钱的纸币交给了叔叔。

叔叔接过去又从钱袋里拣出一角钱纸币递给妈妈说："收你一角钱。"妈妈连连说："别别别，该收多少收多少，可不能占公家的便宜。"

叔叔笑着又把那一角钱纸币放回钱袋里，又找出一个二分钱硬币交给妈妈。

妈妈接过二分钱硬币和那个新买的大香瓜，心情显得格外舒畅。她把那个大香瓜递给成松："吃吧，这是咱自己买的香瓜。"

成松迟疑地接过香瓜，感到一种幸福的沉重。可他吃不下呀！

妈妈催促道："快吃，快吃，这香瓜闻起来都甜。"

成松轻轻地啃了一小口香瓜，眼泪又情不自禁地流了出来。

香瓜是甜的，可他的眼泪是咸的。妈妈的期望，不光是说出来的，更是做出来的，成松自然能够体会到。

成松没有再吃那个香瓜。他要把它拿回家去，和家人们一起分享这个"沉甸甸"的香瓜。

打那以后，成松再也没有偷过瓜，他不想让妈妈失望，也不想让妈妈为他担惊受怕。

"勿以恶小而为之，勿以善小而不为。"成松暗暗告诫自己，一定不能辜负了妈妈。

多少年后，成松回乡。

在一次同学聚会中，听说贵宝潜逃海外了，禄宝锒铛入狱了。

从小就善于投机钻营的贵宝，长大后开了个皮包公司倒买倒卖，一开始确实赚了点儿小钱，日子过得相当不错。

"常在河边走，哪能不湿鞋；夜路走多了，总会碰见鬼。"

有人根据贵宝爱占小便宜的性格为他精心设计了一个局，忽悠他倒买倒卖黄金赚差价。第一次确实给贵宝了真黄金，让他狠狠地赚了一大笔。看到来钱如此容易，贪心的贵宝以为天上掉了馅饼，义无反顾地向银行抵押了庞妈的房子和自己的车子，还向周边的亲朋好友东借西欠，甚至还去地下钱庄借了利息高得吓人的高利贷，本打算买卖几次黄金后就可以早早退休，去享受吃喝玩乐的精彩生活了。

"恶人自有恶人磨。"

什么都不懂的贵宝给完中间人第二笔钱后，得到的却是整整两大箱子锡镀金的"假金子"，再去找中间人，人去楼空。

他傻眼了，他蒙了，他害怕极了。

先不说欠了银行和亲朋好友的一屁股债务，那高利贷不还的后果不堪设想。如果被地下钱庄逮到，下场更是惨不忍睹。

贵宝没有办法，东躲西藏，辗转漂泊。据说最后逃亡到非洲的坦桑尼亚去了，至今杳无音信，下落不明。

而一向照猫画虎、亦步亦趋的禄宝大专毕业后进入政府职能部门工作，没有像哥哥那么胆大疯狂，他一开始也能小心翼翼，保持廉洁奉公。但在一次次的推杯换盏、小恩小惠和赞扬吹捧中，禄宝逐渐迷失自我、习以为常。别人拉拢腐蚀他的手段也从吃吃喝喝逐渐演变成烟酒礼品、小额红包直至大额现金,在这种"温水煮青蛙"式的"围猎"中,禄宝变得飘飘然,胆子也越来越大。

"堤溃蚁孔,气泄针芒。"

从最开始的一盒普通中秋月饼到后来的来者不拒,大小通吃,权力变现,禄宝可谓是绞尽脑汁,欲壑难填,他利令智昏地踏上了"一路向腐"的不归路。

最终禄宝因贪污、受贿、滥用职权被判处有期徒刑十五年六个月。

听说庞妈在被贵宝骗走房子和棺材本后就有点儿神神道道,精神不太正常了。禄宝也被抓起来后,她就彻底疯了。

成松听了,感慨万千,唏嘘不已。

第二十一章

两场风波

  大院里，暮色茫茫。成松和小伙伴们还在玩着"抓坏人"的游戏。由于玩得高兴，已经忘记早该回家了。
  天色阴沉下来，黑云压顶。妈妈将双手放在唇边，握成话筒状，焦急地呼唤着："成松，快回家啦，要下雨啦！"
  成松玩疯了，没有听到妈妈的喊声。直到妈妈赶到跟前他才意识到。
  成松吃惊地望着妈妈。这么晚了还没回家，让妈妈跑出来喊他，妈妈回家会揍他吧。
  "嗖"的一阵冷风吹来，他禁不住打了一个寒战，额头和浑身的热汗顷刻间消失，代之而起的是一身鸡皮疙瘩。他感到头部和全身的皮肤都紧绷绷的。
  回到家里，妈妈气得拿起笤帚疙瘩，照着他的屁股狠狠地打了两下："贪玩，什么时候啦，还在外边疯。再有下次，我打烂你的屁股。"成松捂着屁股揉了几下，打得还真有点儿疼。

半夜，成松发高烧了。

他迷迷糊糊地听到妈妈的声音："哎呀，这孩子病了，浑身烫人，得上医院啊，唉，外面的雨下得太大啦！"

成松无力地睁开眼睛，看到妈妈焦急的目光。他还依稀地听到外面"哗哗哗"的大雨声。爸爸下乡搞社教去了，这么大的雨，妈妈可怎么办呢？

妈妈唉声叹气，后悔睡前打了成松两下笤帚疙瘩。她不断地用手抚摸着成松的头，喃喃地叨咕着："这孩子烧得烫人，妈妈真不该打你那两下笤帚疙瘩。你的病要是能转移到妈妈身上，那该多好哇！"妈妈的泪珠滴在了成松的脸上。其实成松并不怪妈妈，妈妈的心情他完全能够理解。

说话间，雨小了。妈妈迅速给成松穿上衣服，戴上帽子，背上成松，提起那把已经残破的油纸伞，向屋外走去。妈妈并不强健，但为母则刚。她背起的是孩子，更是母亲的爱。

外面的雨下个不停。妈妈挽着自己的裤腿，一手拢住成松的屁股，一手撑着雨伞，朝着县人民医院的方向急切地走去。

轰隆隆的雷声，张牙舞爪的闪电，划破夜空，雨又下大了……

一阵儿大风刮过来，将妈妈手中的雨伞刮得向后倾倒。成松的头部露出了伞外，豆大的雨点打在他的脸上和脖子里，凉丝丝的。他下意识地缩了一下身子，打了一个寒战。

妈妈赶紧将雨伞用力地拉回到头顶，雨点咚咚地敲打着雨伞，成松又窝伏在雨伞底下，仿佛置身于水帘洞之中。

茫茫雨中，道路泥泞，坑洼不平的地面上积满雨水。走上一个小土包，又一阵风刮过来，妈妈一个趔趄摔倒了。但成松能分明地感到，

161

妈妈的手将他挽得更紧了。她一条腿跪在泥水中，拿伞的手杵在地面上，可那把伞却稳稳地覆盖在成松的头顶，没让他身子沾上一滴泥水。妈妈摔得很重，她忍着剧痛，艰难地爬了好几次才爬起来，又一瘸一拐地向医院走去。

风雨越来越大，那伞剧烈地抖动着，好像随时都会飞出去。妈妈弯着腰，顶着伞，喘着粗气，背几乎与地面平行，好像匍匐前进，步伐摇晃而坚定。

成松伏在妈妈的后背上，他能感觉到妈妈的体温、妈妈的疼爱、妈妈的保护。那一刻，他虽然看不见妈妈的眼睛，但他能感受到妈妈那坚毅的目光和不屈的神情。他感觉心里很酸、很痛、很暖，"妈妈呀，您为了儿子什么都能豁出来啊！如果在这世界上，有人肯为我牺牲一切，那么这个人一定是妈妈！妈妈呀，我该拿什么报答您呢？"那一刻，这种想法非常清晰地刻在成松的脑子里，触动着心弦。它，一直隐藏在连他自己都不易察觉的心里。那种力量，永远积蓄在他的骨子里。尽管时光流逝，仍旧永志不忘。

穿过风街，走过雨巷，来到医院，妈妈把成松放在椅子上。挂号的医生睁开惺忪的睡眼，给妈妈挂了号，又去诊室叫醒大夫。妈妈站在成松旁边焦急地等待着。不一会儿，妈妈站着的地方，积下了一摊雨水。

大夫问诊，又用听诊器给成松听了听，就说："伤寒，先打一针庆大霉素消消炎，等到天亮了，再来看看。"

妈妈又说："大夫，不要紧吧！"

大夫没有直接回答妈妈的话，只是说："先打一针消消炎，天亮过来再看看。"

成松打过一针庆大霉素后，外面的雨终于小了。妈妈又背起成松，打着伞一步一步向家里走去。

由于发了高烧，又折腾了半宿，成松醒来感觉一点儿力气都没有。儿子生病，妈妈彻夜未眠，忧愁而疲惫的样子，好像苍老了许多。妈妈请假没上班，给成松做了一碗热面汤，他也吃不下。

妈妈说："咱们先到镇医院看一看，兴许那能看好成松的病！"

来到镇医院，挂了号。给成松看病的是一个五十多岁、西葫芦脑袋、秃顶、留着稀疏的山羊胡子的老头，人称刁大夫。此人医道不行，医德还有问题。他一向对患者不好，总爱发牢骚，似乎对谁都不满。

妈妈急切地介绍着病情，被刁大夫不屑地挡住了，他显得一脸冷漠，很不耐烦。

他很随便地用听诊器听了听前胸，就很肯定地对孩子下了结论："完了，完了，这孩子完了。这孩子是先天性心脏病，活不长了，顶多还能活三年。回家去吧，有啥好吃的，就吃点儿啥。"他的话很明显地告诉你："别指望了，这孩子没治了，等死吧。"

成松惊愕了。他没想到刁大夫会这样说。他虽然对刁大夫没有什么好印象，但他下意识地认为，自己大概真的活不长了。

妈妈也惊愕了。她本想从刁大夫这里得到希望，得到安慰，可万万没有想到刁大夫会在孩子面前，说出这么轻率、残忍、让人不能接受的话来。她不明白自己是哪儿得罪了他。她只觉得，这个刁大夫居心不良，很缺德，简直就是没有心肝！

妈妈的怒气冲到了脑门："你说什么，你怎么能当着孩子的面这样说？你是医生吗，你配当一个医生吗？你就是个半瓶子醋，装啥呢？拿着听诊器装模作样听两下，就说我儿子活不长了，你才活不长了呢！"

刁大夫"噌"地站起来，似乎要动手，"你说谁活不长了，啊？"

"说你，就说你。"妈妈丝毫不甘示弱。

"你儿子是先天性心脏病，我是医生，我告诉你不对吗？"

"你胡说，你算什么医生？我儿子身体一直很好，昨天晚上才发高烧，让你来看看，你就说我儿子最多活不过三年，你安的是什么心？"妈妈逼问着。

此时，隔壁房间的大夫走过来相劝。走廊里还有两个看病的人在门口张望。

"怎么的，有病还不让说吗？"刁大夫仍然吹胡子瞪眼。

"我找你领导去，你算什么医生？就是狗屁！"妈妈气势汹汹抱起成松，向远处的院长办公室走去。

"你骂谁，你爱找谁，找谁！"刁大夫极其傲慢，毫不相让。

医院院长姓张，相貌堂堂，气宇轩昂。五十多岁，衣着打扮一丝不苟，很像一个电影里见到的国民党军官。据说他曾在日本宪兵队里担任过医务官，是一个骑洋马、挎洋刀的人物。日本战败后，张医官被俘虏。解放后几经辗转，来到镇医院担任院长。

张院长热情地接待了妈妈。妈妈气愤地述说着看病的经过。张院长一边认真地听着，一边附和着妈妈说："这个刁大夫，怎么能这样说话，这对大人和孩子是多么大的伤害啊！是刁大夫不对，这太不像话啦，我要批评他。"张院长表现出义愤填膺的样子。

妈妈听到张院长的话，气顺多了。

张院长劝妈妈先回去，并答应妈妈他会处理这个问题的。

离开镇医院，妈妈又带着成松去县人民医院看病。县人民医院的大夫告诉她："成松的心脏有点儿杂音，心跳又急又快。要打几天针，注意观察和保养。"

妈妈在食品店里还给成松买了一袋奶粉,这是他平常想喝都喝不到的。特别是那干奶粉,那浓浓的奶香,曾让他垂涎三尺。

记得有一次,妈妈曾买回家一袋奶粉,他抢先尝了一口干奶粉,那个味道真浓啊,真香啊!他忍不住想吃第二口,却被妈妈制止了。

妈妈打了他手一下:"不能这样吃,这多浪费啊!这是喝的。"他舔了舔舌头,把手缩回来。

可是,现在妈妈再让他吃干奶粉,管够吃,他却一点儿也吃不下。他动了动干裂的嘴唇,勉强地吃了一小口,却觉得那味道臊烘烘的,一点儿也吃不出曾经的味道。他轻轻地推开妈妈又送到嘴边的奶粉,感到头脑昏沉沉的,浑身一点儿力气都没有。他闭上感觉睁不开的眼皮,又迷迷糊糊地睡去了。

那一阵子,他常常想起于三,不再像以前那样快乐和无忧无虑了。这件事给他心里留下了阴影,让他怀疑自己可能活不长了。他曾想,长大后要好好孝顺妈妈,保护妈妈,多为妈妈做点儿事。现在看,已经没有机会了。自己最多才能活三年,到那时,自己还没有长大啊!这让他心里充满了忧伤。

像梦中飘过一般,经过大约十几天的治疗,成松的病竟然好了,但他永远记住了这次的经历,也似乎明白了许多东西,好像一下子长大了。

多年以后,当成松已升任某市处长回家探亲之际,他和妈妈上街,看见了那个风烛残年的刁大夫正在向他们走来。只见不远的他,西葫芦的脑袋颤抖着,头上连一根毛都没有,山羊胡子更加灰白和稀疏。他手拄拐杖,腰弯了,背驼了,身穿黑旧的衣衫,在微风中颤颤巍巍地挪动着。

"妈,那不是刁大夫吗?我迎上他,当面羞辱他一番。告诉他,我就是他多年前宣布的那个顶多能活三年的小孩子。"

妈妈拽住了成松:"别那样,咱不跟他一般见识。那个刁大夫日子过得挺糟。在家他总跟妻子干仗,跟子女也不和。妻子前两年去世了,子女结婚后谁都不登门。现在没人管他,又得了脑血栓,很悲惨的啊!"妈妈叹息道。

当年那个可恨之人现已变为眼前的可怜之人,命运早就安排好了惩罚。成松看着妈妈,再一次感受到了妈妈的美德,那就是善良。

刁大夫确实不行了。他步履蹒跚地从他们身边走过,一副日落西山、气息奄奄的样子,已经完全认不得成松和妈妈了。他丝毫不会意识到,此时,这母子俩内心微妙的情感变化。

自从上次与贵宝、禄宝偷瓜以后,成松已经很长时间没有跟他们一块玩了。这一天傍晚,占成把他们叫到了一起,要请他们下馆子。原来,占成从他爸兜里偷拿了五元钱,找他们一起乐和乐和。

成松的心情紧张不安起来。这可是占成偷他爸爸的钱啊!要是让占成的爸爸知道了,追查下来怎么办呢?占成信誓旦旦说:"爸爸不会知道的。他今天开支了,兜里有很多钱,我只拿出一张五元钱,他是记不清楚的。前两个月,我还从他兜里掏出一元钱,他都没有察觉。"

贵宝听说要下馆子,早已迫不及待了:"没事儿,没事儿,咱们就上中心塔小吃部去吃。"

成松还没有下过馆子,这样难以抑制的诱惑又让他抱着侥幸的心理,跟着走进了中心塔小吃部。

小吃部里吃饭的人很少。占成点了一盘虾片三角钱，一盘猪肉炖粉条一元钱。还想买四个烧饼，可没有粮票，便作罢。共计花了一元三角钱。他们在小吃部一角的一张桌子旁坐下。四个人两个菜，狼吞虎咽地吃起来。一刹那，就将两个菜一扫而光。

当他们走出小吃部，天已经黑下来。占成不敢将剩下的钱带回家，害怕被他爸妈发现，提出放在成松这儿。

成松说："不行，要是让我妈妈发现了，我也不好解释。"成松想了想又说："咱们可以这样，将这钱挖个坑儿埋起来，明天用时再拿出来。"

占成同意了。他们来到占成家房后，捡起一块牛皮纸，将剩下的三元七角钱包好，挖个土坑埋起来。

成松觉得这个方法万无一失。

而当他们各自往家走时，成松突然发现贵宝神色怪异地拽住了禄宝，鬼鬼祟祟地交头接耳，偷偷摸摸地说着什么。成松心里画了个问号。可是，占成先到家了。天黑了，他也只好回家睡觉。

次日清晨，成松早早醒来。想起贵宝与禄宝昨晚鬼鬼祟祟的神情，又想起贵宝、禄宝偷瓜的情景，便再也躺不住了。他担心那钱贵宝、禄宝会不会动呢？他迫不及待地想了解真相。于是，他爬起床来，向着昨晚藏钱的地方跑去。

来到占成家房后，成松看到昨晚藏钱的地方怔住了，这里好像有人动过。因为昨晚藏钱的地方伪装得很平整，可今天那藏钱的地方却凹凸不平，好像仓促之间胡乱扒拉了几下。不好，钱好像真的被人偷走了。成松下意识地想扒开看看。可转念一想："不能动，动了里面要是没有钱，还能说清楚吗？"成松这才意识到，他来了也不能证实钱丢了还是没丢。他最终没有动，带着疑惑和遗憾的心情，一步三回头地离开了那个地方。

隔墙有眼，成松没有料到，正对着占成家房后，有个木板厕所。厕所里的老黄婆子正从木板缝隙中看到了这里的一切。她也在纳闷，这成松一大早的到这里干什么？于是，她从厕所里走出来，走到成松曾发呆发怔的地方探寻究竟。

成松回到家，妈妈正在做早饭，喊着他："成松，一大早儿，就往外跑，干什么去了？"

成松闪烁其词："哦，我上厕所去了。"

妈妈没有继续追问。

成松的心情很不平静。他想，吃完早饭，叫上贵宝、禄宝和占成一起去取钱，如果钱还在那里，一切都好。如果钱丢了，那就要追出钱到底是谁拿走了。咱们都是要好的小伙伴，谁都不应该偷同伴的钱。要是谁一时糊涂偷了，拿出来就好，大家还是好朋友。

成松家刚刚吃过早饭。外边传来占成父亲潘大年的吵嚷声："这还像话吗？我一定要让他把钱吐出来，不吐出来，我就把他送到派出所去。"说着，潘大年闯进屋来，冲着成松走过去，逼问道："赶快把钱拿出来，不拿出钱来，我就让你蹲笆篱子。"那狂躁的程度大有一口吃掉成松的气势。

成松惊恐地意识到，那钱真的是丢了，"我没拿呀！"

"什么你没拿，老黄婆子在厕所都看见了，你还敢狡辩！"潘大年气势汹汹。

成松又是一惊，脑门冒出冷汗。自己到过现场，虽然什么也没动，但却被老黄婆子看见了。他觉得自己就是跳进黄浦江也洗不清了。"我没拿！"成松只会说这句。他感到自己的话，是多么苍白无力啊！他的面颊因焦急而变得绯红。

"你没拿，谁信哪，你说一大早，你去干什么了？嗯？"潘大年穷追不舍。

成松欲言又止。哑巴吃黄连，有苦说不出。他又不能说是贵宝、禄宝干的，因为他也没有看见是他们干的。他急得快要哭出来："我真的没拿！"

邻里们听到潘大年的叫喊声都围观过来。老黄婆子在远处偷偷地注视着这里发生的一切。贵宝、禄宝家的人没有到现场的。

妈妈追问："到底是怎么回事？"

潘大年一手将妈妈扒拉到一边，制止道："你先别问，你家的成松偷了俺家的钱！"

妈妈听后急了，直面成松逼问："到底是怎么一回事，你偷了人家的钱吗，你快说！"妈妈害怕的不是潘大年的嚣张，倒是自己的孩子是不是真的偷了钱。

成松不敢隐瞒，将事情经过说了一遍。

妈妈再次逼问："你说实话，那钱到底是不是你拿的？"

成松急得不行，带着哭腔说："我真的没有拿那钱呢！"

"没拿，你到那干什么去了？"妈妈紧紧逼问。

成松说："我就是到那看一看，我害怕那钱丢了！"

"你为什么害怕那钱丢了？"妈妈再问。

"我……我……"成松支吾着，他没法儿说出他怀疑贵宝、禄宝偷了钱。

"你看看，说不出来了吧，这钱不是他拿的，还能是谁拿的？"

潘大年觉得成松的回答极其可笑，无疑等于自招。

而妈妈不这样看，一个孩子的心，是最不会说谎的。她了解自己的儿子，他敢打仗，敢不听话，但他绝不敢在妈妈面前撒谎。特别是儿子那因焦急而涨红的脸，因冤枉而欲哭的模样，已让她确信，那钱绝不是儿子偷的。

"我没拿，我就是没拿！"成松憋屈地呻吟着。

"你还敢嘴硬，就你老猪腰子正。我给你送派出所去，让你进收容所！"潘大年咆哮着。

面对潘大年的傲慢无礼，妈妈已经看不下去了，厉声喝道："潘大年，你少在这儿吹胡子瞪眼，称王称霸，俺家的孩子绝不会偷钱，这一点，我十分清楚。俺家的孩子我会教育，用不着你来教育。你连自己的儿子都教育不好，还有脸来教育我儿子。要教育，你还是好好教育教育你儿子，怎么敢偷钱乱花？"

"你这不是护犊子吗？偷钱还不让追问？"潘大年显得诧异，高声叫嚷。

"谁偷你家钱了，俺家孩子没偷，你血口喷人。你不教育你家孩子，跑到俺家吆五喝六，你吓唬谁呀，你给我滚出去！"妈妈怒气冲天，抄起笤帚疙瘩，照着潘大年打去。

潘大年连连退却，跑出屋外，嘴里还连连说："护犊子，护犊子，我去报告派出所。"他的语气，再也没有刚才的底气了。

"你告去，你爱上哪儿告就上哪儿告去，我等着你。"妈妈气愤极了。

成松已被逼得喘不过气来。妈妈为他做主，才使他松了一口气。他佩服妈妈讲的道理，更感激妈妈对他的信任，还给他一个公道。当然，他也知道，邻里可能有不同的看法。在有的邻居眼里，他这个偷钱的黑锅恐怕是背上了。"唉!"他长叹一声,无可奈何。既轻松了许多,又极其伤感。

当人们都已散去,妈妈问他为什么支吾,成松说出了他的怀疑。

"人家牵驴,你去拔橛子,尽干傻事。"妈妈抱怨道。

成松也为自己一时鲁莽而懊悔不已。

妈妈又说:"咱没偷,就不用怕。但是,我要告诉你,这样的事儿,以后绝不能再做了。你吃占成用偷来的钱买的东西,这是不对的。那是不干净的钱,不能同流合污。咱们用钱,只有用正道得到的钱,花起来才心安,才能不变坏。"

成松听了,他为自己因贪吃而不顾钱的来路感到羞耻。这件事也让他悟到,"做人莫做亏心事,哪怕只是随大溜"。

潘大年没有去派出所。他自知,去了也不会有什么好结果。刚才,他只是虚张声势,狐假虎威罢了。他又上门去找庞家,贵宝、禄宝一脸无辜的样子,更让他怀疑是成松干的。

被人怀疑可不是好受的,成松这一生都为当初的行为后悔不已。

第二十二章

闹与罚 公家的东西一针一线不能占用

成松八岁了,该上学了。

姐姐拿着户口本,带着成松到北完小学来报名。接待报名的老师让成松数100个数儿,再把名字写下来。成松一一照办。他真怕又因为什么不让他上学。

接待报名的老师满意地冲着成松微笑着,说道:"好了,准备上学吧!"

成松的学习生活就这样开始了。

当他发了新书本,他开心地把新书本举过头顶,与同学们欢呼雀跃,迎接新学年的开始。

成松所在班级,是一年八班。班主任吴云老师,是一位风趣幽默、写字极好的中青年教师,就是有时因为气愤她会体罚学生。在她的班级里,像成松这样淘气的学生可没少挨她的体罚。当然这种做法是不对的。

成松是一个习惯了无拘无束的孩子，嬉闹已经成了他的习惯。一次，吴老师在黑板上端端正正地写上"铅笔橡皮"四个字。然后，她念一声，让同学们跟着念一声。

她指点着"铅笔"二字，高声念道："铅笔。"同学们跟着高声念道："铅笔。"可是在念"铅笔"声中，有一个异样的声音传了出来，"铅底"。吴老师循声望去，发现那声音是从包崇文那传出来的。她对着包崇文又郑重其事地念了一遍"铅笔"，包崇文也正儿八经地跟着念一遍："铅底。"同学们哄堂大笑。吴老师也给气笑了。吴老师又加重语气念道："铅笔。"包崇文也加重语气地念道："铅底。"同学们又是一场哄堂大笑。

原来包崇文是一个大舌头，一时半会儿也改不过来正确发音。吴老师接着往下念："橡皮。""橡提。"包崇文高声跟着念。同学们又是一阵儿哄笑。

吴老师赶紧制止大家，不要再笑了。

她重新组织同学们跟着她念。吴老师念："铅笔。"成松故意用包崇文的大舌头腔调念："铅底。"同学们大笑。吴老师再念："橡皮。""橡提。"成松又学着包崇文的腔调跟着大声念。同学们又一阵儿哄堂大笑。

吴老师急眼了，走到成松书桌前，一手抓住成松的衣襟，将他提溜到黑板前，一手抓起成松的头发，将他的后脑勺硬生生地撞到了黑板上。黑板发出了"咣咣咣"的响声，成松的头也跟着"嗡嗡嗡"的一阵眩晕。可是他咬紧牙关，梗梗着脖子，晃动着脑袋，拿出电影里英雄在敌人面前英勇斗争、宁死不屈的架势，以示反抗。

吴老师见之，更加气愤，又是一阵猛磕。"咣咣咣"直把成松磕得站立不稳、晕头转向，她才罢手。

成松就是不服。

课堂上，偶尔也会出现意外情况。有一次，吴老师教完生字，让同学们把每个字写两行。

在静悄悄的教室里，曲大发没控制住，放了一个小屁儿，"噗"那屁声儿短小而清脆。

顿时，教室里发出了一阵笑声。

紧接着，成松压着嗓子，怪声怪气地说了一句："清脆小屁儿。"教室里的笑声更响了。

曲大发的脸涨得通红通红的，不敢抬头看大家。

吴老师也笑了。但她很快抑制住笑声，对着成松走过来："你又出怪声？"一下把成松拽到黑板前，揪起头发，对着黑板"咣咣咣"又是一顿猛磕。

成松心中抗拒，梗着脖子以示不服。又被老师一顿猛磕，直磕到老师觉得不能再磕了为止。

下课了，包崇文走到曲大发跟前，笑嘻嘻地说："七寸小屁。"他发音不准，把"清脆"念成了"七寸"。

"去你的！"曲大发气急败坏地追着包崇文欲打。

包崇文笑嘻嘻地逃跑了。周围的同学听到了，也哄堂大笑。从此，曲大发落下了一个绰号——"七寸小屁"。

下课了，操场上立刻欢闹起来。成松和王老虎、吕作明他们正在踢毽子，看到同班同学赵思文混迹在刚上一年级的同学当中。赵思文看到一年级的同学扇烟盒，扇了几次都扇不过来，就抢过烟盒帮着一个小孩儿将另一个小孩儿的烟盒掀翻，并捡起那掀翻的烟盒。那个被掀翻烟盒的小孩儿不干了："你帮着扇的不能算。"

"算，咋能不算？"赵思文嬉笑着说。

"不算，不算。"被掀翻烟盒的那个小孩儿急得都要哭了。

王老虎看在眼里，就走过去给了赵思文一拳："小孩儿扇烟盒，关你什么事，赶紧把烟盒还给小孩儿！"王老虎早就对这个赵思文看着不顺眼。因为王老虎淘气，赵思文总是背地里向老师打小报告，害得王老虎经常挨老师体罚。

赵思文灰溜溜地赶紧把那个烟盒扔还给那个小孩儿。

此时，恰好吴老师走过来。赵思文立即用手捂住被打的肩膀，龇牙咧嘴，故做痛苦状。结果，吴老师不问青红皂白就对王老虎一顿推搡，并罚站王老虎一堂课。

赵思文窃喜。

这一切成松都看在眼里，他对赵思文，更对老师大为不满。他觉得王老虎那一拳并不痛，赵思文的痛都是装出来的。老师更是不公，有偏有向，对王老虎太歧视。所以，他常上课出怪声气老师，也由此挨了老师不少的惩罚，让他的头经常嗡嗡作响。

成松动不动就犯错误，吴老师也动不动就体罚他。

但那一次以后，吴老师对他开始收敛了。

这天下午，成松因为吃午饭晚了一点儿，上课迟到了。当他跑到教室门口，吴老师正在讲解一道算术题，他硬着头皮走进教室。

"上课迟到，还有没有纪律了？靠边儿站着去。"吴老师说着，一把抓起成松的背心，将他甩到教室的角落。

吴老师继续讲课。成松知道，等老师讲完课还会来收拾他。此时，成松看到自己背心的吊带已经被老师拽开，仅剩一根线儿相连，挂在膀子上。成松想，背心吊带就要断了，还有一根线儿连着算什么，老师还跟没事人一样。他决定，把这根线儿扯断，让吴老师知道她的粗暴行为带来的后果。他抓住背心的下沿，使劲地下拉，背心吊带的那根线儿彻底断了，背心从肩膀上落到地上。成松光着膀子站在角落里，引来了同学们的一片笑声。

吴老师循声望过来，惊慌地问成松："你怎么搞的？"

"怎么搞的，都是你拉扯拽的。"成松故做委屈状。

吴老师紧张了。她赶紧让成松回到座位上，又从身上掏出钥匙，吩咐住在她家旁边的姜小敏同学，到她家取来针线，给成松背心缝好，又亲自给成松穿在身上。

下一节课，是体育课，她又拿着一根跳绳给成松玩。哄着成松不要将背心吊带拽断了的事说出去。

成松这才知道，原来吴老师也有"怕"。

成松上课总是不注意听讲，老师总想治治他，好让他当众出丑。可是，每次提问他，他都能准确地回答出来，让老师不好发作。慢慢地，老师还真有点儿喜欢这个调皮的孩子了。每次考试他都是100分。只是卷面上有点儿黑。原来他从不用橡皮，写错了就用手指沾点儿唾沫蹭一蹭重写，卷面随即留下一片黑迹。

由此，老师给他起了个绰号——"黑100"。

成松是班里第二批戴上红领巾的。班上第一批是五个人，第二批是七个人。戴上红领巾的那一刻，他的心情是多么激动，他觉得一切都是那么美好！

吴老师还让他担任班里的第二组小组长。当上了小组长，就可以戴上"一道杠"了。当他激动地从老师那里领到了"一道杠"，他觉得它是世界上最美丽的东西。他把它戴在左臂上，感到内心极不平静，感到无比幸福和光荣。

天空是那么地蓝，空气是那么地清新！

成松不像以前那么淘气了。

成松在班级里人缘挺好。因为他学习好，说话算数，从不撒谎。班里有几名留级生都和他要好，王大虎、吕作明、韩才等。他经常帮助他们，给他们讲算术题，一起写作业。

上自习的时候，成松看到同学罗明在一个大本子上做算术题。那个大本子打着横格，本子上方印着县木材厂用笺。罗明爸爸是县木材厂的副厂长。同学们都看到了，好生羡慕。成松也心有所动，他想起了爸爸曾用县烟酒公司用笺写过材料。爸爸是烟酒公司的书记兼经理。

晚上爸爸下班了，成松试着跟爸爸要一本县烟酒公司用笺稿纸来用，却被爸爸拒绝了。爸爸严肃地说："不行，县烟酒公司用笺是给县烟酒公司用的。你怎么可以用呢？公是公，私是私，公私分明，公家的东西，一针一线也不能占用。"

成松说："我们班上的罗明，就用他爸爸在木材厂的本子，大家可羡慕啦！"

"羡慕这种事情可不好，咱们不能向他们学。学了，将来就会犯大错误。"爸爸目光严厉，语气很庄重地说。

成松本来觉得这不算个事儿，让爸爸这么一说，倒像是个天大的事儿。他本来觉得用一个注明单位的本子挺牛气，爸爸却觉得见不得人，很不应该。

成松心生疑惑，但他终究没敢动过半张爸爸的县烟酒公司用笺。

第二十三章

与欺凌叫板　新华书店见美丑

拳头"噼噼啪啪"地向小志身上打来,小志用胳膊连连遮挡,只有招架之功,没有还手之力。

原来在放学的路上,大奇想起了昨天帮助小志家去水果站买梨,小志奶奶只给他一个烂冻梨,小志也没给他拿一个好梨,他心气不顺,今天找碴儿对小志大打出手。

昨天,大奇和成松帮助小志的奶奶去水果站进水果。小志的奶奶是卖水果的单干户。将买到的两筐冻梨,从水果站拉到小志家,又把水果搬运进仓房里,大奇是出了力的。他原想,帮着小志家干了这么多活,小志的奶奶,一定会拿出几个冻梨奖赏他和成松吃。可是,小志的奶奶,只在筐里挑出两个烂冻梨,给他和成松一人一个。大奇比小志大三岁,已经上小学四年级了。他接过那个烂冻梨,看了看小志,闷闷不乐。

小志的奶奶看到两筐冻梨放在仓房房口,有点碍事儿,又叫他们将两筐冻梨再往里面挪一挪。

就在小志和成松两人挪动一筐时,大奇自己也在挪动另一筐。但他趁人不注意,将两个冻梨偷偷地揣进了自己的裤兜里。他没想到,这一切,却被成松看在了眼里。这不是偷吗?成松心想,但没有说出口。

把两筐冻梨挪到里面后,大奇便匆匆地跑了。

望着远去的大奇,成松对他的印象特别不好。

今天看见大奇欺负小志,成松不由得气上心头,直言相告:"大奇,别欺负小孩儿。你别忘了,昨天你还偷拿了人家两个梨呢!"

"谁偷了,你再胡说,我揍你!"大奇惊慌地威胁着,并扬起了拳头。

成松毫无畏惧,挺起胸膛,目光中喷射出凛然不可侵犯的怒火:"你敢动我试试,我叫你臭名远扬,吃不了兜着走!"

大奇心虚,被成松镇住了。

他知道成松生死不怕,说到做到。他的拳头无力地收回,带着近似哀求的口气说:"成松,你不要再说了,说得多难听啊,什么偷哇!"

最后这句话,他说得含含糊糊,小声小气。还不等成松回答,他径自走开了。他害怕成松将事情抖搂出来不好收场。

望着大奇的背影,成松的心里五味杂陈。既有胜利的喜悦,又有怜悯的内疚。他为帮了小志而欢悦,又为伤了大奇而内疚。

寒假里的一天,成松看到街市上有人租画本,就想到自己也有十几本画本,忍不住偷偷拿出来去租。

在租摊上,有一个中年人租了好大一个摊。看一本薄的一分钱,看一本厚的二分钱。

成松也照此出租。有时,看两本薄的,他收一分钱;看一本厚的,他还收一分钱。这样，一些看画本的人，很快都聚到了成松的租摊上。

那个中年人急了："你不许在这租了，赶紧滚。你要是不滚，我可削你！"

"我就在这儿，你敢削我，咱们就试一试。"成松咬着牙，瞪着眼，那架势已经做好了准备，随时与他拼命。

那中年人气势下去了，含糊其词地嘟囔着："好的，你瞅着，你不走没你的好！"

"我就不走，看你能把我怎么样？"成松针锋相对地说。

一上午时间，成松赚到了两角一分钱。他去了新华书店，买了一本《铁道游击队（五）——巧打冈村》，花了一角八分钱。这是一本他喜欢看的画本。他想，有了这本画本，爱看的人也一定很多。吃完午饭，下午再接着租。

当他怀着兴奋的心情走回家时，看见妈妈站在门口非常气愤地盯着他。成松迅速不安起来。

原来他同班同学冯小卫看到了他租画本，当妈妈向小卫问起成松干什么去了，小卫既羡慕又嫉妒地告诉妈妈："他正摆小摊租画本呢！"妈妈听了，气不打一处来。

妈妈指着成松的鼻子问："是不是摆摊租画本了？"

成松不知该如何回答。

妈妈一把抢过他的书包，书包里装着要出租的画本。妈妈打开看一眼，便训斥道："你知不知道，这是投机倒把，这是违法的事儿！你要继续这样下去，人家会把你送进教管所的！我要把这些画本全都给你烧了，看你还租不租了！"

成松真的害怕了。

他只知道学生租画本是不应该的,但却不知道租画本也算投机倒把,更不知道还会被送进教管所。

　　可是面对妈妈要烧掉这些画本,他实在心疼。

　　那里面有他最爱看的《宁死不屈》《孙悟空三打白骨精》,还有他刚刚买来还没焐热乎的《铁道游击队（五）——巧打冈村》等。

　　他央求着妈妈:"妈妈,我以后再也不敢租画本了,你千万别把这些画本烧掉啊!这些画本都是哥哥和我攒了很长时间的钱,才买到的。烧掉太可惜了!"

　　妈妈愤愤然:"就是要烧掉,看你以后还敢不敢出去租画本了!"妈妈一副"坚决烧掉、一本不留"的架势。

　　从此,成松再也没有看到那些画本,他心里好生难过。

　　直到有一天,他都已经上小学三年级了,妈妈打开总锁着的衣箱,给姥姥拿出留下的月饼,成松才欣喜地发现,那些画本并没有被烧,被妈妈藏在了衣箱里。

　　打那以后,画本又回到了成松的手中。

　　虽然他并没有看到哪一个租画本的学生被送进教管所,虽然租画本的诱惑时不时地让他产生欲望。但是,一想到妈妈曾经生气的神情,想到这不应该是学生做的事。他又不断地打消了这接二连三的念头。

　　最终,他再也没有出去租过画本。

　　开始,成松只是偶尔去一次新华书店。到后来,变成了几乎天天去新华书店。因为新华书店有一位相貌端庄、为人和善的阿姨,允许他看画本。她好像知道他不买画本,也买不起画本,就是想看看画本什么的。她总是微笑着满足他,有时还主动推荐画本给他看,微笑中还夹杂着"小鬼头"的潜台词。她很喜欢这个爱看画本的孩子。

成松很高兴能遇上这么一个和蔼可亲,可以让自己看到新画本的阿姨。他打心眼儿里尊敬和感谢这位阿姨。每天放学后,他都迫不及待地赶到新华书店看画本,看"小人儿书"。

这里成了他的第二课堂,成了他的"最爱"。

可好景不长,这位阿姨调走了。来了一个坏小子,他美好的学习时光被粉碎了。

这一天下午放学后,成松又匆匆地赶到书店。他发现新华书店来了一位新的男营业员,个头不高,梳着分头,尖嘴猴腮,长着一双醒醒狡黠的眼睛。

当成松走到他身边,要看一看那本《林海雪原》画本时,他怀疑似的翻了翻眼珠,将《林海雪原》递给成松。成松翻看了几页后,感觉挺好,便从头开始看起来。

刚看两页,那男营业员便厉声吼起来:"别看了,这画本是卖的,不买你看啥?"

成松被这牛气哄哄的吼叫吓了一跳。

"熊样儿,有什么好神气的?"成松心想,将画本扔了过去。

"扔啥,没钱到这儿来蹭画本看呢?这儿可没便宜可蹭!"那男营业员没好气儿地说。

成松第一次被人当面羞辱,感到无地自容,转身便走,嘴里嘟囔着:"熊样儿!"

"你说谁熊样儿,你给我站住!"那男营业员追了出来。

成松没有料到,那坏小子追上他,一下子将他后腰抱住,一只手伸进他的裤裆里。

成松"咯噔"一下，被捏得疼痛，尖叫了起来："哎呀，你这个臭流氓，大流氓！"成松咬着牙齿，奋力地挣扎着。

不知是因为他奋力挣扎，还是因为迎面走来一个壮小伙子。那坏小子放开了成松。成松忍着疼痛回手给了他一拳，却被那坏小子挡住。

成松的脸抽搐着，嘴里愤恨地骂道："大流氓，臭流氓！"他感觉那坏小子实在太下作、太丑恶、太恶心人了！他内心的伤痛像刀绞一样。

那坏小子看着他，嘻嘻走回书店，留下了一个坏笑。

从那以后，成松不再光顾新华书店，他万分讨厌那张充满淫秽和龌龊的脸……希望永远不要再见到那个臭流氓。

过了不久，他听说那个坏小子是田嫂子的妹夫。成松见过田嫂子的妹妹，一个长相很好看的姑娘。成松心里暗暗惋惜道："这么好的一个姑娘，怎么会嫁给这么烂的一个男人。"他想不起来是在哪本书里看过一句话："唉，一朵鲜花插在牛粪上，赖汉娶好妻呀！"

又过了一段时间，成松听说那个坏小子是个变态狂，有暴力倾向，总喝酒。一喝酒，就耍酒疯打媳妇，说媳妇是一只不会生蛋的鸡，打得媳妇常常跑到姐姐家避难。他又死皮赖脸地跟到姐姐家，好话说尽地把媳妇哄骗回来，又是一顿毒打，还威胁媳妇再敢往姐姐家跑就打死她。吓得媳妇轻易不敢再往姐姐家里跑了。后来，姐姐看到妹妹被打得遍体鳞伤，浑身青一块儿紫一块儿。忍无可忍，气得告上了法庭，要求两人离婚，并将妹妹叫到自己家来住。

就在打官司告状之际，这坏小子又一次蹲女厕所偷窥，被人抓个正着，犯了"流氓罪"，被判处两年徒刑。

后来成松又听说，在这坏小子服刑期间，他媳妇和他离婚了，嫁到了一个很远的城市里,还生了一个小女孩儿。

自此,他又重新走进了新华书店。

只是他不再蹭书看了,而是攒够了一角多钱,买上一本新的小人儿书,拿回家,反复欣赏。

第二十四章

萌生大大的理想　打抱不平的骄傲与纠结

寒假过去了。

开学后老师重新安排了班里的干部。这一次,老师没有让成松担任班里的任何职务,他的小组长被撤掉了。

成松又开始放松了自己。

一次,老师留了一篇语文作文作业——《记一件难忘的事》,可成松没有做。

下课了,老师走到他的身边,不让成松出去课间活动,罚他在教室里写作文。

成松只好照办。

教室里的同学们都跑出去玩了,只有他一人在教室里静静地写作文。

成松想起了几天前家里发生的事,于是他全神贯注,一气呵成。

等到上课了,同学们都进了教室,作文也已经写完了,他把这篇作文交给吴老师。

吴老师看着作文：《一个面疙瘩——记一件难忘的事》。

几天前的一个晚上，俺家吃的是白面疙瘩汤。

我盛了一碗狼吞虎咽地吃起来。当我吃到一个大面疙瘩时，下意识地把它吐在桌子上。因为那个大面疙瘩并没有熟透，疙瘩中还夹着生的面芯。

爸爸坐在桌前吃饭看见了，脸"唰"的一下就耷拉下来。

他说："刚吃几天白面，就这样浪费粮食，浪费粮食就是极大的犯罪。把它捡起来，吃了！"

当我极不情愿地将那个面疙瘩放入口中，爸爸给我们讲了一个发生在他们工作队里的事。

有个工作队长和一个队员在农村吃派饭。当地农村的贫下中农热心地给他们做了一顿白面疙瘩汤。当时疙瘩汤里也有一个大面疙瘩，被工作队长吃到了："呸，生的！"工作队长噗噗着鼻子，将那个大面疙瘩吐在桌上。另外一位队员见了，毫不犹豫地将那大面疙瘩夹起来，送到了自己嘴里吃了。后来，这件事传开了，那个工作队长被撤职了。

听了爸爸讲的故事，我赶紧把吐在桌上的面疙瘩吃掉了。

我想，一个生面疙瘩没吃，就给工作队长撤职了？这么处理，是不是也有点儿太重了？不过，这件事也让我牢牢地记住：浪费粮食就是极大的犯罪。

吴老师惊讶地看着成松问道："没打草稿，直接写的？"

"是的。"成松答道。

吴老师当着成松的面，给他的作文打了70分。一句话也没说，把作文本交还给成松，便回到讲台上，开始了新一堂的课程。

成松又一次躲过了老师的体罚。

在一次家访中，吴老师来到了成松家。成松躲在外屋偷听。他猜想，吴老师一定会向妈妈诉说他"捣蛋鬼"的种种劣迹。

可是，吴老师并没有将他说得一无是处。只是说，这孩子太淘气了，有点儿犟，不爱听话，但挺聪明，有同情心和正义感，学习挺好。每次考试都打"黑100"，就是不用橡皮，更改的地方用手指头在作业本上或者试卷上乱蹭，把作业本或者是试卷搞得一团黑。特别是他的作文很好。他能在课间10分钟，不打草稿直接写出挺棒的作文，起码可以得60分以上。她和妈妈提到了那次课间罚他完成作文的情况。

末了，她告诉妈妈，你这孩子有些天分，若管好了，将来会有出息的，说不定长大后能成为一个小说家呢！

短短的几句话，却照亮了成松幼小的心灵，给了他一个大大的梦想。

打那以后，成松不再那么调皮了，上课也开始安静下来。他愈发地热爱语文，热爱文学，他的作文也常常被老师当作范文给大家评讲。

20世纪60年代，掀起了学雷锋活动的热潮，成松他们常常会自觉不自觉地做一些好事情。比如，他们有时去敬老院等公共场所打扫卫生；有时帮助孤寡老人担水、劈柴、扫院子。有时他们在放学的路上，三一群、五一伙地说说笑笑、打打闹闹，看见路上拉车的人很费力地拉着东西上坡，他们会边说边笑帮助推上坡去。然后，又欢天喜地玩闹开来，好像是不经意地就做了，跟玩似的。

他们崇尚英雄、学习英雄、争当英雄。他们做好事都是很开心的，他们还都是个孩子。

在老师讲述《刘文学》、《小铁锤》和《司马光砸缸》的课文中，在自己看的《董存瑞》、《黄继光》和《邱少云》连环画中，成松常常会想："我怎么就遇不上临危不惧、机智救人和舍生忘死的事儿呢？要是遇上了，我一定也会当一把英雄。"

他幼小的心灵里，充满了对英雄的渴望。他甚至希望他也能遇上危险的生死线，也好英雄一把，光荣一把，一鸣惊人。

然而，他没能遇上那样的事。等遇上的，倒是出乎意料。天性使然，他随着天性留下了那个年代的印迹。

一次，成松看见哈尔滨来串亲戚的一个大男孩儿，将"洋喇子"扔到曼妮的身上，吓得曼妮尖叫不已。（注释：东北称为"洋喇子"的是一种浑身长满刺毛，带有黄绿相间条纹的刺蛾幼虫，看着就十分可怕）

成松见了，挺身而出，打抱不平。他一直觉得曼妮是个很高贵的姑娘，神圣不可侵犯，对她无礼就是对圣洁的亵渎。

他愤怒地指责那个大男孩儿："你一个大男孩儿欺负一个小女孩儿，算什么本事！你有种，去打张三试试！"（张三是县里一个会点儿武术的中学生，曾三拳两脚抓住一个小偷，全县闻名。）

那个大男孩儿盯着小小的成松："你是不是肉皮子紧了，想找挨打呀？"

"你打我试试，我不怕你！"成松针锋相对。

那个大男孩儿举手便打。成松早有防备，迅速一闪，躲过一拳，回手就给了他一拳，拳头击中了他的面部。大男孩儿气急败坏，一个连环拳打过来，打得成松眼冒金花，鼻子出血。成松忍痛抵抗。

此时，曼妮看见后面走过来一个大人，便请求这个大人主持公道。

"别打仗,看看,你把人家鼻子都打出血了!"那个大人拉住那个大男孩儿喝道。

大男孩儿挣脱了那个大人的手,跑掉了。

帮助曼妮,成松虽然挨了打,但他觉得很值得,彰显了英雄救美的血性和胆魄,他像英雄一样的骄傲。

曼妮从她的书包里拿出一张纸,叫成松擦擦鼻子,鼻子里还流着血。她对成松的帮助,心里陡生感激。

帮助弱小,打抱不平,虽遭挨打,但对成松来说虽亏犹荣。可有一次挨打,却让他追悔莫及。

海扬是他的好朋友,他们经常在一起玩。

这一天,他与海扬正在路边踢球玩,海扬不小心撞上了一个大他两个年级的学生。那个学生不分青红皂白,对着海扬就打,还边打边说:"小兔崽子,踢球不长眼睛,竟敢往大爷身上撞?"

成松见了气不过:"又不是故意的,犯得着你这样打他吗?"

"怎么的,撞着我就不行,你挺爱管闲事呀!"说着就奔成松走过来。

"这不是管闲事的事,大孩子欺负小孩子就是不行。"成松义正词严地说。

"什么叫不行,你看我打你行不行。"说着就给了成松一拳。

成松挨了一拳,立马喊道:"海扬过来,咱俩一起和他拼。"

他本以为,海扬定会与他共同对敌。成松拿出了全面应战的准备。他瞟了海扬一眼,却发现海扬趁他与这个学生对峙之际,正悄悄地抽身而逃,眼睛里闪烁着恐惧的光束。

成松极其愤怒、悲伤,他内心谴责这个贪生怕死、只顾自己而不顾朋友的坏蛋。"真招人恨，朋友帮助你，你却不管朋友，拿朋友当垫背的，自己逃之夭夭，溜之大吉，一点儿良心都没有！"

由于成松身体瘦小、单枪匹马，他哪里是那个像牛犊子一样的大孩子的对手，结果被打得鼻青脸肿。成松没有哭，可他那颗受伤的心，却在背叛的角落里默默哭泣。

平时，成松从不惹事，但也不怕挨打。

特别是，他看不惯以大欺小、恃强凌弱的行为。看到了，他便挺身而出，因不公而打抱不平，又因打抱不平而常常挨打。成松心里有个英雄情结：不许以大欺小，不许恃强凌弱，宁当英雄而挨打，也绝不当狗熊而偷生。

这件事，让他对帮助他人有了新的认识，为帮海扬这样的人而挨打，不算英雄，只算傻瓜！

事后他质问海扬："为什么我帮你时，你却偷偷溜走，难道我帮你是为了让你溜走，由我来替你挨一顿打吗？熊包蛋、怕死鬼、逃兵，没人味儿！"他痛骂了海扬一顿。

海扬低下头，不敢看他，像个做错事的孩子溜走了。

人心就一颗，失信最伤情。从此，他不再搭理海扬，并发誓以后都不再帮助他。

又一次，成松在放学的路上，看见海扬正被一个大男孩儿欺负，具体什么原因他也不知道。

他本想上前问清楚，却被内心的一个声音制止住："别管他！这个熊包蛋，没有种、背信弃义的家伙！"他痛恨那些欺负小孩儿的家伙，但他更痛恨那些挨了欺负，别人来帮助他，自己却溜之大吉的胆小鬼、背叛者。

他走过去，看见海扬又用乞求的目光望着他。但他没有管，眼看着海扬被打得屁滚尿流。

成松心里有些高兴，又有些不安。

高兴的是，让海扬尝尝这挨揍的苦头。让他知道，自私忘义的家伙，没人肯帮！不安的是，"大孩儿打小孩儿，这也太不仗义了吧"。

成松心里又隐隐约约生出一种"没有挺身而出匡扶正义"的负罪感。

第二十五章

又长了记性　什么是幸福

　　星期天上午，阳光很耀眼，风儿有些热，郊外的田野绿草青青，长势越过了人的膝盖。

　　成松和贵宝、禄宝，还有占柱在郊外割草。

　　他们挥舞着镰刀，阳光洒在他们的后背上，每个人的脸上都滚动着大颗汗珠。割下的草归拢到一块，就地晾晒，待过几天晾干了，他们再来背草。

　　自从那次偷瓜以后，成松已经很长时间不与贵宝、禄宝玩了。可是贵宝、禄宝是邻居，不与他们为伴割草又能跟谁呢？他清楚，不再和他们一起去偷东西就是了。

　　快中午了，他们每个人都已经割了很多的草，该回家吃饭了。

　　在回家的路上，他们经过一大片玉米地，玉米长得绿油油的，饱满的苞米穗已经到了可以烧着吃的程度。

　　贵宝说："走，咱们过去掰两穗青苞米，就在这儿烧着吃。吃过后，再回家。"禄宝、占柱听了,表示赞同。

成松心生迟疑:"这苞米地是生产队的,我们掰了苞米烧着吃,能行吗,要是被人发现了可怎么办?"

贵宝满不在乎地说:"你看这大野外的,哪有个人影儿,我们在这儿都一上午了,也没见一个人呢。再说,我们才掰两穗烧着吃,这么一大片苞米地,掰两穗算个啥呀?"

他说着就带头向玉米地走去。禄宝和占柱紧随其后,成松也跟上来。他想,这么大的玉米地,望都望不到头,这大野外的没人来管,谁会大热的天来这里呢?此时的他,早已把妈妈说过的话,忘得一干二净。那火烧苞米的香味儿让他想起来就馋。掰两穗苞米算不了啥,解解馋。他也给自己找了个正儿八经的理由。

他们走进玉米地,每人掰了两穗颗粒饱满的苞米,又在地上划拉了一堆浮草。贵宝身上带着火柴,俯身点燃那堆浮草,草儿冒着白烟升上了天空。他们将苞米扔到草堆上,烧将起来。

苞米在草火里黄澄澄地闪着亮光,香气弥漫开来。他们的嘴角含着口水。正当他们烧得起劲,苞米即将出火之时,突然,一位农民叔叔不知从哪儿跑过来,估计他也是看到这里冒着白烟才跑过来的。

他喊道:"住手,谁让你们偷掰苞米,在这儿烧着吃的?"他先将放在地上的四把镰刀收起,然后用脚踹灭火堆。回过头来质问孩子:"你们是哪个学校的,叫什么名字,都是哪个班的?"

孩子们一下子蒙了,支支吾吾地回答。

末了,那位农民叔叔说:"好了,你们先回去吧。我明天去找你们学校,找你们校长,把镰刀交给学校,让学校好好处理你们!"

四个孩子耷拉着脑袋回家了。

成松惊骇极了，他突然意识到问题的严重。校长要是知道了，会不会在全校大会上点他的名呢，会不会让他站到主席台上当着所有师生的面儿挨批呢，会不会开除他呢？学校要是知道了，爸爸妈妈肯定就知道了。他似乎看到了爸爸那威严的目光和妈妈那焦急而揪心的模样。他心绪不宁，即将到来的惩处和惊恐煎熬着他。他吃不好，睡不下，整天惶惶不可终日。

好不容易熬到了星期一。到校后，老师来了，却没有找他，而是一如既往地给他们上课，好像什么事儿都没有发生过一样。

他猜想，那位农民叔叔还没有来校告状。那提到嗓子眼里的心稍微平稳了一些，他想："这种事以后可不能再干了，这也太吓人啦！"

一连几天，老师都没有找他。

再看看贵宝、禄宝和占柱，他们早跟没事儿人一样了，他的心总算是放了下来。

忐忑过后，平静就是一种幸福。

他庆幸那位农民叔叔没有来学校告状。不管什么原因，他还是很感谢那位农民叔叔给了他一个容错的空间，给了他一个转身的台阶，给了他一个颜面，给了他一个痛改前非的机会。

他不知道被没收的那四把镰刀，那位农民叔叔是怎么处理的。是交公了，还是私吞了？这个对他已经不重要了。

他只是刻骨铭心地意识道：人，要想让心灵安稳，就做不得一点儿坏事。

打那儿以后，类似的事情，他再也没有做过。他受不了那种心惊肉跳的感觉。他这才知道，原来自己的胆量这么小，那个天不怕、地不怕的小男孩儿哪儿去了呢？他也觉得很奇怪：做正义的事，他就很勇敢。而做非正义的事，他就那么胆小。

"噢，原来正义使人勇敢，甚至无所畏惧。因为正义能赢得人们的尊敬和爱戴，能够得到社会的认同。而非正义使人心虚，甚至畏惧。因为非正义遭人唾弃与不齿，甚至受到法律的惩罚。所以，人应该做好事，不做坏事。当你做不了好事时，也绝不能做坏事。"

这件事，给了他一个善意的提醒，让他懂得不该做的事就不要去做，从而让他建立了规则意识。

这一次他是长了记性。

这天下午，迎着灿烂的阳光，成松来找小卫。他的裤兜里揣着两块长白糕，那是老姨夫到他家串门买的。他分到两块，舍不得吃。来见小卫，与他一块分享。

小卫比成松大一岁，他们俩可算好朋友，从未吵过架。

成松拿出一块长白糕，俩人，每人半块。小卫从来没吃过长白糕。他接过后，将那半块长白糕两口吃掉。吃过后，直咂巴嘴，连声说："太好吃了，太好吃了！"他的脸上洋溢着快乐和意犹未尽的光彩。

成松看他如此陶醉在美味中的模样，忍不住又掏出兜里的另一块长白糕，又掰了一半给他。

他接过长白糕，感激地看着成松。这会儿，他舍不得将这半块长白糕两口就吃掉，而是一小口一小口地慢慢品尝，生怕把这香味儿浪费掉，也好让这幸福的享受多延长一会儿。

成松吃着手上的长白糕，特别是看到小卫那享受的样子，他的心里美极了。他发现，当你给别人快乐的时候，自己也得到了快乐，这是双倍的快乐！

小卫边吃边摇晃着脑袋感叹:"真好吃,真好吃,太幸福了,要是天天都能吃上长白糕,那该多幸福啊!"

"幸福"这个字眼突然触动了成松的神经。过去他也曾觉得,幸福就是有好吃的,吃到了就拥有了幸福。可自从他听了雷锋的故事,读了雷锋的日记,他觉得这种想法是不对的。

在《红领巾》刊物上他看过:什么是幸福?幸福不是为了自己吃好的、穿好的,而是为了人民过上好日子。为人民服务,就是自己吃再多的苦,也是幸福的。幸福要从为人民服务中获得。他努力回忆着雷锋日记里的话,可是一时想不起来了,大意是:"幸福,就是使别人过得更美好。"

于是,他好奇地问小卫:"你的幸福是什么呢?"

一句简单的问话,引起了一段关于幸福的不愉快的讨论。

小卫立刻答道:"我的幸福就是吃好的、穿好的。"

"吃好的、穿好的,你就幸福啦?不对,你要让别人吃好的、穿好的,这才是幸福。"成松纠正他。

"别人吃好的、穿好的,关我屁事,我幸福得着吗?啊,你辛辛苦苦为了别人吃得好、穿得好,你吃差的、穿差的,你就幸福啦?你这不是傻吗,你唬谁,谁信哪?"

"这……"小卫的话,一下子把他给怼回来。他心里着急,想说明白,可是怎么也说不明白,他的脸憋得通红:"反正只为了自己吃好的、穿好的,就不是幸福!"

"我吃好的、穿好的,就觉得幸福!"小卫反驳道。

"你只考虑自己吃好的、穿好的,不考虑别人,那也太自私了,这不能叫幸福!"成松脱口而出,可自己也感到有些茫然:"吃好的、穿好的，不幸福吗？自私的快乐就不是幸福吗？"他突然觉得"幸福"这个字眼，说来很简单，实则很深奥，很难说清楚啊！

"我自私，你不自私，你不自私，为啥不把你的长白糕都给我吃呢？那样你多幸福啊！"小卫讥讽着他。

成松几乎被激怒了。刚才他看到小卫吃得很快乐，他就觉得很幸福。可现在看到小卫这副模样，他一点儿也不觉得幸福。他很愤恨，因为他并不希望吃他东西的人，是一个只想自己快乐而不管他人幸福的人。他真后悔自己把长白糕分给小卫吃。"你这么自私，我凭什么让你感到幸福？"但不管怎么说，他都觉得自己是对的。因为刊物上是这样说的，雷锋叔叔是这样说的。

于是他说："你不懂，跟你说不清楚，咱们谁对谁错，找大人评评理！"

小卫说："好哇，咱们去问问我妈。"

"好，走吧！"成松应道。

他俩一起走进了小卫的家门。小卫的妈妈正在炕上纳鞋底。小卫开口发问："妈，你给评评理，什么是幸福？我说，我吃好的、穿好的就是幸福；可成松说要让别人吃好的、穿好的才是幸福。为了别人就是自己吃差的、穿差的，都是幸福的。你说说，我俩谁说得对？"

小卫的妈妈诧异地看了看成松，又看了看小卫。

她觉得蛮有趣，手指着小卫开口便说："你说得对。"又指了指成松说："你说得不对。为了别人的幸福，你吃差的、穿差的，哪还有什么幸福，胡说八道呢！"

她的话，简直要把成松的肺都气炸了。但碍于礼貌，他不敢发作："大娘，你说得不对。"

他拉起小卫的手又说:"走,咱们再找几个大人评评理。"

脚步刚刚迈出门,就听到身后小卫妈妈怨气十足的话语:"找谁说都是这个理儿,小毛孩子还不信大人的话了。我吃的盐,比你吃的粮食还多!"

小卫挣脱着说:"不用找了,就是我说得对,你说得不对!"

"不行,你一定要听听别人怎么说,我就不信了,还有人会认为你说得对?"成松硬拉着小卫往外走。

"好,问就问,问谁也不会认为你说得对!"小卫固执地坚持着。

他们来到了成松哥哥的面前,哥哥正在屋里做作业,成松拉着哥哥的衣角请他停一停。

哥哥看着弟弟焦急且冲动的样子问:"有啥事吗?"

成松快速地说出了他们各自争论的观点,请哥哥裁判。

哥哥用手摸了摸下巴,很认真很肯定地回答:"成松,你说得对,人就是要这样活着,这才是真正的幸福!"

哥哥扭过头来,又对小卫说:"你说得不对,人活着不能光为自己吃好的、穿好的,那样不叫幸福!就算是幸福,也是很低级的幸福!"

成松听了,一下子高兴起来,他以胜利者的姿态看着小卫。

小卫一副狼狈的样子,但他心里很不服气。嘴里嘟嘟囔囔地对成松说:"他是你哥,说话自然是偏向你啦!"

说罢,他冲出了屋门。

瞬间,成松惊呆了。

他为小卫的抗拒而恼怒,更后悔把长白糕分给他吃。他们是第一次争吵,却吵得面红耳赤。

哥哥似乎看出了他的心思,轻轻地抚摸着他的头说:"成松,别管他,你是对的，他是不对的。"

哥哥的安慰，让成松的心里好受了许多，可他还是很纳闷，很纠结。小卫吃着长白糕时，确实很幸福哇！那时候，他还弄不懂"幸福"是多种多样的。

人本能的"幸福"与赋予了人生理想和信仰的"幸福"，怎样才能说清楚？

晚饭，成松草草地吃了几口就放下了碗筷，没有胃口。

晚上，躺在炕上，月光透过窗户照在身上。一会儿，一片云彩飘过来，挡住了月光，屋内一片黑暗。

"怎么了，睡不着？"躺在身旁的哥哥对辗转反侧的成松关切地问道。

"哥，你说，白天我与小卫的争论，明明是我对，可为什么小卫就不服呢？小卫的妈妈也是那样认为。"成松不解地问道。

"成松，这很正常。因为他的爸爸妈妈一直告诉他，要好好学习，长大后有好吃的、好穿的，可以得到'幸福'。他说的'幸福'都是为了自己，那是一种本能的幸福，低级的幸福，或者说不算是真正的'幸福'。而你说的'幸福'，不是自私自利的'幸福'，是为人民服务的'幸福'，那是人类高级的'幸福'，是真正的'幸福'。活着，就是要使别人过得更美好。为了祖国、为了人民的利益，就是牺牲了自己，也是幸福的。你们的幸福观不同，自然对'幸福'的理解也不同。你说的幸福观，代表着新时代的道德风气，体现了伟大的雷锋精神。而小卫说的幸福观，代表着旧时代的利己主义，那是陈腐的东西。哥哥支持你，希望你做一个新时代的高尚的人，纯粹的人，一个有道德的人，一个脱离了低级趣味的人，一个有益于人民的人，一个真正幸福的人！"

哥哥把手伸过来，很有力量地握住了他的小手。

顿时，成松的眼睛明亮起来，心里暖暖的："哦，原来是幸福观的问题。小卫说的也是幸福，只不过是低级的幸福、陈腐的幸福。而我说的，却是高级的幸福、新时代的幸福。我要为高级幸福而努力，做一个真正'幸福'的人！"成松真没想到，哥哥竟然懂得这么多，这么深。

那片云彩飘过去了，月光又照在了成松的脸上，也照在了他的心里……

成松在心灵的滋养中入睡了。

他来到了一个非洲贫困的部落，那里的黑孩子都光着上半身，只穿着一条裤衩。他想把自己手里的长白糕分给这些孩子吃，可是不够啊！他想，要是自己手里的长白糕会变多该多好啊！

哎呀，那块长白糕真的变出了很多很多的长白糕，在一个地桌上堆得像小山一样。

他惊喜极了。他一把一把地将那些长白糕分给黑孩子们。

突然，他在那些黑孩子中间看见一双熟悉的眼睛。

咦？那不是小卫吗，他怎么会在这儿？

小卫穿着蓝褂子、黑裤衩，正用期盼和渴求的目光望着他和那堆成小山似的长白糕。

他犹豫了："给不给他呢？他只想着自己，这样的人不值得给。可不给他，又怎么忍心看着他眼巴巴地看着别人吃长白糕呢？"

成松是善良的，他的善良是刻在骨子里的。他终于向小卫招手啦。

小卫明白他的意思，羞答答地向他走来。

成松捧起一大捧长白糕，放在了小卫兜起来的衣衫上。

小卫欢快地笑了，脸上洋溢着与他吃那两个半块长白糕一样幸福的光彩。

成松也笑了，笑得是那样甜，那样幸福！

哥哥捅了捅他："你笑什么，做梦啦？"

哥哥打断了他的美梦，他心里有点儿怪哥哥，还有那么多的黑孩子没来得及分得长白糕呢！

他把这个梦告诉了哥哥，哥哥也笑了。

从那时开始，他就觉得，幸福是一个很简单的问题，就是一种感觉。幸福又是一个很不简单的问题，这里面有许多说道。

他在潜意识里，开始了对幸福问题的追问和探究。

第二十六章

幸与不幸

这天，粮店里的人较多。

买粮开票的有两个窗口，成松选择了人较少的一个窗口排队开票交钱，排在他的前面有五个人。接着，来了两个大小伙子排在他的后面。

这是成松第一次为家里买粮。

妈妈嘱咐他："要拿好钱，别弄丢了。"

成松到粮店门前时还看了看妈妈给他的十元钱，然后放在了自己上衣兜里。

突然，他感觉上衣兜被什么东西促动了一下，他立即回头警觉地盯着身后的那两个大小伙子。那个挨着他的大个儿的小伙子立即摊开两手，意思是我什么也没干。成松赶紧去摸上衣兜，却发现十元钱已经不见了。他紧张得不行："我的十元钱怎么不见了？"他紧盯着那个紧挨着他的大个子问道。

"我没看见，你放哪了？"那个大个子好像故意反问道。

"我就放在上衣兜里啦,刚进门时,我还拿出来看过呢!"成松焦急地说。

"那你快上门口去看看,是不是掉在地上了?"那个大个子接着说。

成松分明感到自己的上衣兜好像被人掏了一下,可回过头来看到的却是,那个大个子两手空空。

他带着疑惑,慌慌张张地跑到门口,里里外外地又找了好几遍,可是什么也没找到。

他又急忙跑回来说:"没有啊,什么也没有啊!"他的眼泪在眼眶里打转儿。

那个大个子说:"那我就不知道了。你是不是记错了,你再到你来的道上找一找吧!"

慌乱中,成松一下子蒙了,在粮店门口他恍若查看钱了,怎么会没有了呢?

他带着莫名的希望,重返他来时的路,又细细地找了一遍。结果,仍然是竹篮打水一场空。当他再次回到粮店时,那俩大小伙子早已无影无踪。

他怀着沮丧和悲伤的心情,回家将这件事告诉了妈妈。

妈妈虽然没有责怪他,但那唉声叹气发愁的样子,比怪他、打他,还令他难过。

他知道,十元钱,可以买142斤玉米面,或买111斤玉米楂子,或买90斤白面。丢失十元钱,几乎丢了全家一个月的口粮钱。

家里人不甘心,哥哥、姐姐、妹妹也都跑到去粮店路上仔仔细细地查寻。真的希望喜从天降,那十元钱能在某个角落里再现。可那十元钱真的丢了,或许是被那两个大小子给偷了,怎么找都找不到。

正当家里人已经不抱什么希望时，大哥却意外在路旁壕沟里的落叶堆中捡到了一个二百元钱的存款折。

大家又惊喜又忐忑，不知是福还是祸。

大哥将此事告诉了妈妈。妈妈的第一反应便是：赶紧找失主。这么多钱丢了，失主一定很着急。

妈妈没有等爸爸回来，就带着哥哥将那二百元存折送到了派出所，请派出所帮助查找失主。

成松和姐姐、妹妹趴在派出所的窗户上看得真切：警察叔叔，表扬和感谢妈妈和哥哥这种拾金不昧的精神，并将那二百元钱的存折做了登记，让哥哥签了字。

那一瞬间，成松感到：妈妈和哥哥真伟大，像雷锋叔叔一样！

那时的家里，第一等的大事就是吃饭。可买粮的钱丢了，家里这个月可怎么吃饭呢？

"家窘偏逢丢粮钱，口粮将断愁绪添。"

家里人的心都像压了一块大石头。家里很快就揭不开锅了，妈妈和爸爸商量，这个月的钱上哪儿去借？反复掂量，爸爸第一次向单位借了十元钱买粮，等爸爸开工资了就马上还回去。

爸爸从未因为家里私事向单位张口，可这一次，爸爸破例了。

家里的窘困处境，成松看在眼里，痛在心上……

他无力帮助父母解决钱的问题，但他几乎是在用赎罪的心理帮助家里做事。他看家里柴栅的草已经不多了，就约几个小伙伴放学后去郊外搂柴草，哪怕小伙伴都不去了，他也要自己去。

"顽童放学归来早，忙趁余闲去搂草。"

这一天放学后，成松与贵宝、禄宝相约去搂草。

这一次，贵宝提议要走得远一些。他说："近处柴草太少，远处能多一些。"他们走过了二道口，来到了荒草萋萋的原野。

这儿的草真多，一会儿就搂满了一耙子。他们一耙子、一耙子搂得起劲，当他们发现搂草数量大大多于往日的时候，天已经黑下来。

贵宝、禄宝捆好柴草背起来，他们的背影只能看到那方方正正的柴草和他们的两条小腿。成松在远处才开始捆柴。由于天黑道远，成松害怕被贵宝、禄宝落下，就匆匆捆上柴草，背起来就走。由于柴草没有码好，又捆绑得匆忙，成松后背上的柴草一头大一头小。

成松紧紧地追赶着贵宝、禄宝，他分明感到，后背上的柴草一步一步地倾斜，就快失去平衡。但他不敢停留，因为荒郊野外，只剩他一人，这要是遇到狼可咋办，会不会有鬼出没？想到狼，想到鬼，他感到头皮发麻。他多么希望柴草能够让他走到有人家的地方再散，那样他就没什么可怕的了。

可是，世事难遂人愿。他没走出多远，后背上的柴草"哗啦"一下，就散落下来。

他想过放弃，可又于心不忍："走了这么远的道，好不容易搂的草，怎么能够放弃呢？放弃了，所有的辛苦就白费了。更重要的是，贵宝、禄宝都背着柴草到家了，我却空手而归，那多丢人啊！"他硬着头皮，重新放好绳子，把柴草码齐，捆上，背起。

此时，他已经看不见贵宝、禄宝的身影了。

他一个人走在黑黢黢的路上，四处静悄悄的，连一丝风儿都没有，死一般的寂静。

只有他"唰唰"的脚步声。

但他不断地告诫自己:"不怕,不怕。没有狼,没有狼。不怕,不怕,没有鬼,没有鬼。"

他战战兢兢地快速行走着,心里怦怦乱跳。

柴草是那么沉重,两根绳子勒在肩头,留下两道深深的印痕,感觉生疼生疼的。

他低着头,只看着沉沉的大地,一步一步地前行。他喘着粗气,额头湿湿的,眼里潮潮的,也许是汗水,也许是泪水,他说不清楚。

他有点儿埋怨贵宝、禄宝,怎么就不等等他。但他已打定主意,一定要坚持到底。

在这漆黑的晚上,他一个人行走,感觉路途很遥远,走得很累,内心充满了恐惧。可卸掉柴草,又会后悔。

他给自己壮胆:"成松,你干什么来了,不是拾柴吗?你害怕什么呢?你不是自认为很勇敢吗?"

当他咬紧牙关,好不容易走上一道口,看见不远处那家家户户的星星灯火。感觉实在太累了,他坐在城边食品公司道旁的土台阶上,长长地舒出了一口气。

但他也只能稍事休息,因为他知道,妈妈一定在焦急地等待着他的归来。在他走到商业局,还有一里多路就到家的时候,成松看见了哥哥。原来,天色已晚,妈妈实在放心不下,要哥哥出来迎一迎他。哥哥出来时,正好看见贵宝、禄宝背着柴草走回来。一问方知成松在后面,所以跑步过来接他。

成松将柴草交给大哥,顿时感觉千斤的重担一下子卸下来,浑身轻飘飘的。

对面屋的彭大姊看到成松搂这么多柴草回来,啧啧称赞:"这孩子,真能干！看，背回来多么大一捆柴草！"可邻居彭大婶哪里知道他当时想要放弃的纠结和最终没有选择放弃的煎熬！

　　妈妈心疼，劝他不要再去了，柴草已经够烧一阵子了。

　　成松笑而不答。

　　他的体会是：胜利需要坚持，成功往往需要逼自己一把。

　　第二天放学后，成松照样又去搂柴。只是他没有再找贵宝、禄宝陪他。他一个人就在近郊附近搂柴，并且赶在天黑之前就背起柴草回家了。

　　那一年，他家的柴草，总是摞得高高的。

　　那一年，快过年了，成松说啥也不要妈妈为他做新衣裳。可是妈妈还是凑够了钱，买了块新布，给他缝制了一件新衣。

　　成松抚摸着妈妈亲手做的新衣，笑得是那么甜……

第二十七章

这个仇一定要报

　　孩子们撒欢儿似的玩耍着,输赢成了他们关注的焦点。

　　成松与陈小哨玩着扇啪叽,有说有笑。小哨拿出一个大中华的香烟盒叠着另一个普通烟盒叠成的啪叽和成松玩。两个烟盒扇一个烟盒,自然两个烟盒占上风。那时大中华的香烟盒很稀少,在商店的柜台上见不着。成松虽然见过大中华香烟盒,可从未拥有过。

　　尽管他爸爸是烟酒公司的书记、经理,可爸爸从未往家里拿过好烟好酒。妈妈抽的烟都是在商店柜台上买的握手烟。他所能拥有的也只有握手、葡萄和迎春这一类大众牌香烟盒。所以小哨用大中华香烟盒裹着另一张普通烟盒叠在一起来玩,成松也就认了。因为,他想,单啪叽虽然单薄,但是只要用力,赢得大中华香烟盒也是可能办到的。

　　起初,成松扇了两次都没有将大中华香烟盒掀翻,而他的两个烟盒却都被小哨轻而易举地赢去了,小哨扬扬得意。

为了加大风力，成松将袖口拽下来，在扇啪叽时，借助袖口的风力，将大中华香烟盒掀翻了。他得意扬扬地捡起大中华香烟盒。

　　小哨不干了，说这样掀翻不算，执意要回大中华香烟盒。

　　成松嬉笑着不给。

　　不料，小哨急眼了。抱住成松的腰，奋力地要摔倒他。

　　成松一个趔趄，险些倒下。他抱住小哨，一个腿绊，就撂倒了小哨。此时的成松，还笑嘻嘻地闹着玩呢，小哨哪里是他的对手。他骑在小哨的身上，发现小哨眼睛通红，双手挣扎着来抓他的脸。他这才意识到，小哨真是急眼了，要抓破他的脸。他曾吃过一次小哨的亏。

　　那次，成松和小伙伴正在踢球比赛玩。

　　小哨跑进球场就跟着瞎踢，成松上前制止，将小哨推出场外。小哨不服，用手抓破了成松的脸。他的手指甲长长的尖尖的，一下子就给成松的脸上挠出来一道深深的沟痕，血淋淋的。成松气愤之极，狠狠地打了他两拳，小哨被打哭了。

　　成松好像是赢了，但实际上是亏了。因为小哨的痛是短痛，而成松的痛是长痛。小哨的痛，一会儿就过去了，就像什么事都没发生一样。可成松的痛，却持续了很久。那道伤痕长出了痂皮，成松想尽快除掉它，就用手去抠。可是，抠出了鲜肉和鲜血，总是火辣辣的。几番如此，这道伤痕形成了一道沟壑，至今还留在脸上。看到脸上的伤疤，成松就想起小哨那长长的尖尖的指甲。

　　事后，成松与小哨和好了。

　　成松告诉小哨："说话莫揭短，打人莫打脸。"小哨却得意扬扬地告诉他，是他妈妈教他的。他妈妈说："你要把手指甲留得长长的，谁要是惹你，你就使劲挠他的脸，给他留下深深的伤疤！让他记住你，看他以后还敢不敢碰你。"

成松惊愕,他妈妈竟然这样教他。自己的妈妈总是告诫成松,不要打架,即使打了,也不要往脸上抓,抓伤了,打坏了,都不好。可小哨的妈妈却专门让小哨往脸上挠,就是要让他留下永久的伤痛和疤痕。

今天小哨又如法炮制了。

成松这次可不能给他这个机会,他将小哨张牙舞爪的手抓住,按在地上,让他动弹不得。

小哨又急又气,一口吐沫吐在成松的脸上。

"哎呀,这闹着玩,手不管用了,咋还动起嘴巴来?好,你在下面还敢吐我,你能占到便宜吗?你看看我怎么吐你吧?"成松卡了一口吐沫,对着小哨的嘴吐出去。

小哨摇头晃脑,大声叫骂,拼命挣扎,可成松的唾沫却不偏不倚地落在了小哨正在叫骂的嘴里。

此时,陈小哨的哥哥陈彪,已经像猫一样悄悄地来到了成松的身后。他猛地一把将成松拽起,对准成松的脸,就是一记狠狠的大耳光子,一下子将成松打翻在地。

这一记大耳光子突如其来,不容分说,打得成松眼冒金花,耳朵嗡嗡作响,天旋地转,找不着东南西北,什么也听不清了。那痛楚精光四射,火烧火燎,这是他有生以来从未经历过的痛。

他咬紧牙关,使劲地摆了摆头,好让自己辨明方向。当他清醒过来时,爬起身,就向着陈彪猛扑过去。陈彪又是一拳,这一拳更加有力,打得成松一个趔趄摔倒在地上,嘴角流出了鲜血。

成松再次爬起来,又一次扑向陈彪。陈彪抓起成松的双手,将他抡了起来，他的身体在空中旋转。转了两圈后，突然，陈彪一撒手，强大的离心力使他像一块铁饼似的被抛出很远，摔了个嘴啃泥。

此时的成松，已经愤怒到了极点，你可以把我打死，但绝不可能把我打服。

"冻死迎风站，饿死打饱嗝。"

他爬起来，豁出去，那种英雄主义的精神灌满了他的胸膛，他红了眼地冲向陈彪。

此时的陈彪，有些怕了。他发现自己怎么也打不服成松，这个看起来弱小而单薄的孩子，身上有着一种不可征服的力量。

他完全被这种力量镇住了。他还发现成松的耳朵和嘴角都流出血来，再打恐怕就坏事了。所以，当成松再次冲上来时，他选择了逃跑。成松怎能甘心？他穷追不舍，决意与陈彪以死相拼。

可是，他追不上啊。当他追得上气不接下气，不得不停下来时，他发现陈彪在他的前面也停了下来。他又迅速地追上去，可是陈彪又跑了起来。

几番这样的情景，他们之间总是保持着相当一段的距离。

成松知道无望，自己怎么能追得上陈彪呢？其实就是追上了，他又能怎么样呢？也打不过陈彪，他的力气又怎么能和陈彪相比呢？只是还会继续吃亏。可他气愤不过，为了尊严和正义，他愿拼到最后，他咽不下这口气。

成松不肯善罢甘休，想到了去陈彪家告状，要让他的父母惩罚陈彪。于是，他扭头奔向陈彪家。

小哨刚刚先行回家，已将刚才的事告诉了陈大妈。陈大妈本来就护犊子，听了小哨一面之词，她很赞赏陈彪帮助小哨的行为。

当成松叙说陈彪以大欺小,不容分说地对他大打出手时,陈大妈的脸上露出了掩饰不住的笑容。但她又故做不耐烦的样子说:"你不打小哨,陈彪怎么会打你?"

她那意思分明就是,你打小哨,陈彪就该打你。

成松分辩:"我和小哨是闹着玩的。再说了,是小哨先动手打我的,他对我做了什么,我才对他做了什么,我一点儿也没有欺负他,我们是一般大的。陈彪都多大了,都上中学啦,还来欺负小孩儿。"

"小哨打不过你,你骑着小哨打,怎么能行呢?你快回去吧,以后不要再打小哨啦!你再打小哨,陈彪还会打你!"

成松的理,陈大妈不认,她只认她家的理。成松憋气又窝火,肺都快要气炸了。

成松带着一肚子的愤恨和委屈回到家。

妈妈刚好中午下班回家,发现成松的脸蛋儿已经肿胀了起来,嘴角残存着血迹,耳朵也渗出血来:"哎呀,是谁把你打成这样?!"妈妈惊呼着。

成松悲从中来,憋在心里那些委屈,发泄不出的愤怒,压抑不住的眼泪,顷刻间,像决了口的洪水喷涌而出。

他"哇"的一声大哭起来,把事情的经过告诉了妈妈。

妈妈悲愤交加,拽着成松就去陈家说理。陈大妈一如既往,依然说着她家的理。结果是,妈妈与陈大妈打了一场嘴仗,双方互不相让。

妈妈愤恨至极,非要找个说理的地方不可。

她带着成松找到了陈老爹的单位——杜康酒厂,状告陈家孩子恃强凌弱,以大欺小,将比其小五六岁的小孩儿打得口耳出血,家长还护犊子不承认错误。

酒厂厂长接待了妈妈。他告诉妈妈说:"同志你放心,这事儿我知道了,我一定要好好批评陈老爹,要他回家好好管教孩子!"

事后,成松看见陈老爹。他一副满不在乎的样子,像什么事儿都没发生一样,他家也没有任何风吹草动。

成松气愤不过,心想:"什么有理走遍天下,有理还不如有力,巴掌、拳头比道理更有力量!"

哥哥知道这件事后,也愤慨至极,告诉了和他要好的同学,张大军、栾苍龙和高虎城等人。他们放学后堵住了陈彪,指着陈彪的鼻子告诉他:"你要好自为之,再敢以大欺小,别怪我们对你不客气!"陈彪吓得连连倒退,大气不敢喘。

哥哥回家将这件事告诉了成松,成松虽略感欣慰,但仍然不能解恨。

他觉得,应该狠狠地揍陈彪一顿,也让陈彪尝尝欺负小孩儿的滋味。因为被陈彪重重打了一记耳光,成松脸上的淤青肿了好久。还有他的耳膜也穿孔了,耳朵里流淌出血来,听力也几乎丧失。听收音机要放大音量,让全家人都感到吵闹。看电影也需要坐到最前排,为的是能够听得清楚。

这笔惨痛的代价,让成松充满了强烈复仇的心理。

可是,陈彪好像很警觉,从不让成松靠近自己。

只要他出现在陈彪眼前,陈彪就立马离开他,而且用目光紧紧地盯住他不放,生怕他的突然袭击。

其实成松在想:"我即便突然袭击得手,但终究没办法打过他,最后吃亏的还是自己。君子报仇,三年不晚。我要学武,练就一身好功夫,最终靠武力打败陈彪,打出一个真理来!"

他听说铁道东有个郑四，武艺高强，很会打仗，还会飞檐走壁，这可真令他惊叹、羡慕、佩服和向往。

他费尽周折找到郑四，硬着头皮请求："四哥，人家都说你很能打仗，非常了不起。我想和你学习武功，你能教教我吗？收下我做你的徒弟吧！"

郑四瞧着他，很惊讶地问："你是谁呀，我也不认识你呀！"

"你不认识我，可我认识你，在杜宁县的大街小巷有谁不认你呢？我就住在中心塔二道街，我叫成松。你是一个英雄，见恶除恶的英雄，是我非常非常敬佩的人。请你收下我吧，师傅！"

他要练就像郑四那样的一身功夫，好将陈彪打得满地找牙。

郑四听了，脸上露出了喜悦而得意的神情。但还是没有收下他，只劝他去好好念书。

望着郑四远去的背影，成松的心头掠过了一道深深的惆怅和悲凉。

带着遗憾和失落的心情，他漫无目的地走到了县政府大院。他发现大院的树丛中有几个人在练习拳脚，他便跟着操练起来。

他想："找不到师傅，就偷偷地跟着大人操练。也许有一天他能够打败陈彪，报那口耳流血，听力受损之仇！让他好好尝尝欺负小孩儿的苦头，看他还敢不敢在孩子面前耍什么威风！"

自打那天开始，成松每天都要赶到县政府大院的树丛中，晨练晚练，风雨无阻。直到有一天，他听说陈彪的腿被砸断了，他这才放弃了报仇的念头。

原来，陈彪在火车站上的一堆木材中抢扒树皮时，独占一棵全是树皮的木材，赶走了身旁的几个小孩子，就只顾自己快扒。就在那几个孩子嘟嘟囔囔地爬上木材顶部时，不知是谁撬动了一根粗大树木从上面滚落下来，正好砸中了陈彪的膝盖，造成粉碎性骨折，弄不好还会落下终身残疾。

听说当时陈彪疼得龇牙咧嘴，嗷嗷乱叫，痛的五官都错了位。

成松听了，口说"活该，报应"，心中却不免升起几分怜悯。

第二十八章

"哈尔滨老客"

一九六五年夏天。

一天下午,放学后,成松回家放下书包就跑出来玩。

小卫匆匆地跑过来,拉着成松的手说:"成松,我们去北京吧。"

成松一惊:"怎么想起去北京?"

"北京多好哇,有天安门、人民大会堂、人民英雄纪念碑,毛主席就住在那儿,那多好啊!"小卫激动地说。

"好是好,可我妈找不到我,会着急的。找到我,我会挨打的!"成松担忧地说。

"咱们不要管那些!你妈肯定找不到咱们,挨打是不可能的!等咱们长大了,出息了,成为了不起的人物,到那时候,咱们再回来,你妈高兴还来不及呢?更别说打你了!咱们现在去北京,就说自己是孤儿,北京会管咱们的。等咱们混出个样子来,再回家看爸妈,那是个多么美好的事呀!"小卫描绘了一幅美好的未来图景,眼里闪烁着亮光。

成松被小卫说得心旌摇曳，热血沸腾。是啊，北京是首都啊，是毛主席住的地方啊！在那个地方，说不定哪天还能见到毛主席呢！那是多么光荣和幸福啊！北京是个什么样子？他只能想到天安门、人民英雄纪念碑、人民大会堂……那都是他在课本上看到的，但就这些，已经足够成松向往和憧憬的啦！

他想起了在《小朋友》刊物上看到的一首歌谣，是描述新旧社会孤儿不同的遭遇和命运的：

孤儿院，毒蛇窟，嬷嬷打人不许哭。短短三个月，抽我三次血。孤儿血，美国要，多少孤儿都死掉。唱了苦歌不忘本，再唱甜歌颂亲人。亲人就是共产党，党比爹娘还要亲。给咱孤儿做新袄，穿在身上暖在心。送咱孤儿上学校，读书锻炼学本领……

新社会，多么美好的生活啊，他无限憧憬着那样的生活。他还根据居委会的要求，将这段歌谣编成了节目，教学龄前的孩子们在县政府礼堂演唱。朗朗上口的儿歌，几个简单的动作，赢得了台下一片热烈掌声和啧啧赞叹。成松可骄傲了，想到歌谣里的话，他相信小卫的话完全是真的。说不定小卫也是看了他编的那个节目，才想起去当孤儿的吧？

可他的心头也掠过一丝忧虑：自己失踪了，这让妈妈可怎么受得了呢？但这仅仅是一丝忧虑，很快就被他对未来满满的憧憬所覆盖。

他们来到车站，打听站务员："有去北京的列车吗？"

得到的回答是："没有。要到北京去，得先去齐齐哈尔或哈尔滨，再乘坐特快列车才行。"

成松听了，很是失望。

小卫却很有主意。他说："咱们这样吧，先去哈尔滨，正好我爸在哈尔滨医科大学医院住院，妈妈陪着他。咱们顺便去看望一下，我妈妈一定会给我一点儿钱，让咱们回家。咱们拿到钱后，不回家，直接上北京！"小卫好像胸有成竹，一切都安排妥当，只要行动，梦想就会变成现实。

看到小卫信心满满，言之凿凿的样子，成松心中也有了底气。

他们走上站台，随着赶火车的人们，登上了南去哈尔滨的列车，开启了一段短暂而传奇的旅行。

列车上，人并不满。成松跟随着小卫找个座位坐下来。

火车的汽笛声冲破长空，咆哮着奔向远方，身后留下了长长的沉闷的尾声。

天已经黑下来。还好，车上并没遇上查票的。

小卫花了一角五分钱，买了一个面包，那是他身上不多的零花钱。他将面包掰成两半，他和成松各一半，算是晚餐。

火车进入哈尔滨车站，已经是深夜 11 点 30 分。

他们下车不敢走出站口，因为他们没有票。他们顺着铁道往前跑，希望跑出火车站。可是，他们跑出了好远，也看不到尽头。他们不敢再往前跑了，又折回身子往回跑。他们远远地看见前面还有两个人拿着大行李钻进出站通道。他们也硬着头皮追了上去。

当他们钻出通道口时，看见前面那两个人在检票出站。

他们俩犹豫了一下，跑了过去。

检票人询问："哎，怎么回事儿，拿票！"

小卫哭丧着脸说："我们到哈尔滨医科大学医院，看我爸爸和妈妈，爸爸在那里住院，过两天就手术了。"说着，眼泪已经流下来。

检票员叔叔听了，没有为难他们，自言自语地说："两个这么小的孩子，半夜三更跑出来！"说着，将他们放过来。

他们走出车站，站前已经没有人了。他们两个茫然地向着一条有灯光的大道跑去。

天下起了小雨，世界仿佛都睡了。只有两个孩子的身影在大街上跳动着，像两只迷失方向的羔羊。小卫上身穿着蓝色褂子，下身穿着黑裤衩；成松上身穿着半截袖细纹海军衫，下身穿着蓝裤子。他们的衣裤都已经被雨淋湿了。他们不知道医院在哪里。

当他们跑到一片黑森森的大树前，有一个黑影从树后探出头来，用压低的嗓音召唤着他们："哎，小孩儿快过来，快过来。"

小卫听到有声音在叫他们，就顺着声音跑过去，成松跟在后面。

那个叫喊他们的人，是个戴毡帽的驼背人。他的毡帽显得陈旧，帽檐又压得很低，没有一丝光线可以照在他的脸上。在黑森森的大树下，他一副幽灵般的模样。不知怎的，成松觉得他身形和穿戴很像电影《雾都孤儿》里的那个鹰钩鼻子老头。

那个人的声音很低："你们打哪来，又到哪去？"

小卫焦急地回答："我们是从杜宁县来，到哈尔滨医科大学医院去找我爸妈。我爸爸在那里住院！"

"好，你们跟我来。"说着，那个驼背人拉起小卫的手，就往一条幽深的胡同里走去。

那条胡同啊，黑洞洞的，不知伸向何方。它，看不到尽头，笼罩着一种令人不安的诡异气息和深不可测的浓浓迷雾。让人一下子就想到，那里是不是有幽灵出没。

成松的心跳不由得加快。他悄悄地拽了拽小卫的衣角，暗示他不要跟着驼背人走。小卫回头怔怔地看了看他,却仍然被那驼背人拉着走。他好像乱了方寸,人家叫他干什么,他就干什么,一点儿主见、一点儿警惕性都没有。

成松再次使劲地拽了拽小卫的衣角。小卫回过头来,成松什么也没说,只是急切地摇着头。

小卫似乎明白了,脚步停了下来。

那个驼背人,又使劲拽着他,并且有些不耐烦地低声喝道:"快走,快走!"

此时,身后不远处的大街上一辆公交车停下来,从车上下来一个男人,朝着这边走来。

成松立即喊道:"小卫,我们上车去!"

小卫下意识地挣脱了那驼背人的手,转头跟着成松向公交汽车的方向跑去。

天空划过一道闪电,跟着便是轰隆隆的雷声。

成松借着那道闪电回头望去,只见那个戴着旧式毡帽的驼背人,猫着腰,鬼鬼祟祟地钻进了胡同里,还回头回脑地向他们这边张望,像个幽灵隐没在黑暗之中。

多亏那位公交车司机因与另一个要下车的同志多交谈了几句,车才多停了一会儿,他俩才有机会迅速地登上了公交车。

"不能上车,已经收车了,早就不拉人了!你们没看见这车上已经没有乘客了吗?快下车!"司机阻拦着他们说。

成松说:"大叔,就拉我们两站就行。"

成松想:"一定要离开这里,可别再让那个驼背人找到他们。"

"你们要到哪去?"司机问。

小卫说:"到哈尔滨医科大学医院。"

"不行,不行,这车不往那边走,走的正是反方向,越拉越远。"司机说。

成松恳求道:"就拉我们两站就行,我们不怕路远。"

司机看了看他们,没说什么。接着,就匆忙地与那位要下车的同志结束了谈话。

公交车开动了,拐了一个弯,走了一站,停下来。司机说:"行了,下车吧。再走就越走越远了。"

成松再次恳求道:"再拉我们一站吧,就一站!我们还没坐过公交车呢!"成松想:"这一站与刚才那一站离得不算远,在这儿下车,说不定那个驼背人还会跟过来的。"

"好吧,那就再拉你们一站,只拉一站啊。"

"好的,谢谢叔叔!"

公交车再次开动了,又拐了一个弯,到了下一站。

他们下车了,从心里感谢司机师傅帮助他们离开了那个令人惊恐的地方。

车外,细雨纷纷。

他们看见车后面的方向灯光较亮。于是,他们就向着有灯光的方向跑去。跑到了有灯光的地方,他们发现这里是秋林商店的橱窗,商店早已打烊了。

深夜的哈尔滨,雨雾茫茫。

大街上一幢幢欧式的、哥特式的、巴洛克式的建筑神秘而诡异地注视着他们。他们在大街上漫无目的地奔跑着,整个街道上都静悄悄的,除了那"沙沙"的雨声和他们两个人"吧唧、吧唧"的脚步声,再也没有旁的声音了。

小卫提议："到路旁找个地方避避雨吧。"

"不用,路旁太黑,大道有亮。"成松坚持在大道中央跑,他害怕到了黑的地方再遇上坏人,无法逃脱。

他们跑啊,跑啊,像两只迷失方向的羔羊,在缥缈中,在忐忑中,在湿漉漉的雨中奔跑着。他们衣衫湿透,视线模糊,还裹挟着丝丝凉意。

终于,他们跑出了大道,来到了一片空旷的街心广场。一根高高的铁柱擎起一环耀眼的水银灯,把街心广场照得通亮。他们的前面有一座桥,后来他才知道,那是霁虹桥。桥的左侧不远处有一幢大楼,大楼里亮着灯光。他们发现从那个亮着灯光的大楼里,走出一个打着伞、穿着干部服装模样的人。于是,他们向大楼跑去。

走进大楼,他们才发现,原来是火车站的候车室。

折腾了半天,他们终于又回到了火车站,找到了一个可以安身之地。他俩松了一口气,在候车室门前,将衣服脱下来拧干,又穿在身上。

候车室里人满为患,人们浑浊的呼吸气息和鼾声分外浓重。东倒西歪的来往乘客占满了长椅,有些乘客佝偻着身躯躺在地面上睡去。

成松感到,出行的人并不轻松,甚至有点儿苍凉。

小卫找到一个乘椅,坐着几个东倒西歪的乘客,似睡非睡。这个乘椅一角,有个空位,靠着一个支柱。小卫钻了进去,坐下来,蜷缩着身子,径直睡去。

"这小子,睡得真快,什么都不想。"

成松在离小卫较远的地方,找到一块地方。他蜷曲在乘椅的角落,却睡不着。他想,妈妈此时在做什么呢?想着想着,他就迷迷糊糊地睡着了……

只是一会儿,成松就迷迷瞪瞪地被人拉醒了。

他看见一个警察叔叔在叫他:"醒一醒,醒一醒,小孩儿,你是从哪里来的?"另一位工作人员也跟着走了过来。

成松揉着惺忪的睡眼说:"我是从杜宁县来的呀。"

"你叫成松吧?"那位警察叔叔问。

成松疑惑地回答:"是呀!"他怎么知道?

"是不是还有一个小孩儿?"

"是呀!"成松应着,眼睛忽闪忽闪地转动。

"他在哪?快领我们去找他!"

成松领着警察叔叔来到了小卫的跟前。警察叔叔推了小卫好几下,才将小卫叫醒:"走吧,你们俩跟我到值班室。"

说着,就带着小卫和成松来到值班室,一路上引来了好多人疑惑的目光。

原来,到了吃晚饭时,成松的妈妈不见成松,就四处寻找。最后听说他跟着小卫走了,便到小卫家去问。小卫的哥哥告诉妈妈,小卫也没回家吃饭。

于是,两家人都慌了。老师和同学们也都知道了,都帮着到处找。县城内该找的地方都找遍了,可怎么也找不到。

妈妈急得都哭了!

大家说他俩是不是已经离开了县城,去亲戚家了。

成松的父母跑到火车站,得知下午4点多有一辆驶往哈尔滨的列车、5点多有一辆驶往齐齐哈尔的列车经停本站。爸爸妈妈通过火车站给沿途的亲戚打电话。沿途铁路工作人员不顾夜晚和路远找到亲戚家,回来的话都是孩子没有去。电话又打到了哈尔滨火车站。因为妈妈知道小卫的爸妈在哈尔滨住院，他俩能不能去哈尔滨了呢？

哈尔滨火车站的值班人员知道情况后，组织了四个人在火车站候车室进行搜寻。警察叔叔就是从家里述说的小卫和成松的穿着打扮和体貌特征上，确认了这两个孩子。

警察叔叔的行动，惊动了那些没有熟睡的人们。

他们好奇地跟到值班室，趴在窗户上向屋里张望。他们肯定认为，警察叔叔抓到了两个小偷。

警察叔叔走到窗前，劝他们不要看了。告诉他们，这是两个从家里跑出来的孩子。然后，挡上了窗帘。

警察叔叔拿起电话，将两个孩子找到的消息，转告给杜宁火车站，并请他们转告孩子的家人："请放心，明早就给送回去。"

警察叔叔走到小卫身边问："你俩为什么要这样乱跑，知不知道家里有多着急呢？"

小卫嘤嘤地哭了："我大哥打我，我要找我妈！"

成松这才知道，原来是因为小卫他哥打了他，才使他跑出来。

警察叔叔转过头来，看见成松眼睛一眨一眨地看着小卫，没有半点儿害怕的样子，就说："尕小子，你就不怕吗？"

成松顽皮地看着他，笑而不答。

"尕小子，你这样顽皮，我下次可不饶你！"警察叔叔拍了拍腰间的手枪套恫吓着。

成松知道警察叔叔是逗他玩的。他对这位和蔼可亲的警察叔叔最初的印象就是很好的。他还把这天夜间看到的驼背人的情况，也报告给了警察叔叔。

警察叔叔听后，很重视。当即拿起电话，将这一情况报告给了南岗公安分局。还表扬成松他们没有跟着那个驼背人走。他告诉成松、小卫："哈尔滨有坏人专门教唆小孩儿偷东西、抢东西，这是民国时期就存在的丑恶，现在尚未肃清，仍有残余。"

成松、小卫听了，大为愕然。

警察叔叔笑呵呵地拍了拍成松的头说："好啦，你们可以安心地睡觉了。你们的家长在家那边都吓坏了，现在找到你们了，他们也该放心啦！"

小卫和成松看着这位和蔼可亲的警察叔叔，心里泛起一股股暖流。

警察叔叔将小卫安顿在一个大皮椅子上，拿来一件棉大衣盖在小卫身上。又让成松躺在皮床上，从旁边拿过来一条军用黄毛毯，盖在成松的身上。说道："都下半夜了，快睡吧！"

小卫和成松，带着温馨的感觉，进入了安静的梦乡。

不知睡了多大一会儿，成松只觉得有人轻轻地摇动他，并轻声地召唤他："喂，尕小子！该起来了，该起来了！"警察叔叔叫醒了他们。

原来天亮了。

警察叔叔给他俩一人一个面包，并且很高兴地告诉他们："昨晚那个戴毡帽的驼背人被抓住了。他是个无业游民，控制着几个流浪儿，教唆他们去偷去抢，还做着贩人的勾当。昨晚在博物馆一带行窃时，被乔装打扮的便衣警察抓了个正着。昨晚南岗公安分局还打来电话，对你们提供的案情线索表示感谢！"

成松听了，很高兴。他觉得自己做了一件了不起、很有意义的事。他从心里欢呼：坏蛋抓住了，流浪儿得救了，哈尔滨的平安有了新的变化。

他更庆幸的是，自己和小卫没有落入魔掌。不然，后果是多么可怕呀！他带着从未有过的欢愉和一丝后怕，跟着警察叔叔走出了值班室。

警察叔叔将他们俩交给了哈尔滨至齐齐哈尔列车上的列车长，请他一路上照看好两个孩子。列车长点头。

在成松登上返回杜宁列车的那一瞬间，他的心情又沉重起来。他想，回到家里，妈妈一定会气得暴揍他一顿。

列车"哐当哐当"地走了一上午，到了中午才到达杜宁站。

爸爸、妈妈、老姨、老舅，还有小卫的哥哥和几个同学都在车站等候。

当列车长将成松和小卫交给妈妈和小卫大哥时，他们连声说："谢谢！谢谢！"

妈妈一把将成松紧紧地拥在怀里，瞬间泪流满面。妈妈没有打他，这个时候她更心疼儿子。

成松的心融化了，妈妈没打他，反倒让他觉得亏欠了妈妈。这样的事以后可不能再做了，把妈妈吓坏了！

孩子平安无事地找到了，老姨、老舅放心了。他们没有跟着妈妈回家，而是留在了车站。一会儿，他们还要乘车返回喇嘛甸和萨尔图，他们还要上班呢！他们是一大早就乘车赶过来的。

回到家，吃过午饭，妈妈叫成松赶紧睡一觉。

成松这才感到又累又困。他躺在炕上，刚闭上眼睛就睡着啦。

当他醒来时，已经是吃晚饭的时候啦，他还觉得是早晨呢！

第二天早上，妈妈陪着成松去上学。她要和李副校长做一个道歉和交代。

课堂上，小卫先被李副校长叫到了办公室。一会儿，他就哭着鼻子回到教室。他告诉老师，李副校长叫成松去他办公室。

成松带着忐忑不安的心情，走进李副校长办公室。他想，自己一定会挨李副校长一顿批评的。结果却比他想象的更加糟糕。

李副校长坐在办公桌前不无调侃和讽刺道："啧啧啧，'哈尔滨老客'来了！"

这是他第一次听到有人叫他"哈尔滨老客"，他觉得既惊奇，又不知如何回答。

"哈尔滨好吗？"李副校长继续嘲讽道。

成松知道李副校长在戏弄他，但他也不知怎么回答。

李副校长突然咆哮起来，一怒冲天地吼道："你胆子也忒大了，那哈尔滨是你说去就去的吗？像你这样任性、无组织无纪律的孩子，我们学校是不要的。你被开除了！回教室拿你的书包，走人！"他的态度和话语坚定而不容置疑。

几句话的工夫，成松就被开除了。他带着迷惘和悲伤的心情，跑出校长室，回到教室，拿起自己的书包冲出门外。老师和同学都目瞪口呆，谁也不知道发生了什么事情。待老师有所反应，并叫喊他时，他已经跑出了很远。

冲出校园，他的心空落落的："我能到哪里去呢，我这么小就不能上学了，我能干什么呢？这件事可怎么和妈妈说呢？"

他难过地流出了眼泪。

他来到了妈妈的工厂，坐在工厂对面的一个土坡上，双手抱着头。他的头发又黑又硬，已然被双手弄得蓬乱了。他想，本来小卫是主犯，可他就能轻松地过李副校长那一关，只因为他会哭，哭得很委屈。可自己就不行，就不知道哭，是不知悔改吗？不是的，他早已暗下决心，绝不能再这样做啦！这李副校长啊，处理问题就看表象。

他心里很不服气,可又无可奈何。想到可怜的妈妈知道他被开除了,该多么伤心啊!他坐在土坡上,眼泪"哗哗"地往下流。

他在土坡上坐了好久,他完全不知道怎么向妈妈开口。

妈妈的工友周晓芹上厕所,看见了工厂对面的成松。回到车间告诉妈妈。妈妈听了,惊慌地跑出来。

妈妈问清了原委,说:"孩子,跟妈妈回学校吧,妈妈已经和学校说好了,学校怎么会开除你呢?"

妈妈向单位请了假,再次领着成松来到学校,找到李副校长。

李副校长微笑着说:"你这孩子不会主动认错。我就是吓唬吓唬他,没想到,这孩子还当真了!"

成松没说什么,心想:"你是校长,还叫人家'哈尔滨老客',又歇斯底里地发号施令,大耍威风,叫一个犯了错的孩子怎么会不当真呢?"他对李副校长的解释不能接受。

最终,成松没有被学校开除,他又回到了同学中间。

第二十九章

新来的班主任"肖大马棒"

前不久,成松的班级更换了班主任。

新来的班主任肖希,男性,四十多岁,脚上永远蹬着一双一尘不染的、棕红色的、带盖的、亮晶晶的牛皮底皮鞋,走路甩着腿,好像一条腿长,一条腿短。

据说,旧社会时他就是个教官,人称"肖大马棒",专用马棒打学员。他古板、残暴、狭隘,一脸戾气,常常打学生。现在不用马棒了,却专用他那亮晶晶的牛皮底皮鞋弹踢学生。那牛皮底,硬得像砍刀一样。

他上课,课堂上一点儿动静都没有,同学们都相当紧张。他从不提问学生,学生也害怕他提问。因为答错了,不会有好果子吃。

同学们对他的感觉和对吴云老师的感觉不大一样,吴老师打学生有一种"恨铁不成钢"的感觉。而肖老师打学生则像是打仇人一样,没有半点儿温情和怜悯。

今天上课铃儿响完了，肖老师还没到。

调皮好动的成松，在高明晨的后面捅了他一下，想问问他在写什么。不料，高明晨急赤白脸地回头就给了成松一拳。

"哎呀，你还打我？"成松上去就把高明晨拽出书桌，将他摔倒在地上。

此时，肖老师已经走进教室。面对成松和高明晨，他高声呵斥："都给我站起来！"

成松和高明晨从地上爬起来。高明晨噤着鼻子，咧着嘴，忍痛的眼神，故做委屈状，说道："是他先在我身后捅我的。"

肖老师瞪着两只穷凶极恶的眼睛，走到成松的跟前，出其不意地用他那亮亮的、硬硬的、棕红色的、带盖的牛皮底皮鞋猛地弹踢了一下成松的小腿，动作短促而有力："站好！"

一脚，"咯嘣"一声，成松忍不住呻吟："哎呀！"顿时就瘫软在地上。他感觉那牛皮底像一把钝刀一样砍在了他的小腿上，令他感到撕裂般的疼痛。

"起来，你给我站起来！"肖老师恶棍般地咆哮着，眼珠子都快冒出来。

成松从未真正地怕过谁，可这一次，他真的怕了。

他真的怕那梆梆硬的牛皮底皮鞋再次踢到他的腿上。他咬紧牙关，挣扎着想爬起来。可是，刚刚爬起一半，那只被踢伤的腿，又不由自主地一阵尖锐的剧痛，让他下意识地跪在了地上。他慌乱地再次用另一只没有被踢的腿支撑着自己站立起来，这才避免了再挨一脚。

肖老师让高明晨回到座位上，让成松在黑板旁罚站。

成松忍着剧痛罚站了一堂课。这一堂课，他没敢再动一动。那一脚，让他深深地领教了什么叫惩罚，也让他恨透了这个"肖大马棒"。

下课了，他躲在教室外，掀开裤腿，观察那只疼痛受伤的腿。他发现，被肖老师踢过的地方都已发紫肿胀起来。他走路一瘸一拐的。

但他没有勇气告诉妈妈。他怕再挨妈妈一顿打或者一顿训，或者激起妈妈去学校找肖老师评理。结果还不是"打不着狐狸，倒惹一身臊"。

孩子犯错误，被老师打了，是老师管孩子，这是同学中的普遍看法，所以，他选择了沉默。回家时，他忍着剧痛，故做常态。

这样，他坚持了一段时间，竟然没有被家人发现。

在以后的日子里，成松发现肖老师常常用他那锃亮的牛皮底皮鞋，处罚学生。

一次，同学吴成文因课堂上小声与同桌说话，被肖老师叫到前面，对着他的小腿，就是一个弹踢，动作短促而有力。踢得吴成文"哎呀"一声，顿时倒地，捂着小腿，痛得他的脸抽搐得变了形。然而，却又在肖老师的威逼恐吓下迅速爬起。

下课了，成松看着已经瘸了的吴成文疼痛的样子，感觉自己被肖老师踢过的地方，也滋滋冒着寒气，隐隐作痛。

因为成松的小腿被踢过的地方，虽然消肿了，但却留下一个深深的大坑，永远抹不平的大坑。原来，他已被肖老师踢得骨劈了。他猜想，这回肖老师踢吴成文，能不能也给他的小腿踢个坑呢？他走上前去，想看一看真相。可是，吴成文不让他看，而是一瘸一拐地躲开了他。

他同情吴成文，更痛恨肖老师。

一次，肖老师在课堂上，把"恫吓"（dòng hè）念成了"tóng xià"。

成松惊愕，举手说道："老师，是念'dòng hè'吧。"因为这两个字哥哥专门给他纠正过，还拿出字典给他看。

肖老师恼羞成怒，尖叫道："闭嘴，混账东西，不许打搅课堂。"

成松无辜地遭到老师的抢白和辱骂，但不敢分辩。

他知道，肖老师用嘴解决不了的问题，一定会用皮鞋来解决。在家他可以和妈妈顶嘴，在学校要是和肖老师顶嘴，非得挨牛皮底皮鞋踢不可。他忍下了，但仇恨在他心里越积越深。

星期日这天，成松去找小卫玩。小卫妈妈告诉他，小卫跟他哥哥去西下坎"滚苏雀"去了。（注释："滚苏雀"是一种传统的捕鸟方式，常见于东北地区的农村。这种方法是利用一种特殊的捕鸟工具——滚笼，来捕捉苏雀。滚笼是一种用蒿子秆和高粱秆扎成的笼子，设计巧妙，上下分三层，左右分三格，共分成七个格子。滚笼的设计使得苏雀一旦被吸引进入，就很难逃脱）

成松直奔西下坎。可到了西下坎，并没有小卫。有另外几个"滚苏雀"的人，他都不认识。

成松失望地往回走。

当他走上坡，来到居民区时，透过一家窗户，看见肖老师在和一个女人说话，脸色仍然是那么阴沉，那么可恶。

"哦，原来肖老师家住在这里，这个恶棍！"

仇从心头起，恨向胆边生。

他突然感觉自己的小腿又在滋滋冒着寒气，隐隐作痛。一种复仇的火焰在他胸中熊熊燃烧。

他躲到一个房山角，这正好对着肖老师家的窗口。他从裤兜里掏出弹弓，压上石子，左右看看没人，对准肖老师家的玻璃窗就是一弹弓。仇恨的石子飞向肖老师家的窗口，只听"叭嚓"一声脆响，窗上的玻璃粉碎。他掉头钻进了胡同，一溜烟地飞跑着，心怦怦地乱跳。狭长的胡同，两侧高高的房山和土墙，像要挤压过来，逼仄的空间让他几乎喘不过气来。他闪身躲过一个胡同，又钻进另一个胡同，心脏在胸腔里剧烈地跳动，仿佛随时要冲出喉咙。

当他飞也似的跑出胡同，看到开阔的街道和灿烂的阳光，已是气喘吁吁，上气不接下气了。

星期一早晨，同学们在教室里刚刚坐好。肖老师就急匆匆地闯进教室，满脸杀气腾腾，眼睛恶狠狠地瞪着全班同学，就像一只恶狼闯进了羔羊群。

一时间，班上的同学们都吓得连大气都不敢喘。

"有弹弓的，都给我站起来，把弹弓拿出来。"肖老师大声吆喝。

只见四个同学乖乖地站起来，把自己的弹弓拿出来，放在桌上。成松没有动，他把肖老师家的玻璃窗打碎后，就把弹弓藏在了家里。

孩子们全都惊恐不安地望着肖老师，但谁也不敢直视他那双射出凶光的三角眼，因为他们感觉肖老师像是要把他们一口吞下去似的。

肖老师搜寻着这四个同学的脸，没收了他们的弹弓，挥了挥手，不耐烦地说道："你们坐下。"四个同学立刻松了口气，赶忙坐下。

接着，肖老师恶狠狠地走过来，成松的心都快跳出来了。可是，肖老师并没有在成松身边停留，而是走到了最后的座位跟前，死死地盯着韩才，喝道："站起来，把弹弓拿出来。"

韩才战战兢兢地站起来，把手伸进了书桌里，拿出了弹弓。

肖老师抢过弹弓，喝道："你这个混账东西，还想隐瞒，昨天俺

233

家的玻璃窗是不是你打的？"

"不是，我没打你家的玻璃窗。"韩才看着肖老师，闷声闷气地回答。

肖老师一把拽住韩才的耳朵将他拎出书桌，还未等韩才站稳。"立正。"肖老师那只带盖的、棕红色的牛皮底皮鞋就弹踢在韩才的小腿上，动作短促而有力。

一声惨叫："哎哟，可疼死我了！"韩才当即倒在地上，捂着小腿，满地打滚，疼痛得叫骂。

"你还敢骂我。起来，赶紧起来，再不起来，我……"肖老师威慑着抬起皮鞋，又做踢状。

韩才吓得慌张地爬起来，赶紧躲避开肖老师，眼神中射出了恐惧和仇恨的光芒。

肖老师知道韩才二虎吧唧，也不再纠缠，放他回座。

他看出来了，他家的玻璃窗不是韩才打的。但他也确实不喜欢这个住得离他家不远的孩子。

此时，有两个老师路过教室窗前，探过头来。显然他们已经听到了学生的号叫。但是，他们没有停下脚步，还是走了过去。

肖老师并没有查出是谁打碎了他家的玻璃窗。幸运光顾了成松。但是，成松仍有一种负罪感。韩才无辜地挨肖老师那脚弹踢，让他感到深深的歉疚。

同时，他也更加痛恨肖老师，这个恶魔何时才能得到报应。

时间就像一潭死水一样无声无息地晃动着。

一天，突然传来了一个惊人的消息。肖老师在四年二班上课时，踢断了一个同学的小腿。听说那个同学当时就倒在地上，站不起来了。

尽管肖老师声嘶力竭地威逼着他站起来，可那个同学怎么也站不起来了。后来，那个同学住院了，手术了。孩子的父母不让劲了，找到了学校，还找到了派出所，肖老师被处理了。从此，肖老师从学校消失了。

成松的班主任换成了一个女老师——季老师。

成松问季老师："肖老师去哪里了？"

季老师说："调到别的学校去了。"

"调哪个学校去了？"成松追问了一句。

季老师怔了一下。

然后，淡淡地笑着说："调红旗小学去了。"

成松想，这回肖老师能改过吗？他有点儿后悔当初他没有把肖老师踢他的惨状捅出来。要是妈妈找到了学校，引起学校重视，以后的学生就不至于接连受害，直到把这个同学的小腿踢断才算出头。他那一次，小腿骨不也踢得深陷下去了吗，可现在才想起这样做又有什么用呢？他为自己当时的懦弱而悔恨。

他决意，要到红旗小学去看看肖老师究竟在干什么。

一天下午，成松逃课跑到了红旗小学。他逐个教室扒窗看，可是上课的都不是肖老师。正当他疑惑时，一个女老师从课堂上走出来。他迎上去问道："老师您好，请问你们学校调来了一个姓肖的老师吗？"

"肖老师？没有。最近，我们学校没有进人。我们学校里压根就没有姓肖的老师。"

"哦，谢谢！"成松边说边想，肖老师没有调到红旗小学，可季老师为什么要骗我呢，是为了照顾肖老师的名声吗？

肖老师的离去是个谜，同学中谁也不知道他到底去了哪里。

一次偶然的机会，在校园里，成松听到两个外班同学在交谈。一个问："这段时间怎么不见肖老师了？"另一个似乎知道根底："肖老师出事了，他不适合做老师，已被学校开除了。"

成松心想，这应该是真的。这下，他再也伤害不到学生了，罪恶终究是会受到惩罚的。

他从内心里发出了一阵欢呼。

第三十章

爸爸也被揪出来了

一九六六年五月,"文化大革命"来了。

中学很快成立了"红卫兵"组织,哥哥也加入了。很快全国开展了"革命大串联"活动。哥哥和战友们还去了北京搞串联,还在天安门广场接受了毛主席的检阅。

一个星期天的早晨,成松家刚吃过早饭。突然,一阵锣鼓声由远而近来到家门前,"揪出李锦瑞"的口号声,钻进了他家狭小的房间。李锦瑞是成松的爸爸,已经调离了县烟酒公司,现在在县农林办工作。这是县烟酒公司的造反派组织一伙人来揪斗爸爸的。

家门口围满了人。那个曾经为当烟草股股长、给爸爸送鱼却被爸爸拒绝的王震山,正吹胡子瞪眼地高喊口号:"揪出李锦瑞,李锦瑞滚出来!"成松被眼前的阵势吓坏了,妈妈也慌了神。唯独爸爸却表现出一种超乎寻常的淡定和从容。爸爸平静地对妈妈说:"没什么,不用怕。我做的事,都是按上级的要求和规定做的,他们不能把我怎么样。"

妈妈拉住爸爸："别出去，他们会打你的。"

"怕什么，我跟他们走，什么事都没有。你带好孩子，照顾好家，等我回来。"爸爸安顿着妈妈，然后不慌不忙地走出去。

成松几乎惊呆了。他一向认为爸爸胆小怕事，可没想到他竟然如此身临大事有静气。那一刻，爸爸仿佛一下子高大起来，像个英雄，顶天立地的英雄。

爸爸出去后，被造反派带走了。

成松要跟出去，看他们怎么对待爸爸，却被妈妈拦住了："你别去，去了只会给你爸爸添麻烦。"

接着，便是家人不安的等待。成松忧心忡忡，无心去玩。那一整天，是他一生中最漫长的一天。

直到傍晚，爸爸才回家。他仍然很平静，很从容，只是显得有些疲惫。

妈妈急切地问爸爸："他们怎么对你的，挨打了吗？"

爸爸故意用轻松的口气说："他们能怎么样？有个别人想动手，却被造反派头头制止了。那个造反派头头老王还算讲道理的。"

原来，那个想当股长的人，揭发爸爸不给老百姓批好烟。爸爸说："好烟是有限的，批给谁不批给谁，不是我个人说了算，都是有规定的。我完全是按上级规定批的，批给老红军、老八路、劳模等，我从未给家里和亲戚批过一盒好烟。县里的一个副县长要我批烟，但不符合规定，我没有给他批，他扬言要撤我的职。"

那个揭发爸爸的人说爸爸不老实，不认罪，上前欲动手揍爸爸，却被造反派头头拦住了。"这个不能算，他没有给个人和要好的人批过好烟。还有别的吗？"那个造反派头头说了句公道话，扭转了事态的发展。

整个会场鸦雀无声。群众的眼睛是亮的,谁都知道爸爸的做事原则,谁也提不出来什么意见,批斗会只好草草收场。

成松真佩服爸爸在那惊心动魄的时刻,是那样从容,那样淡定。是什么给予爸爸这样的力量呢?他终于想明白了,是忠诚,是自信,是"不做亏心事,不怕鬼叫门"的底气。

爸爸一生唯谨慎,人间正道是沧桑。

他还想起了爸爸的同事曾评价爸爸为官"清、慎、勤":做人清清白白,没有一点儿污点;做事一丝不苟,谨小慎微,万不敢粗心大意;干事业勤勤恳恳,事必躬亲,举轻若重,丝毫不敢怠慢。

成松也从心眼儿里感谢那个造反派头头,在那样的情况下,说了句公道话,保护了爸爸,那是多么难能可贵的人性本质啊。成松相信,虽然世道混乱,但正义还是存在的,善良还是存在的。成松尊崇那些正义者、善良者,痛恨那些作恶者、造孽者。

那个想当股长的人,是揪斗爸爸的主谋。要是爸爸平时工作真有一些私心,这回恐怕难逃一劫。成松想起了爸爸不让他用一张烟酒公司的用笺,当时他还认为爸爸胆小怕事,本来同学都不在乎的事,爸爸却是那么在乎。现在看,那不能算胆小,那是自律,那是品质,那是格局。那是不允许孩子有占公家小便宜的思想,也是他对党忠诚、为人清白的坦然和静气。

成松为爸爸免遭劫难而松了口气,更为爸爸本分做人、干净做事而感到心里踏实。那时他在幼小的心灵里就认定:"像爸爸这样的人,无论是谁,无论什么时候,都不会被打倒。"

第三十一章

妈妈压力很大

成松家孩子多，整天都是喜气洋洋的。

孩子在家里外头天天唱啊，跳啊："敬爱的毛主席，我们心中的红太阳。天大地大不如党的恩情大，爹亲娘亲不如毛主席亲。"

妈妈总是微笑地看着孩子，夸赞他们唱得好，跳得好。家里贴的年画有毛主席在天安门城楼上招手致意，毛主席穿着蓝色呢子大衣在北戴河的雪地上向远处眺望。孩子们都非常喜欢，总是看不够。哥哥用毛笔摹写的毛主席诗词《七律·长征》《沁园春·雪》，装裱后端端正正地挂在家里的墙上，让全家增添了一股文雅和气势磅礴的韵味。

可是，天有不测风云，一个突如其来的消息让成松倍感震惊。

这天，大姐突然很神秘地告诉他："妈妈成分不好，是富农。"

成松听了，犹如晴天霹雳，他不敢相信这是真的，心里也乱了方寸。妈妈怎么能是富农呢？他问大姐是听谁说的。大姐说是从大哥对妈妈

240

愤怒的喊声中听出来的，而且她从姥姥的口中也证实了这一点。

原来，妈妈单位审查成分时，将妈妈的成分公之于众。哥哥同学高国强的母亲也在同一单位工作，高国强知道后，便在同学中传开了。

成松的心里一下子暗淡下来。他一方面很生气，一方面又很疑惑。

妈妈常常教育孩子要好好学习，听党的话，做人要走正道，她怎么会成分不好呢？妈妈从没有把她的家庭成分告诉孩子，一定是羞于开口，害怕给孩子心灵上留下阴影，想让孩子始终阳光地生活。妈妈是多么善良，多么爱孩子呀！假如妈妈过早地让孩子知道了妈妈的成分问题，他们的生活状态、生命状态、心灵状态还会这样好吗？

成松更加关注妈妈和大哥。他发现妈妈变得话少了，精神很压抑，愁眉不展，仿佛做了什么对不起孩子的事。妈妈的成分不好，在哥哥同学中传播，已经有个别同学背后说哥哥是"富农子弟"了。哥哥突然觉得自己好像比别人矮一头，像个罪人，受人歧视。从小到大，他一直觉得自己"根红苗正"，生长在革命家庭，家庭给予了他足够的自信和自尊，他正以满腔的激情参加"文革"运动，没想到原来母亲出身不好。哥哥像泄了气的皮球，有了自卑与烦恼。他害怕成分不好，会影响他参加运动。一股怨气鼓满了他的胸膛。他把这股怨气，一股脑地撒在了母亲身上，这让心力交瘁的母亲雪上加霜。

"你怎么出生在这样的家庭，连我们都要受到连累，害得我成了富农崽子，恐怕连'红卫兵'都当不成了。让姥姥回自己家吧，以后就不要让她来咱家了，咱家要和她划清界限。"哥哥愤恨地对妈妈高喊着。

"我的成分也不好，你也与我划清界限吧，那就不影响你什么啦！"妈妈愤懑而忧伤地说。

哥哥没再说什么，但似乎气并没有消减。这几天，他就没有好脸，摔门碰碗，跟谁都不说一句话。

妈妈心里难过，悄悄地跟姥姥说："您先回家去吧，我不让您来，您就别来。"

姥姥黯然神伤，心里很不是个滋味。姥爷已经逝世多年，在家排行老三，也不是当家的富农分子啊。

妈妈本来在单位干得很好，曾几次都被评为先进生产者。现在因成分不好，在单位遭人白眼和冷落，在家里又遇到哥哥的刺激。妈妈的嘴上长满了水泡，眼睛又红又肿，头发哗哗地脱落，一梳头就掉在地上一片。妈妈能扛住世间的任何打击，却扛不住子女的白眼和冷遇。

爸爸安慰妈妈说："成分不好，也不是你的错。成分不能选择，道路可以选择。我们走的是社会主义道路，只要好好干，什么都不用怕。成钢就是年少，和你赌气，他不会总是这样的。等他想开了，一切都会云消雾散的。"妈妈茫然地望着爸爸，心里还是担心会影响孩子的进步和前途。这是她无法释怀的痛！

这一天早晨，妈妈做好了饭，却没有吃，就上班去了。妈妈不在家，爸爸和孩子们都一声不响地吃着饭，谁都觉得心里堵得慌。饭后，爸爸叫住哥哥，情绪悲伤地说："成钢，你不要这样对待你妈妈，她已经有些挺不住了。她要是有个好歹，我们这个家可怎么过啊？她也不愿意自己成分不好，可是，成分——不由——人啊！"爸爸已经说不下去了，哽咽地抽泣起来。

此刻，成松很惊愕，他怎么也不能将眼前的爸爸，与那个身临大事有静气的爸爸相比。这是他一生中唯一的一次看到爸爸落泪。成松的情感很复杂。惊愕中有痛心，痛心中有失望，失望中有排斥，排斥中有气愤，气愤中有护佑。他说不清自己的情绪。

成松早已对哥哥的行径大为不满。顷刻间，他把一腔的愤怒都泼洒在哥哥身上："哥，这个家，你愿待就待，你不愿待就滚，你用不着这样来折磨妈妈。你想划清界限，你就离这个家远点儿。我们可以没有你这个哥哥，但我们不能没有妈妈。我们要和妈妈在一起。"

他旗帜鲜明地站出来。哥哥第一次发现弟弟敢于向自己挑战，他威慑地说："你说什么？想挨打吗？"哥哥举起了拳头。

成松迎着哥哥的拳头，毫无惧色："你打我一下试试？"

不知是哥哥怕了，还是哥哥被良知唤醒，总之，他的拳头没有落在弟弟的脸上，而是在空中晃动了一下，然后又放下，朝着门口跑去。

那天中午，哥哥没有回家吃饭。到了晚饭才回来。他仍然没有跟任何人说一句话，但他为妈妈默默地夹菜、盛饭，表达了他的歉疚。其实，他何尝不爱妈妈呢？只是他在叛逆期，出现了叛逆的情绪。是爸爸的眼泪和弟弟的怒吼惊醒了他。

家里渐渐地有了笑声，妈妈的情绪也好了起来。哥哥也还能当"红卫兵"，因为爸爸是贫农。但他再也不像以前那样慷慨激昂地参加造反派活动了。

两年后的一天，成松的哥哥悄悄地对妈妈说，他想姥姥了，让姥姥来咱家吧。妈妈看着哥哥，眼泪又流出来。

姥姥来了，哥哥偷偷地给姥姥跪下，说着当年不该那样对姥姥。他知道姥姥待人好，特别是对他最好。小时候，姥姥总是将妈妈给姥姥买的糖果、糕点偷偷地给他吃。

姥姥将哥哥扶起，抚摸着他的头说："姥姥看着你们好，就好，姥姥不怪你。"

这个场景，被成松的大姐看见了。她告诉了成松。成松不敢相信，一个勇于破"四旧"立"四新"的哥哥，竟然会以"四旧"的礼仪向姥姥道歉。他在震惊之余体味到，有愧疚就应该表达，就要说出来。说出来，才能卸掉包袱，轻装前进。

第三十二章

悲剧就是一瞬间的事儿

一段时间,成松小学校长靠边站了。学生的课程,老师也不正经教了。学校很快放暑假了。

这天上午,下了一场大雨。大雨过后,风和日丽,天气格外晴朗。午饭后,成松、禄宝、占柱和志丰相约来到东泡子洗澡。

东泡子的水,满满的,白茫茫地高涨。上午一场大雨将山坡上、土路上的泥沙都顺流裹进了东泡子。这让东泡子的水丰满起来,暴涨起来。他们脱下衣服,试探着下水,水很凉。他们哆哆嗦嗦地往身上撩水,以适应水的温度。他们都不会水,只能在浅水处嬉戏。他们不敢往深处去,只能在浅处学狗刨扑腾几下。

这时,走过来两个人。一个是比他们大两三岁的邮电孩儿,一个好像是邮电孩儿的亲戚,是农村来的小伙子。他们好像是刚从饭店吃过饭走到这里来的。那个农村小伙子说:"这帮小孩儿只会在水边玩,他们不会水。看看我们的,快给他们露一手,让他们好好开开眼。"

那个农村小伙子怂恿着邮电孩儿。那个邮电孩儿跃跃欲试，脸上洋溢着笑容，一副英雄豪气。他脱下衣服，嘴上说着："你们看着，我一个猛子给你们扎出多远！"说着，他像一个跳水运动员一样，双手合并，举过头顶，纵身一跃，一条弧线扎入水中。水面上立即掀起一束水花，随即出现了一片涟漪。

成松他们为什么叫他邮电孩儿，是因为他们不知道他的名字，只知道他们算邻居。他就住在一道之隔的邮电局院里，他的父母都是邮电局的，他是独生子。成松他们总也看不见他，只是偶尔看见他也是由他爸爸妈妈领着。他爸爸妈妈不让他和成松这帮野孩子玩。他们没有机会相识，成松他们也不屑于和他相识。这次若不是他的亲戚带着他，他也断然不会来到这里。

"咦，真不简单，你看他跳得多好哇！"孩子们惊奇地望着水面。他怎么有这样的好身手？惊讶、佩服、赞叹映射在孩子们的脸上，发自于孩子们的心里。他们想象着邮电孩儿一定会先是鱼翔浅底，然后再来个蛟龙出海，在十几米外的地方冒出头来。可过了好一会儿，水面上一片平静。孩子们说："这小子真能憋呀，这么长时间还没露头。"

三分钟过去了，水面上一片平静。五分钟过去了，水面上还是一片平静。这时，孩子们有些慌了，出事了吧，怎么还没露头？再看岸上，那个农村小伙子不见了。

他们急忙呼喊："快来人哪！有人跳水出不来了！"有三个大人，从水中央游过来，问清情况，旋即返回水中寻找。成松也试着寻找。他沿着邮电孩儿跳水的方向，试探性地往前走。可刚走几步，脚下一滑，一出溜落入了一个坑里。他慌忙地扑腾着，可是他怎么扑腾身子也不动弹。他拼命地扑腾着，脚蹬手刨。可越蹬越刨，越觉得身子往下沉。

挣扎了好一会儿，感觉立马就不行了。当他的身子沉底时，水面已经淹没不了他的身体，他本能地扑腾出大坑。"啊，好险！"他本想为救邮电孩儿尽一点儿力气，可是却差点儿送了他的小命。

而这一切，谁都不曾察觉。

他想，这生命的去留真是如此无常和偶然，原来危险就在身边。这次险些溺水告诉他，在能够淹没他身高的地方，他是没有能力开展施救的。若去救，不但救不了别人，连自己的命还要搭进去。他唏嘘不已，有些遗憾，又有些懊恼，自己真是没用！

平静的水面白茫茫的，根本就看不到底。

几个会水的人，在水面上游荡。他们时而钻入水里，摸索着水底的情况，时而又钻出水面，四下张望。

邮电孩儿的父母失魂落魄地赶来，人几乎崩溃了。

那个农村小伙子惶恐地跟在后面，后来就没有踪影了。下水寻找孩子的人骤然多了起来，几乎布满了整个水面。突然远处一个人高叫着："在这呢，找到了！"几个人同时游了过去，从水底拽出一个人来。那个人正是邮电孩儿。

拽上来的邮电孩儿，身子白白的，壮壮的，样子似乎有点儿像在思索着什么，但是已经没有呼吸和心跳了。可善良的人们还是希望能把他救过来。多人实施胸部按压、人工呼吸。也不知从哪找来了一口大锅，倒放在岸边，将邮电孩儿倒放在大锅上，倒控肚子里的水。

可是，邮电孩儿的口腔里只出了一点点水。种种努力都无济于事，他真的死了。他不是被灌死的，而是被呛死的。

邮电孩儿的妈妈伤心地晕死过去。

成松看到这悲惨的场面，心中无限哀伤。他想：入水时，那还是一个鲜活的生命。而人们把他捞出水时，生命却已戛然而止，没有了一丝的气息。成松甚至不相信他真的死了，可那赤裸裸的、白白净净的、一动不动地倒控在大锅上的尸体，却分明地告诉成松，他确实死了，而且死得那样轻率，那样果决。

人的生命太脆弱了，有时已处生死边缘，却还浑然不知。

当一个花季少年的生命突然被平静的水面吞噬，成松在心里追问，这是为什么呢，他是会水的呀？！

后来，他想明白了，看似偶然的事件，有着无法回避的必然原因。

邮电孩儿刚从饭店吃完午饭，身上汗渍渍的。农村小伙不分青红皂白，怂恿着邮电孩儿下水露一手。而邮电孩儿为了表演自己的水性，不做任何准备，一个猛子扎入冰凉的水中。他没想到，晌午的天这么热，可这东泡子的水却这么寒。他下意识地倒吸了一口冷气，这口冷气呛到了肺管子，于是悲剧发生了。

妈妈常说一句话："淹死会水的。"看来会水的，也有他想不到的地方。教训哪，教训！

"教训应该被牢记，责任不应当缺失。"

那个农村小伙子一句怂恿鼓动的话，把他送上了不归路。如果那个农村小伙子，不炫耀，不怂恿，不鼓动；如果那邮电孩儿不逞能，不匆匆入水，也许悲剧不会发生。但是，没有如果和也许，现实就是现实。人性的弱点，孩子的无知，欺骗了多少人啊？

邮电孩儿入水前，他那灿烂的笑容，那率真的炫耀，一直萦绕在成松的眼前。

第三十三章

世事无常

"文化大革命"期间,学校的课程已被打乱了。

这天下午,成松学校没有课。

火车站旁,卸下来的一列车一列车草个子(注释:指的是麦子收割后捆成一捆摞在一起的草堆),像小山一样,堆成了好几片。这里是孩子们的乐园。成松和三小跑到这里,他们以为,小卫和贵宝他们一定在这里玩耍。可是,他们很失望,这里并没有一个孩子在玩。成松不甘寂寞,趁三小不注意,躲进了草垛里,与三小玩起了藏猫猫。三小怎么也找不到他。其实,他一直瞄着三小,跟在三小背后,为自己机智灵活、神出鬼没而得意不已。

三小找了好一会儿,仍然找不到。三小想,这草垛我都找遍了,也瞧不见成松的身影,难道他走了,他回家去了?他犹犹豫豫地离开了草垛,往家走去。

成松见之,忙从兜里掏出弹弓,又从地上捡起一个石子,对准三小的后脚跟就射出去："别走，我在草垛里。"可是，由于着忙，成松秃噜手了，弹弓的石子兜了出去，慢慢地向着三小的脖颈儿飞去。可刚巧三小回过头来再次向草垛张望。石子不偏不倚正中他的门牙上。顿时，三小捂着嘴，蹲在了地上。

成松震惊不已，急忙跑出来，跑过去。

只见三小门牙已经掉了一半，渗出了鲜血。他没想到，自己的一个玩笑，居然害得三小只剩半颗门牙，痛苦不堪。自责之余，他把三小送到了家。在三小家门口，三小凄惨地笑了，还安慰着成松："不要紧，没事的，我不告诉我妈。"

那笑容让成松非常难过，非常悲伤，又非常感动。他深感忏悔和自责，也希望三小安然无恙。

可是，到了半夜，三小的牙床子肿了起来，疼得他"嘶哈嘶哈"地直叫。张妈问他，他还不说。后来，在张妈的一再催问下，三小才说出了原委。张妈找了一片消炎止痛药给三小吃下，三小才渐渐地睡下。

第二天早上，张妈把这件事告诉了妈妈。妈妈赶紧到三小家看望三小，并要带他到医院看看。张妈说："不用了，吃点儿药就好了。"孩子们都很要好，她没有责怪成松的意思，只是让妈妈知道这件事。妈妈回家找了几盒消炎止痛药给张妈，并告诉张妈，先给三小吃上看看。妈妈并没有过多地责怪成松，只是告诉他以后不要用弹弓射人。

成松记住了妈妈的话，他深为无意中给三小造成的伤害而痛心。他从家里拿出煎饼给三小吃，这似乎能让他心里好受一点儿、轻松一点儿。三小总是用安慰的眼神，笑着接过煎饼。可当三小咬一口煎饼牵动着牙床疼得龇牙咧嘴时，成松又心痛不已。我该拿什么让他快乐呢？

几天后,三小的牙床子消肿了,牙也不那么痛了。可是,他却多了一个绰号——张豁牙子。

成松不想因自己的失手让三小留下这个绰号,他竭力制止人们这样叫。可是,这个绰号却越叫越响,越叫越广,以至于后来人们已经记不清三小真实的名字了。

傍晚,妈妈下班刚走进家门,便问成松:"你三妹回来了吗?"

"没有哇。"

妈妈听了,脸上立刻闪现出焦虑、惊慌的神情:"火车下午三点钟就过去了,怎么到现在还没回来?"

妈妈急忙跑到来娣家去问,来娣也没有回家。妈妈又跑到海英家去问,海英也没有回家。

原来,上小学三年级的海英,看见同学小妮子扎的花头绳很好看,便问她在哪买的,小妮子告诉她是在喇嘛甸买的。由此,海英相约三妹和来娣去喇嘛甸买花头绳。

三妹和妈妈讲了。妈妈开始不同意,三个小姑娘从未出过门,怎么可以坐火车跑到几十里以外的地方去买花头绳呢?

三妹央求着妈妈:"就让我去吧,坐火车也不远,还有伴儿。"

妈妈看着三妹因焦急而涨红的脸,思忖了片刻,便勉强地答应了。妈妈给三妹三元钱路费。并要求三妹,要当天去当天回,不要去你老姨家。因为老姨住在婆婆家,婆婆为人矫情,别给你老姨添麻烦。

三妹爽快地答应了。

现在三个小姑娘都没有回家,怎么回事呢?现在妈妈还真希望三个孩子不听她的话,到老姨家去了,那样妈妈的心就可以放下了。

成松跟着妈妈跑到火车站，问铁路的工作人员看没看见三个小姑娘。得到的回答是"没有"。妈妈又请求铁路工作人员给喇嘛甸铁路打个电话帮问一问。铁路的电话打过去了，而且那边接电话的人还认识老姨。他答应去老姨家问一下。

　　半个多钟头过去了，喇嘛甸那边回电话：三个孩子没有去老姨家。

　　妈妈瘫软地扭过身去，扶住了椅子。成松发现妈妈的眼圈红了，泪水禁不住地流出来。

　　话说三妹她们乘火车上午十一点钟到达喇嘛甸，她们还要乘下午两点二十的火车赶回去。下车后，她们直奔商店，可商店没有花头绳。她们又找到了一个小店。在那个小店里，她们买到了花头绳。三个小姑娘很高兴。当时，三个孩子看到小店的墙上有个钟，钟上分明显示着时间：一点十分。她们赶上回去的火车完全来得及。她们来到一个小吃部里，每人买了一个烧饼，边吃边往火车站走。走着，走着，看见远处开来一列客车，那客车好像是她们要乘坐的那列。糟了，怎么火车提前了，还是小店的钟慢了？她们顾不上这些，赶紧往火车站跑，发疯似的跑。海英跑在最前面，三妹和来娣跟不上。海英回过头来，召唤着她们："快点儿，快点儿！"她们拼命地往前跑。她们眼看着那趟列车已经停下来。她们多么希望那趟列车能多停一会儿呀。她们以不容喘息的速度奔向那列客车。可当她们刚刚跨上铁道时，那列客车就徐徐开动了，而且越来越快，把她们远远地甩在后面。她们追不上火车，蹲下身来，累得已经喘不过气来了。望着那远去的列车，三个孩子都哭了。这是今天最后一列客车呀，她们可怎么回家呢，老姨家妈妈又不让去？最后，海英说话了："我们走回去，顺着铁路往家走。"

　　是呀，不往回走，又能到哪去呢？再说，今天要不回家，妈妈不得急坏了。

她们只好往家走，顺着铁路往家走。

三个小姑娘，走在铁路上。一会儿，两边是广阔的原野，一望无际；一会儿，两边又是密集的树林，遮蔽了她们的视线。她们提心吊胆地走着，生怕什么时候窜出来一个怪物。偶尔，一辆货车开过来，她们马上让到铁路边，她们那紧张的心情也有所缓解。等货车开过去了，她们又走到铁道上，心惊肉跳的感觉又复原了。可是，她们没有选择，只能走。

走过齐家，她们已是又渴又饿，每行进一步都很艰难。来娣像一只瘟鸡一样耷拉着脑袋，有气无力。海英鼓励她："坚持住，前面就有人家啦！"

走到高家，天已经黑了，三个小姑娘累得昏昏沉沉，精疲力尽，饥渴难耐。她们来到一个老大娘家，想要点儿水喝。

老大娘是村里的五保户，心肠很好。她热情地招待了三个孩子，给三个孩子贴大饼子，做白菜粉条汤，让三个孩子吃饱吃好。末了，她对三个孩子说："天黑了，别走了，就住下吧，歇一歇，明天再坐火车走？"

来娣想留下来。三妹举棋不定，看着海英。海英却坚定地说，一定要回去，家里人正焦急地等着她们呢。

三个孩子谢绝了老大娘的挽留，又上路了。吃过饭后，她们感觉身上又有劲了。

夜色中，周围的环境显得格外寂静，充满了魔幻的气息。趁着夜色，她们鼓足勇气，马不停蹄地往家走，还有二十多里路就到家了。

到家的时候，已经是晚上九点多钟了。妈妈看着疲惫不堪的三妹心疼地说："这六七十里的荒郊野外也敢走，漆黑的夜晚也敢走，三个小姑娘要是遇上坏人或狼什么的，可怎么办呢？"

"只能硬着头皮走，那怎么办呢？"三妹说。

"你们可以到你老姨家去住哇。"

"你不是说不让去吗？"

妈妈一下抱住了三妹，眼泪又流出来。妈妈那句话，让女儿吃了这么多的苦，遭了这么大的罪，承担了这么大的风险啊！孩子太听话了，妈妈好不后悔。

那天夜里，妈妈多次打开电灯，来到妹妹的身边，看着妹妹睡得那么沉，那么憨，那么让人心疼！

第三十四章

打　赌

寒假里的一件事，让成松终生难忘。

这天，成松拿着新制作的链条枪走出家门，正好遇上同学吴成文和曲大发。吴成文与他同岁，曲大发比他大一岁。

同学相见，为了炫耀链条枪的神威，成松举手朝天放了一枪。"叭"，一声脆响，火柴杆直射天空。

吴成文惊叫着："哎哟，好威风啊！这链条枪蛮有劲的，要是打在手掌上，那火柴杆准能将手掌穿个眼儿。"

成松骄傲地说："那当然了！"

曲大发凑过来说："你敢打手吗？你敢打手，我就敢打鼻子。"

成松先是一愣，潜意识告诉他，这是曲大发向他发威，想压住他。他本不想打这个赌。因为他知道，曲大发也就是说说而已。另外，他也不想伤了自己的手，毁了曲大发的容。

于是，他轻蔑地说："别吹牛啦，牛皮吹大了会爆炸的。"

曲大发狂叫着:"你说谁吹牛?你不信,你试试看。你敢打手,我就敢打鼻子。"

曲大发还真跟他较上劲了:"是你不敢打手吧!"语气中夹带着嘲讽。

经他这么一激,成松再也控制不住火气,特别是看到曲大发嚣张而又扬扬得意的神情,他怒发冲冠。他绝不可以忍受别人的藐视和挑衅。他正色地指问:"君无戏言?"

曲大发以嘲弄似的口吻回答:"君无戏言。"

话音刚落,只听"啪"的一声枪响,火柴杆从链条筒穿出来,正正地刺入了成松稚嫩的大拇指下面的手掌上。他开枪了。曲大发和吴成文惊呆了。

片刻,吴成文缓了一口气,说:"看看,怎么样?就是这么勇敢,说打就打。"他殷勤地拉过成松的手,不无痛惜地说:"疼吧!"

成松抽回手,从手掌上拔出那根火柴杆,鲜血从那个火柴杆刺破的伤口中冒出来。这点儿疼算得了什么?成松正气凛然地注视着曲大发,把链条枪递给了他。

曲大发慌了,他真没有想到,成松竟真敢打自己的手。他顿时觉得很下不来台。看来自己不打自己一枪也说不过去了。他只好软下来,用商量的口吻说:"我也打手吧?"

"君无戏言,你不是打鼻子吗?"成松咄咄逼人地纠正着他。

"我……"曲大发窘得说不出话来。脸一阵白,一阵青。

吴成文看到这场面,急忙求情:"算了,饶了他吧,他没有想到你真的会打手。你就让他也打手吧!"吴成文真怕成松逼着曲大发把鼻子穿个眼儿。

成松没有吱声。其实，他也不想让曲大发的鼻子穿个眼儿。可令他难过的是，曲大发也太小看他了，还拿鼻子和他打赌。不过，他想，曲大发已经很难堪了，这件事教训了他，不要轻易挑战别人的勇敢，吹牛最后是要露馅的。成松胜利了，尽管这种胜利是流血的，疼痛的，有代价的。况且，曲大发也要付出这份代价呢。他这么想着，算是答应了。

曲大发拿着链条枪，按上火柴，对准自己的手掌就是一枪。可是，曲大发的手掌上，却只留下了一个小小的白点。

吴成文又惊叫起来："哎呀，你看哪，火柴杆没有打进他的手掌里！"

原来曲大发家是农业户口，他从小就帮家里干农活，手掌上已经长出了厚硬的老茧。

成松见了，怅然若失，这下可让他占了便宜。

多少年后，成松回到小城，与同学相聚。席间，他提起这桩往事，同学们都哈哈大笑。曲大发也咧开大嘴，自嘲似的笑了……

那次打赌，成松是被动的。虽然赢了，可是心情并不快乐。而这次也算是打赌，他是主动的，而且这让他心里充满了胜利的喜悦。

这天下午，艳阳高照。他和朱斌、牛刚、尹学祥去毛线厂打乒乓球。在路过毛线厂大烟囱时，尹学祥看到大烟囱下堆满了煤，人们不用爬高就可以够得着上大烟囱的阶梯。他见景生情地说了一句："这烟囱顺着煤堆就可以爬上去。"

成松好奇地说："咱们爬上去看看？"

牛刚说："不行，这烟囱有三十多米，太高了！"

"没事儿，咱们能爬上去。"成松打赌似的说。

他们来到大烟囱前，成松一马当先。烟囱的阶梯比较大，成松的身子要向外仰着，才能够得着上一个阶梯。他的身子随着蹬梯，一弓一直地起伏着，向上移动着。而烟囱下，伙伴们屏住呼吸，仰望着成松一鼓作气地爬上了大烟囱的顶端。成松一只手握住在下面看似很细很短的，实则很粗，比他个子还高的避雷针，对着下边的同学喊道："快上来吧，没事的。"

朱斌、尹学祥跃跃欲试。他俩相继往上爬。爬到一半时，朱斌感到周围的环境在晃动，他有点儿晕眩，停下来，心中有些打鼓，脸上露出惊悸之色。

成松在上面催促着："再往上爬呀，只要手攥住阶梯，脚蹬稳了，就没事的。"

牛刚在下边担忧地劝导着："别爬了，太高了，下来吧！"

朱斌本想爬上去，他觉得爬到半截就下来太丢人了。可是，他的两条腿不做主，每爬一个阶梯，腿都抖动得厉害。他望着下边的尹学祥，已经往下爬了，他也不能硬撑着往上爬了。他们俩缓慢地爬了下去。

成松也不再催促了。

阳光下，高高的烟囱之上，成松一手握住避雷针，一手叉着腰，神采飞扬站立着，极目眺望，整个小城一览无余，尽收眼底。他突然想起刚刚看过的电影《列宁在十月》中列宁为工人发表的讲演。

于是，他模仿电影里的列宁，有板有眼地讲演道："同志们，一个阶级的死亡和一个人的死亡是根本不同的。人死后，尸体可以抬出去，装进棺材里，葬入坟墓中。但很可惜，资产阶级的这个尸体就不可能把它一下子钉在棺材里，埋葬在坟墓中。它会在我们中间腐烂、发臭，并且毒害着我们。它还散发着资产阶级的臭气！布列斯基同志的被暗杀说明了反革命对我们的白色恐怖。被人民意志所判决的叛徒们，一定要无情地把他们消灭！让资产阶级去发疯吧！让那些无价值的灵魂去哭泣吧。工人同志们，摆在我们面前的只有两条路，一条那就是胜利！还有另外一条，那就是灭亡。而灭亡，不属于工人阶级！"

他声调激昂，目光炯炯，气势磅礴。他一只手仍握着避雷针，而另一只叉腰的手却挥向了前方。他黑色的头发和白色的衬衫被风吹起，前倾式的姿态，挥动的手势，威风凛凛。

烟囱下的伙伴们仰视着他，欢呼雀跃，"乌拉，乌拉"声，汇成一片沸腾的海洋。

一会儿，成松又做出董存瑞舍身炸碉堡的姿态，左手高高举起，直擎蓝天，高声呼喊："为了新中国，前进！"

烟囱下面的伙伴们又是一片欢呼跳跃。那激情的画面，那英雄般的举动，深深地印刻在孩子们的心里。

等到成松从大烟囱顶上溜下来，伙伴们迅速地围上去，就像簇拥着英雄一样簇拥着他……

第三十五章

"我是英雄吗"

哥哥工作了,被分配到农机厂当工人。

哥哥当了电工,是一件很荣耀的事,兴奋写在脸上。哥哥上班两天后,厂里给他发了一套崭新的蓝色工作服,还有电工的三件套,内装钳子、扳子和螺丝刀。

他兴高采烈地拿回家,当着全家人的面穿上工作服,扎上白毛巾,戴上自己仿制的蓝色的前进帽,挎上电工的三件套,在屋里来回走动着。他把胸脯挺得高高的,脚步迈得雄健有力。那形象,真神气,好一派英俊潇洒、意气风发的样子。成松羡慕极了,举起大拇手指头,对着哥哥连声赞叹:"工人阶级,工人阶级!"喜得全家人合不拢嘴儿。

哥哥当上工人很自豪,又遇上一个好师傅——宋师傅。

哥哥的干劲可高了,他把满腔的热情都投入到了社会主义革命和建设的事业之中。他参加无偿献血。抽了两袋血,发给他一袋奶粉。厂里搞军工,给刺刀镀铬,他积极参战,昼夜苦干,曾将胳膊烫伤,工装烧破。

成松很佩服哥哥身上的那种时代精神。哥哥成为一名工人后，他颇感骄傲，常常将那份快乐溢于言表。当和同学们谈起哥哥，总是连带着他的先进事迹一道说出。

成松小学毕业等待着上中学。这一等，就是半年。

一九六九年春天，成松跨进了一中，成为一名中学生。

当时，中学语文课本里并没有毛主席著作"老三篇"，为了学好"老三篇"，课本外加上了"老三篇"。（注释："老三篇"指的是抗日战争期间毛泽东所写的《为人民服务》、《纪念白求恩》和《愚公移山》三篇经典文章的一个统称）

所以，学习"老三篇"、背诵"老三篇"已经成为同学们必修课。成松满腔热忱地学习着，背诵着。

说来奇怪，刚开始时，他只是为了背诵而背诵。可不知不觉中他就被"老三篇"的内容感动了。"老三篇"的光辉思想照耀着他，他已经不仅仅能够完完全全地把"老三篇"背诵下来了，而且张思德、白求恩、老愚公给他留下了深刻的印象。

每当遇到一些情况，他便会自然而然地想起"老三篇"里的一些话。有时已经是下意识地，不知不自觉地去按照毛主席的教导去做了。他想，这大概就是人们常说的"融化在血液中了吧"。

除了学习毛主席著作和一些文化课外，成松还有时间阅览一些课外书籍。那时候市面上的书籍都是红色书籍。成松陆续地阅读了或者是重读了《雷锋的故事》、《王杰日记》、《雷锋式的好战士刘英俊》、《毛主席的好学生焦裕禄》和《欧阳海之歌》等图书。这些书都是他自己在新华书店买的或者是大哥借阅的，他抢时间看到的。这些英雄人物深深地吸引了他，让他心中充满了无限的敬仰和憧憬。

他多么希望自己能够成为像他们一样的英雄啊。他觉得当英雄是光荣的，是可以给全家人带来光环和荣耀的，是会被人民歌颂的。

他的脑海里还闪过，要是我遇上黄继光、董存瑞、邱少云、王杰、欧阳海、刘英俊等英雄遇到的环境和事情，我也会像他们那样舍生忘死为人民。他甚至希望自己也遇上那样的事，也好使自己成为像他们一样的英雄。

又是一个星期天的上午，空气中飘动着清爽的凉意。成松戴着新手套，拿着耙子，吹着口哨，悠闲地向中心街走去。他是准备到市场前看守几台马车，等马车走了，好把剩余的马草搂起来，给家里当烧柴用。

突然，路上一套两匹马的马车从北边冲过来，辕马的大肚扣开了，车厢撅起来，车厢尾部拖着地，车上载满了一木框一木框普通瓶装白酒，掀起一路烟尘。

成松先是一怔，但他马上意识到马惊了，前面还有几个在大道上玩耍的顽童。另外，马惊跑不止，车上的一箱箱白酒也会散落开来，给国家财产造成损失。马车由于车重又是拖着地跑，看上去马跑得并不是很快。

成松意识到自己应该能够拦住惊马，他想成为一名英雄。那是一个人人想当英雄，个个争当英雄的年代。

成松迅速地摘下手套，揣到裤兜里，飞快地跑上去，挥舞着耙子，高声喊叫："吁、吁！"

可是，那两匹惊马好像是欺负小孩儿似的，直冲成松扑过来。成松急一闪身，扔下耙子，本能地拽住了辕马缰绳，辕马的头顺着缰绳向后一摆，他的身子也随之往后仰了过去。当他就要仰脸朝天摔倒时，他的后肩又被滚滚向前的车板子撞了回来，他的脚步又踉踉跄跄地扑向前方。正当他快要摔倒，葬身车轮之下时，那惊马一声嘶鸣，前蹄腾空而起，又将他拽了起来。原来，前面来了两个大汉拦住了惊马，马车停了下来。

成松惊魂未定，气喘吁吁地朝着两位大汉憨笑着。他这才知道，他是拦不住惊马的，英雄业绩与他无关。

一个大汉从他手上拿过缰绳，牵住惊马。另一个大汉走到他跟前，轻轻地拍着他的脑袋说："小家伙，你真勇敢，多危险啊！"

这时，马车老板上气不接下气地跑过来，连声向两位大汉道谢！

两位大汉微笑着说："不用谢，这都是应该做的。那个小家伙可真勇敢，是他最先冲上来，拽住了马缰绳，而且始终没有撒手。"当他们转身寻找成松时，成松已经不见踪影。

成松在车老板跑过来时，就已经捡起被车轮压扁了耙齿的耙子走了。他多少有些失落，他知道自己没有能力制服惊马，要不是两位大汉突然出现，好像从天而降，自己恐怕已经葬身车轮之下。

他渴望得到表扬，但不该得到的表扬，他是不敢要的。这一切功劳，都应归功于两位大汉叔叔。他还没有能力完成英雄的使命。他带着感激和失落的心情，匆匆地离开了那里。

中午，成松将搂到的柴草放到柴栏里。他的一双新手套因"拦惊马"时丢失了。妈妈询问手套怎么丢的。成松讲了"拦惊马"的经过。妈妈惊讶地看着成松，一阵唏嘘，但最后还是笑了。

事情就这样过去了,再也没有人提起它。可是班里组织了一次"讲用会",却把这件事勾起来,并且让他一下子成名。

事情是这样的。成松的学校要开展活学活用毛主席著作"讲用会"。在一次闲聊中,他和哥哥说起了这件事。哥哥听了,很兴奋地说:"你把'拦惊马'的事情写出来,讲出去,就是活学活用毛主席著作《为人民服务》的最好素材。

成松说:"不行,惊马不是我拦住的,是两位叔叔拦住的。"

哥哥说:"那有什么关系呢,你拦得住,拦不住,已经无关紧要了,重要的是你去拦了,这种精神是极其高尚的,是非常了不起的。你的行为是有崇高价值的,完全体现了为人民服务的思想。再说,要是没有你拉住马缰绳,那两位叔叔还不一定能拦住惊马呢!应该说,是你们共同努力的结果。"

成松听了,觉得似乎有道理。是啊,就是惊马腾空而起时,我还拽着马缰绳呢!他的信心来了,可他那样写了,心里还是有点儿发虚。

他在写讲用稿时增加了"想起毛主席的教导"。当时,他没有想那么多,只是想到要保护国家财产,避免前面的孩子遇难,他要当个英雄,于是就冲上去了。而在写讲用稿时他写道他想起了毛主席的教导:"人固有一死,或重于泰山,或轻于鸿毛。为人民利益而死,就比泰山还重!"他觉得,"老三篇"他能背得滚瓜烂熟,为人民服务的思想已深入人心。他冲上去了,潜意识里一定有毛主席教导给他的力量。

写完后,他交给哥哥看。哥哥说:"非常好!"哥哥又把他在冲上去的紧要关头做了一番渲染。

哥哥改写道："看到马车飞奔而来，我想到，冲上去可能有危险，可是不冲上去，车上的国家财产有危险，前面的几个孩子有危险。马蹄声声，尘土飞扬。刹那间，马车已经冲到眼前，说时迟，那时快，我一个箭步冲上去，挥舞着耙子，高声断喝：'吁，吁。'可是，那惊马好像欺负小孩儿似的，向我直扑过来。我急一闪身，躲过马头，拽住了辕马的缰绳，辕马的头迅即向后摆了一下，我仰脸朝天即将闪倒，却被滚滚向前的车板子撞到后肩上，反作用力又使我向前扑去，可我死死地拽住了马的缰绳。当我的脚步已经错乱，跟跄的身体就要倒地滚于车轮之下之时，突然，惊马一声嘶鸣，前蹄腾空而起，把缰绳连同我又拖了起来。但我还是死死地拽住了马的缰绳。原来，两位大汉横在了惊马的前面。惊马被制服了。国家财产保住了，前面的几位儿童脱险了，我也得救了。"哥哥直接改道："当那个车老板赶过来之时，我已经悄然地离开了那个地方。因'拦惊马'我丢失了手套，妈妈追问。我讲了'拦惊马'的事情。妈妈听了，一阵唏嘘，而后笑了，眼角流出了泪水。"

哥哥的修改，更加突出了成松临危不惧，果断冲上去的英雄气概。写拽住马缰绳不放，险情就在眼前，则更突出了他舍生忘死的崇高品质。写他做了好事后，悄悄地离开了，则显示了他甘当无名英雄的纯朴心灵。写妈妈笑了，眼角流出了泪水，也反映了妈妈对他的怜惜、庆幸和赞赏。哥哥拔高了他的思想境界，夸张了他的心理活动，令他多少有些不安。

其实，当时他没想那么多，也没有工夫想那么多。

成松的讲用声情并茂，在班级里受到了好评，又被选到全校讲用。在全校讲用后，他的名声就大了。县里的广播还播报了关于他的《勇少年"拦惊马"》的报道。学校很多班级讲《为人民服务》，都请他去做报告。北完小学、耕读中学还专门请他给全校师生做报告。县文教科还专门请他在县人民剧院给全县中学生代表做报告。每一场报告，都赢得一阵经久不息的掌声和此起彼伏的口号声："向李成松学习！""向李成松致敬！"

他受到了英雄般的欢迎和致敬。望着台下那黑压压的同学，听着那震耳欲聋的掌声和口号声，成松有一种受宠若惊又无上光荣的激动。他惊异地问自己："我是英雄吗？"得到的回答是迟疑的："应该算是个英雄吧！"因为他发现惊马时，他只想到他能拦住惊马，就冲上去了，可没想到，惊马不服他，硬生生地扑向他。可在这个过程中，他是尽了自己所有的力气的。

想到这，他的心里有了些许坦然。于是，他英雄般地向同学们挥手致意。

他想，追求崇高的价值和真正的成就，比什么都重要。而真正的崇高价值，在于不懈的努力和奉献。只有为了崇高价值而执着地付出，最终才能获得平凡而伟大的成就。

从此后，成松处处以英雄人物为榜样，总有一股火热的激情和使不完的劲，这令他自己都十分惊异。他不断地告诫自己，要保护好自己在同学中建立起来的英雄形象，绝不能破坏了这个形象。

英雄的旗帜，在他的心中高高飘扬，他事事走在同学们的前面。班级学习，他排名第一。老师们经常讲完课后说，没听懂的，下课后或者上自习时让成松给你们讲一讲。成松经常下课时帮助不会的同学，经常在上自习时到黑板前面给同学们讲数学、物理、化学题。当然，在学制要缩短的声浪中，他们也没有更多的时间学习。中学统编综合教材数学十册，他们高中毕业时只学完了五册；物理综合教材不知有几册，可他们连第二册都没有学完；化学综合教材能有几册？他们连一册都没有学完。学校积肥，他积的肥最多，在全校排在第一名。支农支工劳动他抢在前头，根本不注意身体上自我保护。

那是七月的一天，他们到杜宁县的三队支农劳动，帮助队里给菜地铲草。那日，骄阳似火，没有一丝儿的风，同学们都被晒蔫了。

抬头望日日如火，低头看草草凄凄。

同学们一点儿精神也打不起来。可成松却精力充沛，干劲十足，浑身像是有使不完的劲，铲地总是遥遥领先。他干到地头，还回过头来帮助落在后面的同学铲地。

中午，他们吃着队里准备的大饼子和菜汤，社员们还采摘了两盆西红柿给同学们吃。

下午，太阳火辣辣的，把同学们的肩膀都晒秃噜皮了。可成松却一点儿都不觉得累，铲地始终在最前头。当一个人因为情愿而努力，那么所有的努力，都会变得非常神奇。

收工时，他的衣服早已被汗水湿透了。他脱下衣服，拧得哗哗淌水。这时候，他才觉得又热又乏，口干舌燥，浑身一点儿力气都没有。

他和几个男同学一起往家走，迫切希望找到一处水塘消暑提神。当他们来到一个百姓脱坯留下的大水坑时，他们三下两下将衣服脱掉，不顾一切地跳下去。在成松一跳进水中的那一刹那，他禁不住打了一个寒战，激灵一下。他没想到，天气这么热，而这水却这么凉。他感觉浑身的毛孔眼都关闭了，全身紧绷绷的，一点儿力气都没有。他在水中挺了一会儿，然后吃力地爬出水坑。只觉得脑袋昏沉沉的，脚也像灌了铅一样的沉重。阳光还是那么足，可是他却一滴汗都没有。

那天晚上，他病倒了，浑身滚烫，高烧不退。医院给他诊断为伤寒，他需要打针吃药。他不能去上学了，班级给他写来了慰问信。

还有一次支工劳动，他们是到县化肥厂倒腾化肥。就是将满仓库的散装化肥倒腾到仓库一头。这个活不干不知道，一干呛死个人。散装化肥本来味儿就大，这一倒腾，满仓库烟雾缭绕。浓重的刺激性气味，化肥的粉末吸到鼻孔里，呛得人脑瓜仁儿都疼，嗓子眼像冒烟一样。

那时候，学生们只知道支工、拼搏、奉献，也不知道什么叫人身保护。工厂什么也没发，同学们连个口罩都没有。有的同学"咳、咳"地咳嗽，干一会儿就坚持不下去了。成松想，我是班干部，我不能下火线，咬着牙也要挺住，给同学们起个带头作用。劳动中同学们都换过两三气了，他才换一气。化肥的粉末粘在脖子上，被汗水融化了，杀得皮肤红红的，有些地方都起泡了。

他的鼻子已经吸满了化肥粉尘，嗓子咳出的全是化肥粉末。那一次，干完活后，成松几乎晕倒了。但他没有倒下，可他的脑袋，倒是足足疼了有三天。然而，他不后悔，为革命，为荣誉而战，就是要一不怕苦，二不怕死。

他们用几近自残式的行动完成了倒腾化肥的任务。那时候看，这是完全正确的。而现在看，这是不对的，是不讲科学、不讲健康的。学工并不应是以损害健康为代价的。

成松学习和劳动处处起模范带头作用。

他得的奖状挂满了全家。

他最幸福的时刻,也是看见爸爸拿到他奖状时那种陶醉的眼神。笑容洋溢在脸上,醉在心里。那妙不可言的画面,也让幸福飞进了他的心窝。爸爸从不夸奖他,但他能够从爸爸的微笑中感受到夸奖的力量。爸爸的话很少,但对孩子要求很严。爸爸的一个怒目,就能让他反思良久。成松有点儿怕爸爸。

　　在成松的记忆里,爸爸与他的谈话最长也超不过十几句。爸爸总是倾听,他的表情和眼神会告诉你,他的观点和态度,是赞同,还是反对;是夸奖,还是批评。

　　当成松第一次拿回家奖状时,爸爸的眼睛流露出几分惊喜,仿佛难以相信这个爱淘气的小子也会得到奖状,得到荣誉。

　　在以后的日子里,每学期成松都能拿到几枚奖状,什么"三好学生""优秀团员""优秀团干部"等。爸爸对这些荣誉非常珍惜。每次成松拿回奖状,爸爸都笑眯眯地端详好一会儿,然后,把它端端正正地贴在屋里的墙上。爸爸的那份专注、那份喜悦,深深地刻在了成松的心里。

　　后来,家里的经济状况好一些了。爸爸舍不得花两角钱给成松买一个馅饼吃,却舍得花钱买两元钱一个的镜框,而且买了好多个。把成松的奖状都用镜框镶起来,挂了满满一面墙。

　　奖状的光彩,让满屋熠熠生辉,也辉映着爸爸的笑脸。透过爸爸眼睛折射出来的光芒,成松看到了爸爸的幸福和快乐。爸爸的幸福和快乐传递到成松的眼睛里,也给予了他同样的幸福和快乐。

　　成松暗自下定决心,一定要再接再厉,争取新的荣光,也为了爸爸那陶醉而幸福的眼神。

　　日复一日,年复一年,成松的奖状覆盖了满屋的墙壁。

那年过年，县委书记一行人来家里拜年慰问，看到满屋的奖状，啧啧赞叹，一致夸奖爸爸妈妈教育出的好儿子。

父母的脸上，满满的笑意。

成松的脸上，满满的荣光。

第三十六章

情窦初开

　　世界上总有一个人，不见面的时候会一直惦记着她，而见面时却脸红心跳，不知道说什么好。

　　对于成松，曼妮就是这样的一个姑娘。尤其是在近一阶段，他的脑海里总是闪动着她的身影。他常常拿着笔，在他的本子上莫名其妙地写下她的名字。他朦朦胧胧地感觉到，他是喜欢上了她。曼妮似乎也知道，她总是有意无意地接近他。

　　那时候，"样板戏"真是遍地开花。

　　这天晚上，他们在学校排练样板戏，准备第二天演出。曼妮演唱《红灯记》中李铁梅选段"都有一颗红亮的心""做人要做这样的人"。成松演唱《智取威虎山》中杨子荣选段"共产党员""迎来春色换人间"。排练结束，效果很好。

　　月亮升起来了。他们在回家的路上，成松和曼妮同行，心情格外舒畅。因为他们是学校宣传队的成员，因为他们班也只有他们两人在学校宣传队，因为这是他们第一次单独结伴而行。

秋天的晚上，皎洁的月光照在他们的脸上，给他们留下了脉脉温情。

成松突然想说点儿什么，可又什么也说不出口。在她面前，他就像一个十分腼腆的大男孩儿，说话时甚至都不敢看她的眼睛。为什么会是这样呢？以前可不是这样的呀！他感到惊讶，但他知道这是自己奇妙的心理所导致的行为变化。他们一路上没有说一句话。

晚上回家路，四处静悄悄，只有风儿在轻轻地唱。

他情不自禁地想起了一首当时被禁唱的苏联歌曲《莫斯科郊外的晚上》："我有心对你讲，但又难为情，多少话儿留在心上……但愿从今后，你我永不忘，莫斯科郊外的晚上……"他想得入神。

突然，"哎呀"一声，曼妮摔倒了。她拽起裤腿，揉搓着脚脖子。原来走进小径里，一块石头硌着了她，她的脚崴了一下。

成松不知如何是好，他因有些紧张而显得举止笨拙。他看见曼妮的脚脖子已经红肿了，他想帮她揉一揉，可哪敢呢！

他低声关切地问："疼吧？"

"没事。"曼妮略带羞涩又故作坚强地说。

曼妮起身向前走了一步，一个趔趄险些跌倒。

成松下意识地扶住了她的胳膊。她侧过脸望着他，对他报以微笑，目光变得极为温柔和动人。这是成松第一次扶着一个姑娘走，而且是他心爱的姑娘。

月光下的小径，是那么温馨和宁静。他们的距离是那么近，彼此的呼吸和心跳都能感觉到。她的眼神是那么清澈，她的脸颊是那么红润。他们默默地走在晚风里、月色下。他们没有交谈，没有浪漫的对白，但他们的内心都很激动，情感很浪漫。

快到曼妮的家门口了，曼妮向他甜甜地一笑，那明亮清澈的目光，那长长的睫毛忽闪忽闪地飘动，多么迷人啊！"好了，快到家了，不用扶了，这一段我自己能走。"曼妮说。

成松心领神会地松开手，让她自己走。他也不想让曼妮的家里人看见他和曼妮走得这么近，让人生疑。他望着曼妮一瘸一拐走到家门口。她转过头来，悄悄地低低地抬起右手向他示意，再见了！

他也抬起右手向她回应，心中充满了暖暖的柔情，再见了，姑娘！

皎洁的月光照在他俩那有些发热、含羞脉脉的脸上。

第二天晚上，县体育场的大舞台上，成松扮演的杨子荣一招一式有模有样，唱腔富有韵味和情感。他扮相极佳，气宇轩昂，神采飞扬，如同童祥苓扮演的杨子荣一般。

演毕，掌声响起，热烈而经久不息。他兴奋不已，又不免为曼妮因脚伤而缺席演出，感到惆怅和惋惜。

这天，同学们都在苞米地里掰着苞米，成松又是遥遥领先。成松的右垄是曼妮，被落下很远。

他侧过身来，偷偷地帮助曼妮掰苞米，感觉心怦怦地乱跳。他在两垄苞米地中间，左一穗、右一穗快速地掰着，生怕被别人发现。一会儿，就掰出了很长一段苞米地。等曼妮掰到他已掰过的苞米地时，发现成松在前面已经帮助她掰了一段。她感激地笑了，脸上带着羞涩，心里藏着欢喜。走过这一段地，她继续掰。她看见成松不时地帮她掰出一段又一段的苞米。她很快就追赶上了成松，红扑扑的脸，朝着成松羞涩地笑了，并且快速地超越了成松。成松看到，她掰到了他的前面，又转身帮助成松掰苞米。成松心里热乎乎的，他又迅速地掰到了她的前面，再次帮助曼妮掰苞米。他们相互帮着掰，心里都有一种从未有过的激动。

可是，他们谁也没有料到，这一切，却被一双追踪偷窥的眼睛看得清清楚楚。

口吃的潘生始终在曼妮右侧一垄地，他那双眼睛一直死死地盯住曼妮。见过此状，潘生心中生出一股嫉妒恨。这是他们班下乡到五面井，走与工农相结合的道路，帮助生产队搞秋收时的情景。

潘生到了地头，就磕磕巴巴地把这件事和几个爱耍闹的同学说了。那几个同学又来到成松跟前，挑逗地说："哎，成松，你与曼妮挺好啊，偷偷地帮着她掰苞米，心疼啦！她也帮你掰苞米，相亲相爱呀！"

成松的脸"唰"的一下子红了："糟了，让同学发现了。中学生可是不能谈恋爱呀。我是班干部，又是学校的学生干部，这要是传出去影响多不好，脸往哪儿搁……"

他急忙说："尽瞎说，我就是快到地头了，看落她很远，回头帮她一下，我们都是邻居嘛。"

"哟……"那几个同学向他做着鬼脸。曼妮似乎也听到了什么。

在下一次排垄中，她与成松拉开了距离。可成松不明白，为什么潘生却始终跟着曼妮，他又排在了曼妮的右侧。成松想：这小子一定是在监视曼妮。他怕潘生会对曼妮使坏，他不断地向曼妮那边张望。茂密的苞米地挡住了他的视线，隔得那么远，他根本看不见。

身后的孟繁山像侦察敌情一样，朝他说话了："哎，成松，看什么呢？看到眼里拔不出来了！"

成松又一次被同学戳穿了心中的秘密，脸"唰"的一下又红了。这个臭小子真是鬼精灵，一点点心思都能让他看出来！成松恨不得马上掐住他的喉咙,让他闭嘴。

流言像空气一样地弥漫开来,带着暧昧,带着种种分析和猜测,迎合着同学们的猎奇和刻意放大的心理,加速地流传着。

同学们津津乐道,添枝加叶。

但他知道,风雨中只有沉默,与曼妮保持距离,才能让风言风语自然熄灭。

因为这种事,你越纠缠,传播得越快。他佯装什么都没有听到一样,故作镇静,生怕自己的一点儿疏忽,破坏了她的名声。流言中止了他与曼妮的接近。

他们都害怕让这种流言越传越真。因为他们还是中学生,他还被同学们看作小英雄。他不敢再去接近她,但他心里却总想着她。他想,经历了这番风雨,他们的心会永远在一起。他要奋发努力,为了她,也要把自己变成一个更好的人。他还梦想着,等他长大后,他和她就可以名正言顺地在一起了,他一定要娶她做新娘。这个突然的想法,让他既惊诧又羞愧。

成松暂时远离了曼妮,把情感藏在心里,埋头学习,积极劳动,努力进取。

转眼间,他们升入了高中。成松和曼妮被分到了两个不同的班级。这回,他们的接触又被客观地中断了。

成松常常想起曼妮。偶然间,成松看到哥哥在看一本借阅的书——《钢铁是怎样炼成的》。当时,成松以为这是一本关于怎样炼钢的专业技术书籍。不过,他又好生奇怪,哥哥也不炼钢,怎么看起炼钢的书那么入迷。

他趁哥哥不在之机，好奇地翻阅了一下，方知这是一本翻译的苏联小说。不看则已，一看便放不下。他与哥哥商量，等哥哥看完后，晚一点儿去还书，也好让他看看这本书。哥哥答应了，嘱咐他要爱惜书，别把书弄脏弄坏了。他爽快地答应了。这本书，让他对保尔十分崇拜和敬仰，也让他对青少年时期的冬妮娅充满了想往和爱恋。保尔和冬妮娅的初恋，让他激动。他觉得曼妮就像冬妮娅。虽然她们的出身不同，服装不同，但她们一样美丽，一样性格可爱。她们有着一样灿烂的笑容，有着一样的文雅和情感。

　　他连续几天把这本书读完，保尔顽强的革命精神、坚毅的革命意志和对人生意义的追求深深地打动了他……

第三十七章

悲伤的力量

一九七〇年岁末,县中学又由五年制改为四年制。大姐高三,二姐高二。她们同时高中毕业了。这批毕业生没有下乡的任务,全部安排在县城里工作。大姐、二姐和同学们一样高兴。

一九七一年春节过去了,正当大姐、二姐焦急地等待着分配工作时,县里的分配通知下来了。大姐分到了国营芦苇公司,二姐分到了一个小集体——承文纸社。

大姐当然很高兴,二姐却哭了。

承文纸社,听到这个名字,二姐如同头上浇了一桶凉水,浑身打战。她曾怀揣梦想,希望自己分到一个心仪的工厂或单位,开启她追梦的里程。可是,现在这个梦想破灭了,二姐哭得很悲伤。

原来,分配给二姐的单位,是一个只有二十几个人形成的小集体。一趟黑洞洞的破旧土坯房,一个不足二百平方米的小院。没有会议室,活动室更谈不上,只有几间工房和两间库房。职工开会只能挤在黑暗的工房里，也就是捣纸浆的操作间里。收购上来的旧书刊、旧报纸和旧棉絮堆满了库房。小院里东倒西歪地堆放着几个大草个子。这些都是制作承文纸的原材料。满院满屋脏乱不堪，到处都充斥着一股浓重的垃圾站气味。这个小集体就是个破大家，死气沉沉，毫无生气。

二姐哭诉着恳求爸爸，帮她调换一下工作，哪怕是再大一点儿，没有垃圾站气味的大集体也可。可爸爸没办法帮她，爸爸张不开那个口。他认为两个孩子安排工作，一个分到了国营单位，一个分配到小集体，这算是很公平了。哪能两个孩子都分配到国营单位，那小集体谁去呀？

二姐听后哭声更大了。她哭得很绝望，好像都崩溃了。

成松多么希望爸爸能为二姐调换工作而尽一份力，哪怕帮不成，对二姐也是一个安慰。

可爸爸丝毫没有那个意思。

爸爸劝二姐："不要胡思乱想，安心工作。心里装着鲜花就芬芳，心里装着乱麻就烦乱。宝剑锋从磨砺出，梅花香自苦寒来。荒山出俊鸟，行行出状元。有奋斗就有回报。"成松第一次听到爸爸还能说出这么多老词和新词。

二姐"呜呜"地哭着，眼睛都哭红了，哭肿了。她知道，爸爸是不会帮她找人的，她是谁也指望不上了。她带着极其悲伤的心情，把自己的头蒙在被子里，昏昏地入睡了。

成松很担心，二姐怕是从悲伤中走不出来了。

可第二天早上，成松看到，二姐早早地起了床，一句话也没说，简单地吃了点儿饭，整理一下自己的衣服，带着一种似乎平静的表情去承文纸社报到了，她是没有别的选择的。

很长时间，成松都在为二姐而担忧，担忧她会情绪低落，萎靡不振，无心干事。

一天下午，他来到二姐的纸社，想看一看二姐的工作状态。当他走近承文纸社，便看到大门口竖着两块黑板报，板报上写着小纸社的好人好事。那板报上的字都是二姐写的，那宣传画都是二姐画的，成松是认识二姐的字和宣传画的。再往院里走，成松看到，院子和房屋收拾得干干净净，规规整整。二姐正在热情地忙着从收购站运来的旧棉絮过秤呢，而且一笔一笔地开票、记账，又把过完秤的旧棉絮安放好，没有丝毫的厌倦感。

成松是多么地惊异啊！眼前的二姐，还是那个曾为工作而号啕大哭的二姐吗？他不敢相信自己的眼睛，但这确实是真实的。二姐不喜欢这份工作，却能全身心地投入其中，真是不容易。他很佩服二姐。

他想，是什么给她这份力量呢？一定是悲伤的反作用力，一定是梦想，一定是爸爸那番话，重新点燃了她的梦想。二姐给这个小纸社带来了什么呢？带来了生气，带来了青春，带来了文化和梦想，带来了全社面貌的改观。而这个小纸社又改变了二姐什么呢？小纸社就像熔炉一样，让二姐经历了一场青春的淬火。让二姐不怕苦，不怕累，不怕味，让她的青春在奋斗中闪光。

他深深地体悟到，二姐是一个有梦想、不认命的人。

爸爸说的荒山出俊鸟，她是信了。爸爸的那番话，像一束光，让她走出黑暗，让她赶走绝望。悲伤也给了她力量。因为她一直在努力。只有努力，才能干出名堂，只有努力，才有希望。青春应该是用来追梦的，二姐把个人奋斗融入承文纸社的变化发展上，个人奋斗才有更深刻的价值和意义，才有更坚实的基础和更美好的前景。梦想一直藏在她的心里，像太阳，照耀着她，指引着她。二姐，真像一朵鲜花在荒野上绽放，真像一只俊鸟在荒山上飞翔。

他没有上前去打扰二姐，他为二姐的表现而高兴。

半年过去了，成松每天都在争取做最好的自己。

一个下午，班里刚刚搞了一次物理小考。

同学们都交卷放学了，于老师没有走，直接在讲课桌前判卷子。

成松、牛刚、尹学祥、朱斌等都是值日生，他们没有大扫除，怕灰尘影响到老师，而是兴致勃勃地围过来，观看老师判卷子。

牛刚的分数96，朱斌的分数89。牛刚很高兴，朱斌也默认。这会儿判到成松的卷子了。前边的几道题都打上了对号，但在最后一道题上，于老师停下来，问成松："你这是182还是183呢？"

成松说："那是182。"原来成松在写2时，由于习惯性的牵丝连带，将2的最后一横带出了微微的小钩，不像3，但又有点儿像3。182是正确的，183是错误的。

朱斌笑嘻嘻地连连说："那是3，那是3，那是3。"显然他有意让成松出错，他不希望成松总在班里排名第一，把他落得挺远。其他的同学都笑而不答，但成松看出，他们也不想老让他一贯正确。

成松焦急地说："那是2不是3，我写2都是这样写。以前的卷子都这样写2，老师都给判对了。"

朱斌笑嘻嘻地连连催促："就是3，就是3，就是3。"

于老师笑了笑，在卷面上打了一个对号，然后又在对号上打了一个"\"，算是对中有错，扣掉2分，最后成松的卷子得了98分。

成松平时觉得自己和这些同学都挺好的，他没想到这些同学都希望他能出错。这令他极其失望和气愤。接下来，他不再搭理朱斌，因为是他极力鼓动于老师给自己判错的。

　　那一次他很难过，也很不平，甚至有点儿悲伤。因为他总想争第一，不肯落在一个人的后面。因为他觉得自己应该是第一名，不容置疑。可那一次，他在全班排在第二名，失去了第一名的荣耀。

　　不过，事后想来，他还真要感谢朱斌和于老师。

　　因为从那以后，无论是写作业，还是考试，他写2的时候都十分谨慎，丝毫不敢马虎，再也没有出现过牵丝连带的歧义。

第三十八章

饭店里的尴尬

　　转眼到了一九七二年年底,成松他们并没有念多少书,就高中毕业了。
　　毕业了的他们,在等待着上山下乡的召唤。在这段等待的时间里,成松的同学小全,带着小栓、占臣、黄小,在县木材厂找到了活计干。他们尚未承受重压的身体,要把一堆堆锅口粗的大木头,一根一根地抬到大锯旁。成松、牛刚、尹学祥一起去木材厂打乒乓球看见过他们。他们四人抬着一根大木头,前边两人,后边两人。小全和小栓走在前边,占臣和黄小走在后面。小全喊着号子:"伙伴们挺起胸啊!""嗨嗨嗨哟!"其他三人应和着。"稳步向前走呀!""嗨嗨嗨哟!""再加一把劲呀!""嗨嗨嗨哟!""走向那大锯旁啊!""嗨嗨嗨哟!"随着口号声,他们一步一步地走向目的地。成松发现小全和小栓挺直腰杆,口号声嘹亮,稳步向前走;而占臣和黄小龇牙咧嘴,口号声颤抖,摇摇晃晃向前走。成松真怕他们会摔倒了。成松想起了黄小支农劳动时的耍滑情景，暗自思忖，这可是见真章了，容不得你偷懒耍滑啊。

一晃二十多天过去了。这天中午，小全、小栓、占臣、黄小他们发工资了。喜悦之情，让他们决定下一次馆子。欢快的小全，拉上成松一起去庆贺。成松很高兴，他愿意和他们一起分享快乐。

他们来到县国营饭店，饭店的顾客几乎满了。他们找到一张靠边的桌子坐下来。小全点菜："猪肉炖粉条、花生米、地三鲜、糖醋鱼。"黄小抢过话头，点两个没吃过的："猪寸子、宫爆乌鱼卷。"

服务员不慌不忙地说："你点的两个菜都没有。"

"怎么没有，我在菜谱上已经看到了。"

"菜谱上也没有。"

"没有，这是啥？"黄小抢过小全手上的菜谱，指着猪肘子、宫爆乌鱼卷愤愤地说。

"这不是猪寸子，那是猪肘子；这不是宫爆乌鱼卷，那是宫爆乌鱼卷。"服务员笑嘻嘻地纠正他。

"啊，这是肘啊，不是寸啊，就比寸多了个月字旁？这是乌啊，不是鸟啊，差了一个点，怎么不把点给点上呢？"

"点上了，我们没有这个菜呀！"服务员嬉笑着他。

同学们笑得前仰后合。

小栓喊："猪寸子，猪寸子！"

占臣喊："宫爆鸟鱼卷，宫爆鸟鱼卷！"

黄小尴尬地制止道："别，别,你们可别给我喊出去,让人笑话死了。"大家又是一片笑声。

转眼间，菜陆续地上来了，他们还点了酒。大家的兴致高涨起来。

突然，黄小对成松说："成松，你掏两元钱，买瓶罐头吃。我们在一起吃饭，都是凑份子的。"

成松一惊，下意识地站起来，他兜里一分钱都没有。

从小到大，他兜里的钱，属于他自己的钱，最多的时候也就伍角钱。他这才意识到，请他吃饭只是小全的意思，并不包括其他人。

他原以为他是他们的班长，平时大家都很好，他们是很欢迎他的。现在看，他想错了。从他们的眼神中，他读出了很多东西。

黄小的眼神告诉他，让你白吃他很心疼，那是吝啬的眼神。

占臣的眼神，是赞许黄小的眼神，是期望你能照办的眼神。

小栓的眼神，是观望的眼神，是说不清楚的眼神。

小全的眼神，是略带不安的眼神，是担忧的眼神。

成松想，平时大家都很好，那是不发生什么利益关系。现在发生了，特别是抠门的黄小是不认他这个班长的。他的心里很难过，很悲凉，这是因为黄小不拿他当朋友，更是因为他把黄小当成了真正的朋友。

他崇尚高尚，恪守自尊，是个要脸面的人，这样的境遇他怎能受得了呢？可他又不好发作。想到黄小抬木头时龇牙咧嘴、摇摇晃晃的样子，挣点儿钱也不容易，他怎么会愿意让别人分享他们的成果呢？

成松怔怔地说："哎呀，我没准备，兜里也没带钱。"

话还没说完，黄小便抢过话头："没准备不要紧，先让小全借给你。"

他这么一说，小全也被弄得不好意思了。

看着黄小一副居高临下的样子，此时的成松，别有一番滋味在心头，他想起了妈妈说过的两句话："马粪蛋也有发烧的时候。得志猫儿胜过虎，落魄凤凰不如鸡。"

黄小对他"另眼相看"，最大的原因还在于他的经济地位处于劣势地位。当然，他也不屑黄小，不就是有两吊臭钱吗，有什么好神气的？

他忍痛而客气地说道："我以为是请我吃饭呢，看来不是的。吃饭不借钱，这饭我不吃了，再见！"他气昂昂地拔腿就走。

可被小全拽住了："别走，别走，黄小是闹着玩呢？"

小栓也附和着说："是啊，别当真，黄小闹着玩呢。"

黄小不知所措地笑了，那笑容是那么不真实。

成松为难了。那一刻，他真不知道自己到底该走还是不该走。走，那样太伤和气了，弄得大家都添堵，也有损自己的斯文；不走，可又如坐针毡，他的内心是怎样地煎熬啊！可是时间并没有留给他做出如愿的决定，就被小全强行地按在了椅子上。

饭馆里的嘈杂声，人声喧闹的划拳令混作一团。他坐在小全旁边，心中却孤单得无着无落。

尽管小全劝他吃菜，喝酒，可率真的他，怎么能吃得下，喝得下呢？小全给他碗里夹了一块肉片，他朝小全笑了一下，那笑容很僵硬。

他勉强夹起小全放在他碗里的那块肉片放在嘴里，却觉得味道有点儿令人恶心，难以下咽。

整顿饭，他没有喝酒，只是象征性地吃了两口菜，却什么滋味也没有，只觉得心里堵得慌。纯真的年华是不会装的，装了也不像。本应是一场开开心心的宴会，结果却吃得毫无生气，很不自在。

这顿饭对成松刺激很大，他的自尊心在流血。

他有点儿后悔，自己为什么没有抬屁股就走，自尊心已经受到了伤害，为什么还要装作无事一样？为什么还要考虑到在场的同学会不会难受，你走了，人家就一定会难受吗？被留下来，你心里不是仍有一种被施舍、被歧视的感觉吗，说不定人家暗地里还认为你没皮没脸呢？

这件事让他纠结，憋屈窝火，难以释怀。

第三十九章

走向新生活

可能是受了黄小的刺激，成松决意要找一份零工干干。他也要挣钱，挣了钱请小全他们吃饭，不请黄小。

他通过小学同学王老虎，在绿色草原农场办事处找到一份零活儿。王老虎在此干活已经有一段时间了，现在正赶上办事处活多、缺人手，就把成松介绍过来了。

成松他们一共五个人，由一个办事处的老工人领着他们一起干活。他们要把散落在办事处满院子的木材归拢到靠着墙根的地方去。

木材堆得高高的，搞不好，木材就会滚落下来砸了人。办事处的老工人一边嘱咐大家注意安全，一边率先垂范地领着干活。有时车站来煤了，他们还要到车站去给绿色草原农场的大解放牌汽车装煤，样子很像挖煤的工人，满脸都是乌黑的煤屑。

劳动是辛苦的，每天都要出一身臭汗，晚上睡觉浑身像散了架子一样。他虽然感到很苦很累，可心里却是极其欢畅的。

整整干了三十天，他愉快地拿到了二十四元工钱。他终于可以挣钱了，黄小在他面前再也没什么可牛的了。他本想祈求妈妈，让他请小全他们下一次馆子，来证明他已经有实力请他们撮一顿了。可巧，知识青年上山下乡的通知下来了。学校的团委书记找到他，请他在全县欢送知识青年上山下乡的誓师大会上，代表全县上山下乡知识青年发言。发言稿写好后，交给县知青办审改。

新的生活召唤着他，新的任务激励着他。他放弃了打零工，也放弃了请客的企图。他把挣来的钱交给妈妈，他再也不是一个吃闲饭的人了。妈妈没有收下他的钱，告诉他："你马上就要下乡了，留着自己用吧。"他感激地看着妈妈，不知说什么好！

不必再说什么了，眼下最重要的是，他要把发言稿写好。

当他用全身心的精力写好发言稿，交到知青办审改时，他才稍稍地松了一口气。

此时，他想起了曼妮。

曼妮也下乡了，只是和他不在一个乡，相隔几百里。

据说她那个青年点，不在乡里，也不在村里，而在一个远离乡村又四邻不靠的田野中，写封信都不知往哪投。他用自己挣来的一半工钱，为曼妮买了一支金星牌钢笔，品相上佳。他想告诉她："愿你做暴风雨中的海燕，在浩瀚的大海上搏击长空。愿你做暴风雪中的雄鹰，在广阔的草原上展翅翱翔！"

他把钢笔揣在兜里，躲在房山头，远远地望着曼妮的家门。他期待曼妮能快点儿走出家门。可是，他的腿站酸了，脖子也僵硬了，视线都模糊了，仍不见曼妮出来。老褚婆子从自家门走出来，看见成松抻着脖子正向她这边张望，她奇怪地想，这孩子在望什么呢？

成松的目光与老褚婆子的目光相交汇，他下意识地避开老褚婆子的目光，转头向家里走去。

在家里待了没一会儿，他又走出来，向曼妮的家门张望。

以前，他去曼妮家是毫不在意的，可自从对曼妮有了想法，他就不敢去了，好像他有见不得人的事怕被人家发现，毕竟他现在还没有谈恋爱的资格。

这会儿，曼妮走出家门抱柴火，准备烧午饭，看见成松向她招手，便羞涩地走过来。

成松从兜里掏出钢笔，匆匆地说："我很快就要下乡了，送你一支钢笔，留个纪念。祝你在广阔天地里好好干，为建设社会主义新农村贡献力量！"

曼妮灿烂而羞涩地笑了，轻声地说："谢谢，谢谢你！"

他们没说几句话，成松就催促曼妮快回去，因为他知道曼妮还要烧饭呢。

成松的发言稿，知青办稍加改动便通过了。

体育场里人山人海，锣鼓喧天。前面站着的是佩戴红花上山下乡的知识青年、欢送知青的中学生以及各有关单位的人员。后面是送行上山下乡知青的家人。还有一排披挂大红花的解放牌大卡车和套着四匹马的大马车，车上堆积着上山下乡知青的行李和脸盆。这是待开完会后，送行知识青年到农村去用的。主席台上方的横幅是，全县欢送知识青年上山下乡誓师大会。主席台两侧的条幅是，广阔天地炼红心，扎根农村干革命。

主席台上坐着县委书记、县委副书记、县革委会主任、副主任以及县知青办的领导，还有上山下乡知青家长代表、抗日老八路于敬武，下乡知识青年代表李成松。

在这次大会上，首先于敬武代表上山下乡知识青年家长发言："我们跟着毛主席，打败了日本鬼子，又跟着毛主席，打败了蒋家王朝，共产党让人民过上了美好的生活。今天，我们又响应毛主席的号召，把子女送到农村去，接受贫下中农再教育，让他们在农村这个广阔天地里锻炼成长。知识青年同志们，党和人民对你们寄予无限的希望。希望你们，牢记毛主席的教导，在农村好好地干，为建设富饶、美丽的社会主义新农村努力奋斗啊！"于敬武从内心深处，一个老八路的内心深处，一个普通知青家长的内心深处，发出了最强烈的声音。

当他结束发言的时候，台下的知识青年和同学们，以及知识青年家长和参会人员一齐向他欢呼。

接着，成松代表上山下乡的知识青年发言："同志们，遵照毛主席'知识青年到农村去'的伟大号召，我们自愿申请上山下乡，现在已经被光荣地批准了，我们马上就要奔赴农村广阔的天地。此时此刻，我们的心情是非常激动的。我们绝不辜负伟大领袖毛主席的期望，绝不辜负人民的期望，要做草原上的雄鹰，不做温室里的花朵，经风雨，斗严寒，一不怕苦，二不怕死，扎根农村干革命，把一颗红心献给党，开垦黑土地，把荒原变良田，为祖国多打粮，为实现共产主义奋斗到底！"这位青年人，眼睛里闪动着坚定、神往的光芒。

体育场里又响起了一阵热烈的掌声。口号声震天动地："知识青年到农村去，接受贫下中农再教育，扎根农村干革命！"

县委书记谭海江讲话了，他从席卷全国的上山下乡的大好形势，讲到本县轰轰烈烈的上山下乡运动，从上山下乡的重大意义，讲到对上山下乡知识青年的殷切期望。

他讲起话来像一个真正的演说家。他讲完的时候，全场又一次响起了经久不息的掌声和欢呼声。

会议结束后，锣鼓声又响起来了。成松意气风发地向着送他们到农村去的解放牌大卡车走去，妈妈在那里等着他。

突然，他看见了曼妮。曼妮快步朝他走来，手里拿着一个日记本。她把日记本递给成松激动地说："这是我送给你的，把在农村的体会都记下来吧，留个纪念！"

成松激动地望着她，不知说什么好："谢谢，你们什么时候走呢？"

"我们马上走，是坐马车走。我们青年点离县城只有三十多里路。"曼妮答道。

"啊，我们青年点离县城有二百多里呢。"他说。

"好远哪。"她默默地看着他，半晌说出一句话，"好好干！"

他也默默地看着她，使劲地点点头。

时间匆忙，加上周围的人很多，他们也不好意思讲些什么，就告别了。

成松望着曼妮匆匆远去的背影朝着远处的一辆马车跑去。

他仔细地端详着曼妮送给他的日记本，是一个红色塑料皮的，封面上方是毛主席穿军装戴军帽金光闪闪的头像，下方是毛主席书写的五个金色大字：为人民服务。

他翻开日记本，只见扉页上端端正正地写着：广阔天地，大有作为。那是曼妮的笔迹。

成松跑步来到妈妈的身旁。妈妈用爱抚和几分忧愁的眼光看着他，给他整理一下衣领："生活在外，要照顾好自己。"

"放心吧，妈妈！"一颗泪珠顺着成松的脸流下来。他急忙擦掉泪珠，向旁边的人们看了一眼，幸好没有人注意他。

成松紧紧抓住大卡车的车厢板，蹬着车轮胎，爬上大卡车。车上已经挤满了知识青年和堆放的行李。

爸爸急匆匆地从单位赶过来，朝着成松喊道："成松，到农村好好干！"爸爸的眼神中充满了期待。

"嗯，爸爸！"成松在车上探出头来，激动地看着爸爸。

再见了，爸爸！再见了，妈妈！再见了，亲人们！再见了，曼妮！再见了，我的小城！

风猛烈地吹动着父母的衣衫，母亲过耳的头发也在飘动。父母挥动着手。

成松也挥动着手。

成松乘坐的大卡车和曼妮乘坐的大马车，离开了体育场，向着两个不同的方向奔去。

成松站在卡车上，迎着风，手擎着曼妮送给他的日记本，心潮澎湃。他们分别了，他们天各一方，但他觉得，他们的心是连在一起的。

车上红旗飘飘，知青们高唱着《毛主席的战士最听党的话》。成松似乎看见了那青春飞扬的日子，似乎看见了诗和远方。

他要写一首诗，题目是《下乡闯天下》：

一十七载家风熏，
时代精神又加身。
上山下乡金光道，
广阔天地炼红心。
志在乡村干革命，
可凭铁骨走昆仑。

曼妮送来日记本，

天下谁人不识君。

汽车鸣了两声笛，加速前进。

成松怀着远大的抱负和坚定的自信，奔向火热的新生活。

甲辰(龙)年 戊辰月

笔者著于大连老虎滩